PRINDEREA LUI LILY
FIR VIU

# PRINDEREA LUI LILY
# FIR VIU

## CARTEA A PATRA
## SERIA FAMILIA WINSTON &
## SERIA JUMATATEA PERFECTA

ROWENA DAWN

Scarlet Leaf

# CONTENTS

**EXCERPT DIN CU DUBLU TĂIȘ**


**BIOGRAFIA AUTOAREI**

PRINDEREA LUI LILY

-

FIR VIU
ROWENA DAWN
*Serie crossover*
*Cartea 4*
**Familia Winston**
**&**
**Jumătatea Perfectă**
SCARLET LEAF PRESS
2020

PUBLICAT DE SCARLET LEAF

TORONTO, CANADA

Pentru informații adresați-vă editurii Scarlet Leaf la adresa de email: scarletleafpublishinghouse@gmail.com

*Bunului meu prieten Ahmed – un om cu o inimă de aur, dar care este extreme de improbabil, precum și iubitei sale soții, Alexandra, care ar trebui sanctificată pentru că-l iubește și trăiește împreună cu el*

*Fie ca amândoi să aveți parte de multe bucurii pe drumul vieții*

# SERIA JUMĂTATEA PERFECTĂ

Ryan & Kate – Cu dublu-tăiș
Adam & Diane – Ochii în întuneric
Nick & Darcy – Atras
**Mark** – Prinderea lui Lily – Fir Viu

## SERIA FAMILIA WINSTON

Copiii Rebeccăi
    Adam (c. Anna)
    Evelyne (decedată)
    Copiii lui Adam
    Marjorie (geamănă, c. Jonathan) – copii: Matt (35; c. Nora, fiu adoptiv - Nat), Maggie (29), Jay (29; c. Ellen)
    Michael (geamăn, c. Amelie) – copii: Josh (27), **Lily** (27)
    Gabriel (c. Emilie) – copii: Ariel (33), Alex (33), Becka (20; c. Bryan; gemeni: Lea și Sean)

~ 1 ~

CAPITOLUL UNU

Adâncită în propriile gânduri și tot căutând prin geanta sa, Lily ieși din magazin. Afară, o întâmpină aerul rece de sfârșit de decembrie. Tânăra culese absentă un fulg de nea cu limba, unul din obiceiurile de care nu se dezbărase atunci când lăsase copilăria în urmă.

Cu pași mici și măsurați, femeia o porni de-a lungul străzii, fără să fie deloc atentă unde punea piciorul, fiind mereu preocupată să găsească spațiu în geanta ei pentru o sticluță de parfum pe care o cumpărase cu gândul la Ellen, care abia îi devenise verișoară în urma căsătoriei acesteia cu unul dintre verii ei.

Un zâmbet fugar flutură pe buzele curbate ale lui Lily, iar ochii ei de un albastru întunecat scânteiară poznași. Tânăra femeie își putea imagina foarte bine surpriza lui Ellen la vederea acelui dar. Sticla de parfum ciudată, înfățișând o balerină aflată în plină piruetă, pur și simplu, o strigase pe Lily din momentul în care aceasta pătrunsese în magazin.

Femeia o știa destul de bine pe Elle. Soția lui Jay nu era genul de femeie care s-ar fi gândit să își cumpere ceva într-atât de nepractic. Verișoara ei prin căsătorie era departe de a fi o femeie cochetă sau feminină, chiar dacă atât trăsăturile cât și trupul ei strigau *Privește aici, o femeie traversează podiumul*. Și cu toate acestea, Ellen era practică și nu avea un ochi format pentru nimicurile ieșite din comun.

Numai la câțiva pași depărtare de colțul străzii, un trup tare se lovi de al lui Lily, iar aceasta mai că se prăbuși la pământ. Lily icni, iar mai apoi, imaginându-și că va da cu nasul de asfalt, o cuprinse panica.

Nu i-ar fi surâs defel să înceapă Noul An cu nasul spart sau cu buzele crăpate. Mai mult decât atât, mama ei ar fi făcut o criză de nervi dacă Lily ar fi apărut la petrecerea de Anul Nou astfel.

Șocul o lăsă fără aer în piept și femeia încercă să respire profund pentru a-și alina plămânii oropsiți. Aducând cu o barză beată acum, tânăra își agită brațele în jur pentru a-și menține echilibrul, dar nu reuși. Caldarâmul devenise alunecos din cauza zăpezii care se topea, în ciuda fulgilor de nea care încă pluteau în jurul ei. Mai rău decât atât, tălpile și tocurile de la cizmele ei nu reușeau să găsească tracțiunea necesară pentru a o stabiliza.

Din fericire, două brațe puternice o salvară de la a face o cunoștință mai intimă cu asfaltul. Acestea o apucară de umeri, oprindu-i căderea, astfel ajutând-o să rămână în picioare.

Dar cu toate acestea, Lily gemu cu neplăcere. Toate pungile cu cumpărăturile ei, ba chiar și mica ei geantă de umăr, îi alunecaseră dintre degete și se împrăștiaseră în jur pe cimentul stropit cu zăpadă proaspătă.

Furia îi încinse sângele, iar femeia își ridică ochii, ațintindu-și privirea asupra feței ascuțite a bărbatului înalt și subțire, care o dezechilibrase inițial. O copleși o dorință puternică să strige la el, dar, chiar în acel moment, privirea lui calculată, de un verde palid, i-o captură pe a ei și o captivă cu intensitatea ei.

Femeia își închise gura cu un clănțănit de dinți și își înghiți cuvintele furioase. Își ridică mâinile și, inconștient, degetele i se înlănțuiră de bărbatul care nu pierduse timpul până atunci și îi studiase toate trăsăturile cu mare grijă.

Propria ei reacție față de el o zăpăcea. Lily își scutură capul pentru a și-l limpezi, în același timp, mulțumind cerului că, cel puțin, nu se împrăștiase pe caldarâm.

Omului nu-i trebui mult timp pentru a se decide. Colțurile gurii sale i se curbară într-un surâs satisfăcut, iar Lily nu reuși să facă nimic altceva decât să se holbeze la el.

Bărbatul îi dădu drumul la șolduri, dar degetele i se încolăciră în jurul încheieturii mâinii ei pentru a o ține pe loc. După aceea, se aplecă și înșfăcă una dintre pungile împrăștiate pe stradă și, cu un gest brusc, își smulse căciula de pe cap pentru a o băga mai apoi în punga ei, în timp ce soarele îi aprinse flamă în părul ciufulit de culoarea aramei.

Bărbatul o privi din nou pe Lily și o trase spre el. Viteza acțiunii lui o șocă pe tânăra femeie și ochii acesteia se rotunjiră. În același timp, tânăra își deschise gura pentru a își exprima protestul.

— Te rog, nu te lupta cu mine acum, îi șopti el, aplecându-se deasupra ei. Am nevoie de ajutorul tău, mai adăugă el cu urgență în voce, pentru ca, după aceea, să îi captureze gura într-un sărut fierbinte, al cărui efect coborî direct în degetele ei de la picioare și îi făcu capul să i se învârtă.

Femeia scânci ușor, iar degetele ei săpară în șoldurile lui pentru a-și păstra echilibrul. Un gând rătăcit i se iți în minte, impulsionând-o să îi țină piept. Cu toate acestea, ea se lăsă atrasă și învăluită de pasiunea sărutului lui.

Bărbatul o aduse mai aproape de suprafețele dure are trupului său suplu. Un tremur îi traversă șirea spinării atunci când trupul ei se modelă după al lui, iar ea știu că, pur și simplu, și-a pierdut mințile. Știa că ar fi trebuit să nu îi permită astfel de libertăți necunoscutului, dar curând uită cu totul despre aceasta și le răspunse buzelor lui exigente cu o foame pe care nu o mai trăise vreodată înainte.

Pași grăbiți și grei veniră de după colț, iar zgomotul se înregistră în mintea ei ca ceva ce venea de foarte de departe. Dar, în fond, inima ei bătea mult prea tare pentru ca ea să mai poată observa că cineva a trecut pe lângă ei.

Femeia îndepărtă sunetul distant din mintea ei și se topi alături de trupul bărbatului, degetele ei ancorându-se în piepții jachetei lui groase.

Individul știa să sărute, trebuia să recunoască acel lucru. Genele ei dese se coborâră deasupra ochilor ei, iar femeia uită despre absolut orice altceva în afara bărbatului ale cărui brațe o legaseră de el, păstrând-o prizonieră în înlănțuirea lor.

Câteva bătăi de inimă mai târziu, bărbatul își ridică capul doar puțin și, preț de câteva secunde, cu intensitate, o privi cu ochii larg deschiși, înainte de a se trage înapoi pentru a privi peste umărul ei. Colțul stâng al gurii lui se curbă în sus, într-un surâs sarcastic, iar disprețul îi străluci în ochi.

În depărtare, trei bărbați goneau în josul străzii, împingând oamenii la o parte din drumul lor, fără să le pese defel de privirile pe care le atrăgeau înspre ei. O femeie se pomeni aruncată la pământ, dar indivizii nu reacționară la strigătul ei de durere și nu irosiră nici măcar o privire în direcția ei.

Lily simți schimbarea din atitudinea bărbatului și își deschise ochii. Ceea ce citi în pupilele lui o îngheță până la oase, așa că se trase în spate, încercând să pună o oarecare distanță între ei doi.

— Oh, nu, dulceață, în nici un caz, își scutură bărbatul capul, întorcându-și privirea spre ea, în timp ce mâinile sale lacome o traseră înapoi înspre el.

Buzele lui se coborâră asupra ei încă o dată, iar Lily se cutremură, uluită de ceea ce i se întâmpla.

În mod obișnuit, nu s-ar fi lăsat pradă unui bărbat ce afișa o forță atât de brutală. Nu ar fi acceptat nici un fel de intimitate cu un om pe care abia l-a întâlnit și cu care nu mai interacționase înainte.

Tânăra nu era o mironosiță, dar nici nu se lăsa ușor prinsă în mrejele cuiva. Nici măcar atunci când era încă școlăriță nu i-ar fi permis unui bărbat să facă ce dorea cu ea sau atunci când o dorea. Faptul că acesta era periculos de atrăgător și săruta foarte bine nu ar fi contat prea mult.

Și cu toate acestea, nu reușea să își regăsească tăria pentru a-l împinge pe străin la o parte. Ba, din contră, se agăță de umerii lui și nu numai pentru că încerca să își mențină echilibrul.

Bărbatul întrerupse sărutul, iar degetele lui îi atinseră chipul. Lily își ridică genele ușor, având senzația că acestea cântăreau o tonă.

Bărbatul o privi în ochi preț de câteva clipe, iar apoi se trase un pas în spate. Sprâncenele lui Lily se adunară și o lucire mânioasă apăru în albastrul întunecat al ochilor ei. Colțul gurii bărbatului se curbă în sus, iar Lily observă că acesta încerca să își controleze amuzamentul. Tânăra se gândi că ar face bine să nu râdă de ea pentru că atunci îl va pocni zdravăn peste față.

— Acum nu te supăra, micuțo, spuse el pe un glas răgușit, frecându-i bărbia cu degetul mare.

Cuvintele lui o determinară pe Lily să își arcuiască o sprânceană și femeia se trase și ea în spate. Bărbatul era mai înalt decât ea, dar nici ea nu era mică. Creștetul capului ei îi ajungea acestuia până la umăr, dar aceasta nu însemna că apelativul folosit de el i se potrivea.

Omul se mulțumi să surâdă, iar mai apoi, pielea abrazivă a degetului său mare se frecă de buza ei inferioară. Femeia simți frisoane în interiorul trupului, dar încercă să-și ascundă reacția trădătoare la atingerea lui.

— Mulțumesc, murmură el, privindu-i fix buzele. Și nu numai pentru sărut, îi zâmbi el.

Forța acelui zâmbet provocă noi freamăte în abdomenul ei, iar acel lucru o uimi și mai mult. Ar fi putut jura că deja ajunsese la limită.

— Despre ce a fost vorba? îndrăzni Lily să-l întrebe, deși se temea ca nu cumva să-i tremure vocea, deoarece încă mai simțea frisoane alergând de-a lungul coloanei vertebrale, numai pentru ca acestea să-și găsească adăpost în partea inferioară a abdomenului ei.

Bărbatul respiră profund, pentru o clipă, reflectând la ceea ce ar fi trebuit să spună, iar mai apoi ridică din umeri.

— Încercam doar să-mi salvez pielea, îi răspunse el, ridicând din nou un umăr cu indiferență.

Ochii lui Lily se măriră, iar negrul pupilelor ei invadă albastrul întunecat al ochilor săi. Tânăra era destul de inteligentă și își învățase lecțiile bine. Nu se mai aștepta de mult timp la declarații de dragoste din senin, dar nici nu își imaginase că bărbatul ar fi fost capabil să dea la o parte cu atâta ușurință și neglijență acele săruturi fierbinți.

Cuvintele lui alimentară focurile din ochii ei, iar ea își încleștă pumnii, gata să i-o plătească. Lipsa lui de respect evidentă se dovedea puțin prea mult pentru ea, din moment ce venea după cel mai fierbinte sărut pe care îl împărtășise cu vreun bărbat în viața ei.

Pe nepusă masă, fulgi de nea începură să se adune în vârtej în jurul lor, iar bărbatul, privind în jur, își scutură capul neîncrezător. Vântul îi zgârie chipul cu gheare de gheață, iar anxietatea îi șopti la ureche că ceva nu prea era așa cum ar fi trebuit.

Vântul nu păruse atât de puternic mai înainte ca el să dea peste femeie la propriu. Dar, după aceea, bărbatul ridică din umeri. În fond, nu putea să dea la o parte posibilitatea că vremea, pur și simplu, se schimbase. Aceasta probabil se întâmplase când el era altfel ocupat cu femeia suplă pe care încă o mai ținea în brațe.

Femeia părea să aibă foarte multă energie în trup. Bărbatul o simțise gonindu-i pe sub piele, iar acele scântei de energie se traduceau și în săruturile ei. De aceea, se putea ierta pe el însuși că nu dăduse suficientă atenție la schimbarea din curenții de aer.

Privirea i se întoarse la roșcata dinaintea lui, după ce el îndepărtă sentimentul că ceva nu era așa cum ar fi trebuit să fie. Își spuse că vântul doar a prins mai multă putere din cauză că strada se găsea destul de aproape de lac. El era sigur că acea zonă era vântoasă chiar și în timpul verii.

— Nu am avut intenția să arăt nici un fel de lipsă de respect, ridică el o mână pentru a opri un iminent atac verbal din partea femeii. Nu îmi place să mint în astfel de ocazii și astfel a început totul oricum, mărturisi el. Dar nu a fost cine știe ce grea încercare să te sărut, crede-mă. Chiar opusul, surâse el. Nu m-ar deranja să o fac din nou și din nou, își mișcă el sprâncenele, iar zâmbetul i se reflectă în pupile. Iar tu chiar m-ai salvat pe lângă toate acestea, își trecu el un deget peste linia chipului ei. Va trebui să îți mulțumesc cum se cuvine pentru aceasta. Poți să îmi cer să îmi plătesc datoria oricând, îi zâmbi el, cercetându-i fața cu i privire lacomă.

Ochii lui Lily se rotunjiră, iar femeia se înroși sub ochii săi fermecători și inchizitori. Colțurile gurii lui zvâcniră la reacția ei, dar când ochii ei se îngustară, el se dădu încă un pas în spate, pentru a ieși din linia focului, se aplecă și strânse toate pungile ei de pe caldarâm cu o mișcare rapidă.

— Ce părere ai avea dacă am merge undeva unde să ajungem să ne cunoaștem unul pe celălalt puțin mai bine? îi propuse el pe nepusă masă după ce a adunat toate lucrurile ei.

Femeia îl privi chiorâș, împingând o șuviță de păr pe după ureche.

— Definește acel *să ne cunoaștem mai bine*, îi ceru ea pe un ton mai aspru.

Femeia își revenise destul de bine până acum și își promisese să nu îi mai permită bărbatului să se joace cu ea așa cum o făcuse înainte, indiferent cât de fierbinți i s-ar fi dovedit săruturile.

— Evident că nu ceea ce presupui tu, îi alungă el temerile. Mă gândeam doar că ne-am putea prezenta unul altuia și am putea vorbi pentru o vreme. Undeva cu o cană de cafea în față, sublinie el. Este cam frig aici afară, dacă nu ai observat deja, gesticulă el. Și cred că merită oboseala de a afla câte ceva unul despre celălalt.

Pentru o clipă, Lily ezită. Mândria ei o împungea să îi refuze invitația, dar mai apoi trebui să admită că voia să ajungă să îl cunoască. De multă vreme nu se mai bucurase de un sărut atât de mult, dacă o făcuse cumva vreodată. Îi plăcuse nu numai cum se simțea bărbatul la atingere, dar și gustul lui, și nu i-ar fi părut rău dacă ar fi avut parte de acele senzații încă o dată.

— Bine atunci, spuse ea rapid. Există o chestie mică aici, chiar după colț, și putem bea cafea acolo, arătă ea în direcția de unde venise el înainte să se ciocnească de ea.

Femeia întinse mâna ca să-și ia sacoșele de la el, dar el își scutură capul, refuzându-i cererea mută. Îi întinse poșeta ei, dar reținu celelalte pungi, fluturându-și mâna în direcția locului despre care vorbise ea, pentru a o pune în mișcare.

Lily observă că maxilarul bărbatului era încordat și își imagină că acesta nu își va schimba părerea. Îl analiză preț de încă câteva secunde, iar mai apoi, ridică din umeri și se întoarse, arătându-i acestuia drumul.

Bărbatul i se alătură, mușcându-și buza de jos. Femeia îl amuza cu felul în care îl tot verifica cu colțul ochiului, încercând să nu fie observată.

De asemenea, acesta își dădu seama că nici măcar nu simțise mușcătura aerului de iarnă din momentul în care o trăsese pe tânăra femeie în brațele lui și o sărutase, iar acel lucru era chiar extraordinar. Niciodată nu-i plăcuse frigul și de ani de zile tot visa să se retragă într-o zi, când se va pensiona, într-un loc cu o vreme mai blândă, dacă nu chiar toridă. Nu l-ar fi deranjat defel prezența unui palmier sau cocotier. S-ar fi bucurat de cântecul valurilor și de briza răcoritoare a mării în timp ce s-ar fi copt în căldura soarelui.

Evoluția ultimelor eveniment îi cam știrbiseră lui planurile și îl făcuseră să le mai amâne, dar era el destul de îndărătnic pentru a și le duce la îndeplinire până la urmă. Avea suficientă încredere în calitățile sale și în ambiția sa. Mai mult decât atât, nu credea că ar mai fi rezistat să treacă printr-un alt sezon rece, iar spre dezamăgirea lui amarnică, acea iarnă părea să nu fie prea dornică să le spună *la revedere*.

— Aici este, se auzi vocea lui Lily, iar femeia își flutură degetele subțiri spre o ușă mică în care se găsea o fereastră întunecată.

Surpriza se afișă pe chipul bărbatului, iar acesta clipi. El, unul, pur și simplu, ar fi trecut pe lângă acea ușă dacă ea nu i-ar fi arătat-o.

Omul își ridică privirea și citi semnul *Gâsca Beată* de deasupra ușii. Zâmbi, scuturându-și capul cu neîncredere și întrebându-se ce fel de persoană s-ar fi gândit să dea un astfel de nume unei cafenele.

— Ești sigură că aceasta este o cafenea? își întoarse el ochii spre tânăra femeie pe care o urmase fără să își pună nici un fel de întrebări.

De regulă, el era foarte suspicios când întâlnea pe cineva pentru prima dată, în special dacă acea persoană era femeie. Avea încredere în puțini oameni, iar printre aceia, și mai puține femei. În ciuda naturii lui neîncrezătoare, bărbatul simțea, însă, că nici un fel de pericol nu îl paștea din partea tinerei femei, pe care ochii săi o studiau flămânzi chiar în acel moment.

Lily se mulțumi să îi îndepărteze cuvintele cu o ridicare din umeri.

— Este un pub, dar putem cumpăra și cafea înăuntru, îi răspunse ea pe un ton foarte pragmatic, după care deschise ușa.

Bărbatul dădu din cap, dar imediat își dădu seama că nu ar fi trebuit să se obosească deloc. Femeia nu dorise să obțină aprobarea lui, ci deja se întorsese și intrase în pub, trecând peste pragul de modă veche, convinsă că și el o va urma în tavernă. Nici măcar nu se obosi să privească în urmă pentru a se asigura că acesta nu o luase la goană, ci venea după ea.

Bărbatul păși imediat în urma ei, deși, pentru câteva secunde, se strâmbă. Venind din afară, semi-obscuritatea încăperii aproape că îl orbi pentru câteva momente, destul de mult ca să-l facă să se îngrijoreze.

Ziua se bucura de foarte puțin soare, oricum, dar el deja anticipase că așa va fi, ținând seama că era iarnă în Toronto. Cu toate acestea, razele palide ale soarelui, reflectate în maldărele de zăpadă de pe stradă, precum și albul strălucitor, îi făcuseră ochii să devină sensibili la diferența de lumină.

Bărbatul consideră că taverna era cel mai bun loc pentru organizarea unei ambuscade și își îngustă privirea pentru a își ajusta ochii la diferența de lumină rapid în caz că ar fi trebuit să acționeze.

Încordat, simțindu-și mușchii tensionați, omul studie împrejurimile, dar se relaxă după câteva clipe. Umerii i se relaxară, iar sprâncenele lui Lily se arcuiră, femeia fiind surprinsă de schimbarea din corpul lui.

— Hai să găsim o masă, mârâi bărbatul.

Acesta își dăduse seama că femeia îi putea percepe fluctuațiile din starea lui de spirit și nu se simțea prea confortabil din cauza aceasta. Întotdeauna, evitase oamenii care dădeau dovadă de o empatie atât de ridicată pentru că aceștia însemnau pericol în domeniul lui de activitate. Cu toate acestea, în acel moment nu avea posibilitatea de a face acea alegere. Nu își putea explica de ce, dar avea nevoie ca femeia să rămână alături de el.

Bărbatul privi în jur și observă că erau suficiente mese libere. De fapt, sala din față era goală. Era mult prea târziu pentru micul dejun și puțin prea devreme pentru mulțimea care venea să ia prânzul, evident, dacă acel loc atrăgea ceva similar unei mulțimi, ceea ce lui nu-i prea venea a crede.

Vocile a doi oameni veneau dintr-o sală în spate, iar cuvintele lor, blocate de peretele ce separa cele două încăperi, sunau ca o amestecătură de sunete.

Bărbatul îi prinse mâna lui Lily și, ascultându-și instinctul, o conduse la o masă așezată într-un colț al încăperii, pe o platformă la care se ajungea urcând câteva trepte. De acolo de sus, ar fi avut un bun punct de observație pentru a vedea orice mișcare. Poziția mesei părea satisfăcătoare și nimeni nu ar fi putut să îl ia prin surprindere.

Lily îl urmă, cu o expresie gânditoare pe chip. Femeia își morfolea buza inferioară, iar diverse întrebări i se rostogoleau prin minte, una după alta. Degetele ei lungi zvâcniră în mâna bărbatului, dar acesta nu îi dădu drumul la a ei și gestul lui o înveseli, deși nu știa nici ea de ce.

Ceva nu părea întru totul în regulă cu bărbatul cu părul arămiu. Și totuși, ea știa că nu i se va întâmpla nimic acolo. Premonițiile ei rareori o înșelau. Mai mult decât atât, pubul o fi arătat el gol la acea oră, dar aceea nu însemna că ei erau singurii prezenți acolo.

Lily simți că bărbatul era măcinat de gânduri, dar aceea nu însemna că el ar fi fost cel ce ar fi cauzat probleme.

Acesta alese masa care i-ar fi servit scopurile, iar apoi puse sacoșele ei pe un scaun. După aceea, o ajută să își dea jos haina de iarnă și îi agăță haina într-un cuier din spatele locului ei, pentru ca mai apoi să îi țină scaunul să se așeze.

Maniere lui o surprinseră, dar o și încântară pe Lily, așa că femeia îi zâmbi.

Bărbatul își agăță jacheta alături de a ei, dar mai aproape de el. Astfel, ar fi putut ajunge la buzunare dacă ar fi fost necesar. După aceea luă loc pe scaunul din dreapta ei, iar ochii lui alerți cercetară din nou încăperea.

Lily îi urmări privirea, iar apoi îl întrebă fără să îl privească:

— Este totul în regulă? Ce te aștepți să apară din umbră? Vom fi atacați cumva? Ceva te macină, o simt, spuse ea, neobosindu-se deloc să își ascundă amuzamentul din voce.

Cadența întrebărilor ei era menită să sape în armura pe care omul o afișa cu fiecare privire aruncată în jur și în fiecare din gesturile sale măsurate.

Bărbatul se întoarse spre ea și o privi fix fără să clipească. Întrebările ei îl agasaseră și nici râsetul din vocea ei nu prea îi picase bine, de altfel. Lily îi simți ochii duri asupra ei, așa că își întoarse și ea privirea înapoi la el, zâmbind.

— Eu sunt Mark, spuse el brusc, chiar dacă expresia dură de pe chipul său nu se schimbase.

— Asta e bine de știut, dădu ea din cap. Mi-ai luat o greutate de pe inimă. De obicei, nu prea las bărbați străini să mă sărute, știi, continuă ea pe un ton conversațional, deși râsetul încă îi mai lucea în privire.

— Pare să fie o politică sănătoasă, o aprobă Mark cu o aplecare a capului și un surâs trase de colțul gurii sale. Cum nici eu nu sărut femei necunoscute de obicei, te-ar deranja să îmi spui numele tău? se interesă el, aplecându-și capul spre dreapta și ațintind-o cu o privire intensă.

Ea se lăsă pe scaun în spate și își împreună mâinile pe marginea mesei nelăcuite din lemn, plină de scrijelituri. Femeia păru să îi întoarcă cererea pe toate părțile, privind fără șovăială în ochii lui. Mark își arcui sprânceana stângă, iar nerăbdarea îi scânteie în ochi.

— Nu păreai prea grăbit să îmi știi numele mai devreme, observă ea cu indiferență studiată. Vreau să spun atunci când m-ai înșfăcat în plină stradă și m-ai sărutat, se gândi ea să precizeze.

— Aceea a fost o situație ieșită din comun, mormăi Mark, o încruntare apărându-i între sprâncene.

Bărbatul nu prea avea chef să îi explice tot ce dusese la acele săruturi.

— Cum vine asta? îl întrebă ea, fără să arate nici măcar o urmă de teamă la schimbarea lui de dispoziție.

Își dăduse ea seama că interogatoriul ei îl deranja pe Mark, dar se simțea îndreptățită să știe ce se întâmplase în stradă și ce dusese la comportamentul lui. Simțea ea că bărbatul era pe punctul de a-și pierde răbdarea, dar nu îi păsa defel de asta. Nu i-o fi plăcut lui să aibă acțiunile puse sub observație în acel fel, dar pe ea, una, nu o deranjau deloc schimbările lui de spirit. Dacă ar fi fost necesar până la urmă, femeia era mai mult decât capabilă să se mențină tare pe poziție.

Atitudinea lui nu o supărase atunci când acesta se înfruptase din gura ei, chiar dacă ar fi trebuit. Dar pe atunci, buzele lui se dovediseră extrem de tentante și experimentate pentru a o face să uite de orice precauție, precum și de principiile pe care le adoptase ca foarte importante pentru ea de multă vreme.

Cu toate acestea, între momentul în care se încheiase ultimul lor sărut și momentul în care intrasă în pub, rațiunea tinerei se întorsese la normal, iar acum, aceasta considera că avea și ea dreptul să îi ceară să răspundă la câteva dintre întrebările ei înainte de a merge mai departe.

Ochii reci ai lui Mark se prelumbrară peste trăsăturile ei preț de câteva clipe, dar după aceea, bărbatul aprobă dând din cap.

— Îți voi spune cât de mult pot. Cu toate acestea, nu văd care ar fi problema dacă mi-ai spune numele tău mai înainte, sublinie el, în același timp copiindu-i poziția.

Buzele ei zvâcniră, încercând să-și ascundă amuzamentul, dar umbra unui zâmbet îi luci în ochii albaștri.

— Eu sunt Lily, se prezentă ea, cu o ușoară aplecare a capului, parodiind o formă de salut vetuscă.

— Chiar arăți ca un crin, într-un fel, se arătă el de acord cu numele ei, dar mai apoi observă nedumerirea din privirea ei, așa că se grăbi să își explice cuvintele. Nu vorbesc despre coloritul tău, deși și pielea ta pare să fie foarte albă. Mă refer, însă, la ținuta ta și la felul cum te miști... Înțelegi tu unde bat, își încheie el explicația cu o strâmbătură și o fluturare mânioasă a degetelor.

Niciodată nu se simțise prea în largul lui atacând astfel de subiecte.

Un zâmbet blând se ivi pe buzele lui Lily și tânăra își scutură capul amuzată.

— Nu trebuie să te obosești prea tare, îl asigură ea. Oricum, mi-ar place să înțeleg ce s-a petrecut de fapt în stradă, sublinie ea, lovind cu arătătorul în masă pentru a-l face să înțeleagă că era serioasă în cererea ei și că nu va accepta nimic altceva din partea lui decât adevărul.

Mark își deschise gura pentru a îi îndeplini cererea când îi căzură ochii pe ospătărița care se îndrepta direct spre masa lor. Aceasta nu părea să fie în prea mare grabă, dar, cu toate acestea, prezența ei îi tăie cheful să înceapă să vorbească chiar atunci.

Omul își înclină capul ușor pentru a-i semnaliza lui Lily că erau pe cale de a avea companie, iar aceasta își întoarse capul spre chelnerița care se apropia și care părea mai preocupată să mestece ceva decât să afle ce doreau clienții ei.

Pentru o clipă doar, umerii lui Lily se încordară. Acesteia nu îi surâdea deloc întreruperea nedorită, temându-se că Mark va profita de apariția femeii și va uita că ar fi trebuit să îi spună ceva. Dar, după aceea, tânăra se relaxă și se lăsă din nou pe spate în scaun, punându-și mâinile în poală. Oricum, tot nu ar fi putut să-l forțeze să vorbească dacă acesta nu ar fi vrut, așa că nu îi rămânea nimic altceva de făcut decât să aștepte și să vadă ce va face el.

— Aveți nevoie de un meniu? se interesă chelnerița cu o lipsă de interes vădită.

Aceasta nici măcar nu se oprise din mestecat în timp ce le pusese întrebarea.

Lily se încruntă pentru o clipă, dar mai apoi găsi că talentul ospătăriței era chiar impresionant și sprâncenele i se cățărară pe frunte. Femeia enunțase cuvintele cu mare claritate, chiar dacă făcuse un balon din guma de mestecat pe care o avea în gură și îl spărsese chiar în mijlocul întrebării. Aparent, acțiunea respectivă nu îi zădărnicea discursul defel.

Mark nu arătă nici un fel de reacție vizavi de lipsa de entuziasm a chelneriței, ci se mulțumi să o privească cu răceală.

— Mda, cred că avem nevoie. Nici nu îndrăznesc să te întreb ce ne-ai putea recomanda, îi răspunse el pe un ton aspru, după care se întoarse înapoi spre Lily, un semn evident că terminase de discutat cu ospătărița și nu mai aștepta nimic altceva de la ea decât să revină cu un meniu.

Femeia îi simți lipsa de respect și ochii i se îngustară. După aceea, părăsi masa lor și, tropăind, se duse să le aducă un meniu. Când se întoarse cu unul, mai că îl aruncă pe masă în fața lor.

Cu mare greutate, deși nu o dorea, Mark reuși să spună un *Mulțumesc* înghețat printre buzele strânse, iar mai apoi deschise meniul pe un colț de masă pentru ca atât Lily cât și el să îl poată citi.

În timp ce chelnerița își târșăii picioarele leneș de-a lungul podelei, întorcându-se la colțul de unde se ivise, bărbatul se aplecă spre Lily și îi șopti:

— Ești sigură că vrei să bei sau să mănânci ceva aici?

— Nu te teme, ea este doar excepția de la regulă. Locul ăsta e bine îngrijit, iar bucătarul își știe meseria. De fapt, el este și proprietarul, iar el și eu ne cunoaștem foarte bine, să știi. Așa că nu îți fă griji. Dă-mi doar câteva clipe, spuse ea și se ridică de pe scaun înainte ca el să o poată opri.

— Unde te duci? Doar nu ai de gând să mă lași singur aici, se grăbi și el să se ridice de pe scaun, gata să o urmeze.

Omul nu putea să își explice anxietatea. În fond, nu era ca și cum ar mai fi avut nevoie de ea, iar el, în esență, era un singuratic. Și cu toate acestea, nu dorea să o piardă din vedere pe tânăra mlădie, cu părul ei de un roșu închis și cu ochii ei de vrăjitoare, de un albastru întunecat.

— Nu fii bleg, îl plesni ea jucăuș peste braț. Voi reveni curând. Încerc doar să pun la treabă vreo câțiva oameni care ne-ar putea ajuta aici, îl asigură ea. Crede-mă, ar fi păcat să plecăm de aici fără a fi avut parte de a trăi adevărata experiență a localului, îi zâmbi Lily, iar după aceea se întoarse și se îndepărtă, tocurile cizmelor ei răsunând pe podeaua de lemn.

~ 2 ~

# CAPITOLUL DOI

Mark o privi pe Lily traversând încăperea, iar mai apoi luă din nou loc în scaunul său. Nu era sigur că fusese prea înțelept să o lase să plece.

Femeia dispăru printr-o ușă turnantă localizată în cealaltă parte a sălii mari, iar el se temu că nu se va mai întoarce. După aceea, își reaminti de sacoșele ei. Toate erau încă acolo, inclusiv poșeta ei, așa că bărbatul răsuflă ușurat.

Neavând nimic altceva de făcut, Mark își căută telefonul celular în buzunar. Îl verifică să vadă dacă a primit vreun mesaj și se încruntă. Nimeni nu încercase să îl sune sau să îi trimită vreun mesaj de mai bine de douăzeci și patru de ore, iar așa ceva de mult nu i se mai întâmplase în trecut. De regulă, se vedea nevoit să facă față la un volum ridicat de apeluri și mesaje text, ceea ce nu se dovedea a fi prea ușor.

Bărbatul analiză situația mai bine și ajunse la concluzia că ceva grav trebuie să se fi întâmplat, iar la acel gând, sprâncenele i se adunară deasupra ochilor. Privirea îi deveni metalică, iar buzele i se strânseră într-o linie subțire.

— Este ceva în neregulă? i se strecură vocea lui Lily printre gânduri, aducându-l înapoi la realitate.

Mark se strâmbă și se apostrofă în gând. Nu ar fi trebuit să își relaxeze garda. Din contră, ar fi trebuit să fie mai grijuliu decât de obicei. Tocmai ce păcălise trei haidamaci, dar aceea nu însemna că scăpase definitiv. În afară de aceasta, de obicei era foarte atent la ceea ce se întâmpla în jur și, în consecință, nimeni nu-l surprinsese vreodată. Știa că nu l-ar fi ajutat cu nimic dacă ar fi renunțat la obiceiurile sale sănătoase exact atunci.

Bărbatul își vârî telefonul celular înapoi în buzunar și ridică din umeri.

— Doar o problemă de moment, mormăi el, supărat pe el însuși pentru că a dezvăluit prea mult într-un moment nepotrivit.

— Atunci să sperăm că totul se va rezolva curând, îl bătu Lily peste braț încurajator. Apropo, mie mi-e foame. Cum este destul de aproape de prânz, mi-am luat libertatea de a comanda prânzul pentru amândoi. Mi-am imaginat că oricum ai putea mânca, mai ales după sprintul acela care m-a secerat și m-a aruncat pe caldarâm, îi explică ea de ce nu s-a obosit să îi ceară părerea mai întâi pentru a vedea ce ar fi dorit. Oricum, crede-mă, nu o să-și pară rău, îi aruncă ea un zâmbet larg, iar Mark observă două rânduri perfecte de dinți mici albi.

— E mult prea îndrăzneață, mormăi el pe sub barbă.

Tânăra femeie își arcui sprâncenele, demonstrând că poseda două urechi ce funcționau foarte bine și că puține putea să treacă neauzite de ea.

— Îmi cer scuze, spuse Mark mecanic.

Bărbatul nu crezuse că mormăiala lui va ajunge la urechile ei și nu îi prea conveni că aceasta i-a înțeles cuvintele.

— Voi uita chestia asta, îi răspunse Lily pe un ton oarecum înțepat. Nu ți-am comandat de băut, spuse ea. Ian va veni și îți va lua comanda. Nu știam ce ai dori să bei, îi explică ea.

— Asta nu te-a oprit să îmi comanzi mâncarea, sublinie Mark, privind-o drept în ochi.

Lily zâmbi și ridică din umeri, gândindu-se să nu îi mai explice de ce, dar, mai apoi, se răgândi.

— Poți să faci și tu același lucru pentru mine data viitoare. Evident, dacă va fi o dată viitoare. Dar, trebuie să iei notă că știu destul de bine ce preferă bărbații și, mai mult decât atât, cunosc mâncarea aici. Tu doar ai avut o îmtâlnire scurtă cu personalul în formare, așa că opinia ta este influențată negativ de aceasta. Sunt sigură că fata aceea nu o să reziste prea mult pe aici cu atitudinea pe care o are, menționă ea. Standardele lui Ian sunt mult mai ridicate decât atât. Mi-a spus că este prima zi a fetei, dar, considerând ceea ce a văzut până acum, va fi și ultima ei zi de muncă în pub.

— Nu îmi place să fiu cel ce provoacă concedierea cuiva, își scutură Mark capul. Dar femeia nu e făcută pentru meseria asta, arătă el cu bărbia spre chelnerița care tocmai apăruse în raza sa vizuală.

— Oricum, am pierdut destul de mult timp discutând personalul tavernei, îi răspunse Lily. De ce nu mi-ai spune tu, mai bine, ce se petrece?

— Cum de știi atât de multe despre ce preferă bărbații să mănânce? evită el să răspundă, preferând să-i pună el o întrebare.

Lily își ridică sprânceana stângă și îl privi printre gene.

— Pe bune? Chiar ai de gând să îmi răspunzi la întrebare punându-mi altă întrebare? Asta chiar sună ca și cum ai vrea, de fapt, să eviți să îmi dai un răspuns.

— Ce anume vrei să știi? încercă Mark să mai câștige ceva timp, iar Lily își împinse părul în spatele urechilor, scuturându-și mai apoi capul.

— Nu poți să mă zăpăcești acum, îi spuse ea. Am mintea limpede și curiozitatea efectiv mă macină, așa că dă-i drumul și spune tot.

Mark surâse. Tonul ei poruncitor era în totală contradicție cu delicatețea trăsăturilor ei.

— Îți place să faci pe șefa, observă el, iar urma unui râset i se strecură în glas.

— Și nici măcar nu știi tot ce e în stare să facă, veni o voce masculină din apropiere, iar Mark înjură pe mutește, întorcându-și privirea pătrunzătoare spre bărbatul care i se adresase.

Furia lui Mark atinse un nou punct culminant când acesta își dădu seama că, încă o dată, pur și simplu, uitase să mai supravegheze împrejurimile. Privirea i se întoarse spre Lily cu repros, iar femeia înțelese că bărbatul o învinovățea pe ea pentru lipsa lui de atenție.

Tânăra femeie își arcui sprânceana stângă întrebător, ca și cum l-ar fi invitat să îndrăznească să spună ceva, dar bărbatul nu mușcă momeala. Ochii i se întoarseră din nou spre noul venit și îi analiză acestuia ținuta.

Bărbatul nu părea să fie amenințător, chiar dacă avea puțin mai mult de 1,90 înălțime și părea să fie devotat mersului la sală. Omul purta un șorț alb, ceea ce îi scotea în evidență lățimea umerilor și a pieptului, iar boneta lui de bucătar acopera un ciuf cârlionțat blond.

Mark se văzu pus în situația de a-și controla amuzamentul. Fața lungă a individului și mustața subțirică dădeau impresia că acesta tocmai evadase dintr-un desen animat.

Mark își mușcă buza inferioară pentru a nu izbucni în hohote de râs, iar vârful ascuțit al cizmelor lui Lily îl loviră în fluierul piciorului. Pe moment, simți nevoia să i-o plătească cu aceeași monedă, dar mai apoi se mulțumi numai să ridice din umeri cu indiferență.

— Eu sunt Mark, îi întinse el mâna bucătarului.

— Iar eu sunt Ian, i-o strânse acesta. Am venit cu ofrande de pace, spuse el, arătându-i lui Mark tava cu două cești de cafea, zahăr și lapte. Fripturile sunt pe grătar, îi făcu el cu ochiul lui Lily. Ea a spus că arăți cam ca genul de bărbat care ar prefera să aibă friptura mai puțin pătrunsă, se întoarse el spre Mark.

— Da, are dreptate, dădu acesta din cap, bătând-o pe Lily ușor pe dosul palmei pentru a își exprima plăcerea vizavi de evaluarea ei.

— De obicei are dreptate, îi răspunse Ian pe un ton sec, care făcea aluzie la existența unui oarecare trecut între el și Lily. Chiar este enervantă uneori din cauza aceasta, îi făcu el cu ochiul lui Lily.

— Mulțumesc pentru informare, spuse Mark doar pentru a umple tăcerea.

De fapt, el nu știa cum să interpreteze vorbele bărbatului, iar gândul că Lily și bucătarul împărtășeau o poveste comună îi stârnise gelozia.

El nu era un idiot, ba chiar era conștient că femeia trebuie să fi cunoscut și alți bărbați înaintea lui. Probabil că aceasta avusese deja destule relații până în acel moment.

Și în afară de aceasta, el nu avea nici un drept să pretindă că el era primul venit și femeia îi aparținea lui. Cu toate acestea, acel gând nu îi ostoi gelozia deloc.

— Ei, bine, mă întorc înapoi la bucătărie. Nu am suficient personal astăzi, iar domnișoara Arndell de acolo nu pare să fie potrivită să lucreze pentru noi, așa că va trebui să îi tai ziua din scurt, arătă el cu bărbia spre chelnerița care traversa taverna încetișor cu două sticle de bere în mână. Deja am avut câteva plângeri, menționă Ian. Mi-e teamă că va mai trebui să caut și să găsesc pe altcineva, ridică el din umeri cu neplăcere. Din fericire mai am doi candidați aliniați pentru slujba aceasta și mă întâlnesc cu amândoi în după masa aceasta, zâmbi el brusc. Sper ca măcar unul dintre ei să fie mai bun decât ea.

— Poți paria pe asta, îi surâse Mark. Nu se poate să existe mulți de calibrul ei prin zonă.

— Să te audă Dumnezeu, știi tu, îl plesni Ian pe Mark peste umăr, după care îi făcu din nou cu ochiul lui Lily și se întoarse la domeniul său.

Mark îl urmări pe bărbat cu privirea, în timp ce Lily începu să își pregătească cafeaua. Ian dispăru dincolo de ușa turnantă, iar ochii lui Mark se întoarseră înapoi la Lily.

— Deci, voi doi ați fost iubiți sau ce? o întrebă el, fără să își dea seama de asprimea vocii sale.

— Poftim? își ridică Lily privirea uluită, scăpând lingurița în ceașcă.

Cafeaua se revărsă peste marginea ceștii și pătă fața de masă. Mark înșfăcă câteva șervețele și începu să șteargă masa în timp ce Lily continuă să îl privească cu ochii mari.

— Doar am întrebat dacă ați fost împreună, ridică Mark din umeri. Și chiar nu cred că întrebarea mea este ieșită din comun, accentuă el, privind-o cu hotărâre.

— De unde ți-a venit ideea asta? îl întrebă Lily, trăgându-se câțiva centimetri în spate pentru a îl vedea mai bine.

— Nu e atât de dificil de ghicit, aruncă Mark șervețelele folosite pe tavă. Mi-am dat seama din felul în care ți-a făcut cu ochiul și după cum îți vorbea...

— Nu este nimic de ghicit, îl întrerupse Lily, pronunțând cuvintele cu mare grijă. Eu și Ian suntem prieteni. Dacă chiar vrei să știi, am crescut împreună, chiar în aceeași casă.

— În aceeași casă? se agăță Mark de acea declarație.

— Da, Ian este fiul menajerei noastre, îi explică Lily cu răbdare, iar, mai apoi, sorbi din cafeaua sa pentru că simțea o oarecare durere în gât.

Ar fi preferat să strige la Mark și trebuise să facă un mare efort pentru a-și controla tonul vocii.

— Adică vrei să spui că ai o menajeră care vine în fiecare zi? o întrebă Mark uluit, privind-o cu și mai mare atenție acum, privirea lui studiind-o de sus până jos.

Lily era bine îmbrăcată. Hainele ei erau de calitate bună, dar nu păreau extravagante. Femeia nu arăta ca o moștenitoare. Și totuși, el nu întâlnise mulți oameni care aveau o menajeră pe statul de plată. De fapt, nu cunoștea nici măcar unul.

— Este chestia asta o problemă pentru tine? își ridică ea una dintre sprâncene, fixându-l cu privirea.

— Cât de bogată ești? o întrebă el pe șleau.

Femeia izbucni în râs.

— Pe bune, nu-mi vine să cred că m-ai întrebat așa ceva, își scutură ea capul. Pe bune, chiar așa, de la început?

— Trebuie să știu pe ce picior stau, ridică el din umeri.

Mark își dădea seama că era nepoliticos. Cuvintele lui puteau fi interpretate în mai multe feluri, dar el chiar trebuia să știe cam care era poziția lui față de ea. Nu numai că o plăcea, dar voia și să o folosească drept acoperire pe perioada cât trebuia să rămână în Toronto.

— Te interesează femeile cu bani? spuse ea pe un ton mai rece decât înainte, iar ochii ei îl analizară cu interes vădit.

— Nu, am tot ce am nevoie, își scutură el capul. Dar cu toate acestea, trebuie să știu cu ce fel de femeie vorbesc. Eu, unul, nu am nimic în comun cu femeile care au o avere în spate.

— Hai să spunem că sunt într-adevăr o moștenitoare. Ce se întâmplă acum? îl întrebă Lily, împreunându-și mâinile în poală.

Femeia îl privi cu ochi indescifrabili, iar Mark simți impulsul de a se foi sub privirea ei.

— Știu că poate par a fi un ticălos, dar nu am avut decât o singură experiență cu o femeie de acest gen, iar eu, unul, nu prea am chef să o mai repet, spuse el pragmatic, deși simțea o undă de regret.

Bărbatului chiar îi plăcea de Lily și nu ar fi crezut că aceasta ar fi provenit dintr-o familie avută. Avea ea luciul și finețea, dar nu avea aerul unei femei cu bani.

— Deci ai avut o experiență urâtă cu o femeie cu bani, așa că ai renunțat să te mai împrietenești cu femei din acea categorie, dădu ea din cap în semn că înțelegea. Nu crezi că asta dovedește o oarecare îngustime de gândire, Mark? Dacă toată lumea care a avut o experiență neplăcută ar renunța să mai aibă vreo relație, nu ar mai exista nici un cuplu în lumea largă, exageră ea, gesticulând animat pentru a da mai multă greutate părerii sale.

— S-ar putea să ai ceva dreptate, recunoscu Mark, deși cu oarecare reticență. Cu toate acestea, se aplecă el ușor în față, aș spune că depinde și de cât de oribilă a fost experiența respectivă.

— Da, asta e adevărat, cedă Lily și, luându-și ceașca de cafea în mână, sorbi puțin din ea, pentru a-și umezi gura, iar apoi continuă. Cu toate acestea, nu ar trebui să-i permiți unei femei să îți distrugă orice experiență de viitor pe care ai putea-o avea, nu-i așa? trase ea concluzia.

— Nu, nu ar trebui să-i permit să-mi facă așa ceva, dădu Mark din cap, iar, mai apoi, își luă și el ceașca de pe masă și, privind-o pe Lily pe deasupra marginii acesteia, începu să-și bea și el cafeaua neagră.

— Oricum, nu e ca și cum ar fi momentul să vorbim despre o relație, sublinie Lily. Numai ce am dat unul peste celălalt, în fond. Este suficient timp să vedem dacă poate ieși ceva din chestia asta. Așa că eu cred că mai bine ne-am întoarce la subiectul inițial și am vorbi despre ce s-a întâmplat în stradă.

— Tot la chestia aia te gândești, hmm? mormăi Mark.

Tânăra surâse și dădu din cap cu hotărâre când încruntătura de pe chipul omului se adânci. Mark dori să mai spună ceva, dar sunetele mai multor pași îi ajunseră la urechi și omul se întoarse spre sursa lor. Mâna sa dreaptă se îndreptă pe ascuns spre buzunarul hainei sale.

Ochii lui Lily se rotunjiră, aceasta înțelegând ce însemna gestul său. Bărbatul părea plin de surprize și nu toate de genul care i-ar fi plăcut ei.

Mark îl zări pe Ian și un alt bărbat încins cu un șorț aducând farfurii la masa lor, așa că își retrase mâna din buzunarul hainei și afișă un surâs plăcut pe față.

— Prânzul vostru a sosit, anunță Ian și, cu un gest exagerat, le prezentă tava pe care o ducea.

— Chiar arată bine, omule, remarcă Mark când îi căzu privirea pe una dintre farfuriile mari cu fripturi uriașe, un mic munte de cartofi la cuptor și salate bogate.

— Și au gust și mai bun de cum arată, îi făcu Ian cu ochiul, punând una dintre farfurii în fața lui Lily, iar cealaltă în fața lui Mark.

Bărbaul nu știa ce este modestia când venea vorba despre talentele lui culinare.

— Dave v-a adus câteva aperitive, le explică el, ajutându-l pe celălalt bărbat să așeze două farfurii rotunde mai mici pe masă.

Mark râse, scuturându-și capul.

— Toate acestea pentru prânz, se minună el, în timp ce trecea cu privirea peste toate cele aranjate pe platouri.

— Poți să mănânci tot, sunt sigur. Ești tu un lungan slab, dar cei ca tine, în general, pot înghiți de două ori mai mult decât ceilalți, spuse Ian pe un ton sfătos. Îmi cunosc clienții, nu te teme, râse el.

După ce le ură să aibă poftă, Ian plecă, urmat de ajutorul săi de bucătar.

— Ai comandat toate astea, o privi Mark pe Lily cu uluire, luându-și furculița și cuțitul în mână.

— Nu chiar, își scutură ea capul, alegând cu grijă câteva aperitive de pe unul din platouri și punându-le pe farfuria mică ce fusese pusă în fața ei. Dar ar fi trebuit să știu. Lui Ian îi place să îi amețească pe prietenii săi cu mici surprize ca aceasta. Nici nu va accepta plata pentru ele, așa că să nu insiști. Din păcate, se supără destul de tare și nu va mai vorbi cu mine cel puțin o săptămână, îl avertiză ea pe Mark.

— Înțeleg, dădu bărbatul din cap, privirea lui mereu fixată pe mâncarea de pe masă. Ei bine, hai să mâncăm. Și nu te teme, nu îl supăr eu pe Ian, o asigură el, alegând câteva aperitive și înghițindu-le în câteva secunde.

Se părea că Ian chiar își cunoștea meseria.

După aceea, Mark începu să își taie friptura. Mirosul acesteia îi ața simțurile, făcându-i să-i plouă în gură, și el nu mai putea să aștepte nici măcar o clipă fără să își mănânce friptura.

Lily îl privi în tăcere preț de câteva momente, iar apoi își scutură capul și împunse cu furculița una dintre ciuperci fierte înăbușit în unt, lăsându-l pe Mark să mănânce în pace vreo câteva minute. Se vedea clar că bărbatul era flămând și ea se întrebă când acesta mâncase ultima oară.

$$\sim 3 \sim$$

# CAPITOLUL TREI

Lily devoră ultima bucată din prăjitura ei cu ciocolată, ce fusese stropită din plin cu un sos gros de ciocolată și înghețată, iar mai apoi oftă de plăcere. Prăjitura cu ciocolată era unul din secretele ei întunecate. Întotdeauna o dorea și niciodată nu putea să refuze când i se oferea o felie. În regulă, o felie zdravănă. Niciodată nu văzuse care ar fi fost rostul să mânânce doar o felie subțire dacă ar fi putut să se bucure de una dublă.

Cu un ușor regret, împinse farfuria de desert la o parte. Era ea blestemată în anumite privințe, dar, în felul ei, era o femeie norocoasă. Putea mânca absolut tot ce își dorea pentru că, oricum, tot nu lua în greutate. Așa că își făcea pofta de a degusta o prăjitură cu trei straturi de ciocolată ori de câte ori avea ocazia, mai ales dacă aceasta era fierbinte și înconjurată de un munte de înghețată.

Femeia începu să caute prin geantă, căutându-și telefonul celular, iar după câteva clipe, îl găsi. Îl scoase, gândindu-se să își verifice emailurile.

Mark se scuzase și se dusese la toaletă cu câteva clipe mai devreme, așa că ea se gândi să-și umple timpul cu ceva. Niciodată nu îi plăcuse să aștepte și refuza să lase plictisul să pună stăpânire pe ea.

Se încruntă pentru o clipă atunci când își dădu seama că tot nu primise un răspuns clar de la Mark. Acesta dansase în jurul întrebării ei privind cauza sărutului lor, așa că nu i se ostoise curiozitatea.

Cu toate aceste, se hotărâse să îl lase pe bărbat să își ia prânzul în liniște și încetase să îl mai perpelească cu întrebări despre felul în care se întâlniseră. Știa că acesta îi va spune totul numai atunci când s-ar fi simțit în largul lui și nu mai devreme.

De fapt, conversația lor se îndepărtase bine de ceea ce se petrecuse mai devreme în stradă. Discuția lor se concentrase mai ales pe diverse feluri de mâncare și pe gusturile fiecăruia. Ca urmare, aflaseră că, deși aveau destule gusturi în comun, aveau și multe gusturi opuse.

Cum Lily vizitase New Yorkul de câteva ori în trecut, iar Mark, aparent, provenea de acolo, trecuseră la discutarea orașului și își comparaseră preferințele privind locurile favorite pentru a lua o masă spontan sau pentru a se distra. Amândorora le plăcea orașul, deși Lily iubea Toronto mai mult. Pentru ea, New York era potrivit pentru a petrece o vacanță scurtă când și când.

Mult mai important decât atât, Mark nu o adormise cu subiectele de discuție pe care le alesese, iar aceasta reprezenta o noutate pentru ea. În timpul ultimilor ani, femeia avusese parte numai de prime întâlniri, pe care le petrecuse în principal cu ochii pe ceas, nerăbdătoare să se întoarcă acasă și dorindu-și să fie oriunde altundeva numai ca să scape de tortură.

În ultima vreme, chiar refuzase să mai iasă cu cineva, iar cu excepția unei întâlniri oarbe cu vreo două săptămâni mai devreme, Lily reușise să evite complet scena întâlnirilor romantice pentru o vreme. Astfel de întâlniri nu păreau să conducă nicăieri și femeia ura pierderea de timp pe care o implicau.

Acel prânz cu Mark se dovedise diferit și, chiar dacă nu reprezenta o întâlnire, femeia spera să se poată transforma în așa ceva. Bărbatul o făcuse să dorească să afle mai multe despre el și să petreacă mai mult timp cu el.

Lily simțea că acesta ascundea o mulțime de lucruri și își promisese să îi descopere toate secretele, ba chiar destul de curând. Ea credea că putea face absolut tot ce își dorea dacă dovedea suficient de multă tenacitate. Evident, cu excepția puterilor sale, dar acolo chiar nu avea de ales. Când un blestem îți atârnă deasupra capului, este cam dificil să scapi de el.

Tânăra își îndepărtă gândurile negative și un surâs i se ivi pe buze. Reflectă că trecuse desult de mult timp de când dăduse peste cineva la fel de interesant ca lunganul roșcat cu ochii săi verzi și ageri, care îi plăceau ei atât de mult.

Pierdută pe gânduri, femeia se lăsă pe spate în scaun, degetele ei jucându-se absente cu telefonul său mobil, astfel uitând complet că intenționase să își verifice emailurile.

Ușa de la intrare se trânti, iar Lily își ridică privirea pentru a vedea ce se întâmplă. Trei bărbați masivi se pătrunseră în încăperea principală a pubului grăbiți, iar ochii lor cercetători se opriră asupra ei imediat. În fond, se găsea singură acolo.

Unul dintre ei mormăi ceva, iar sprânceana stângă a lui Lily se arcui interogativ. Nu auzise ea cuvintele cu claritate, dar le înțelesese sensul. Bărbatul se întreba dacă ea era femeia pe care o căutau.

Tânăra femeie îi fixă cu privirea și încercă să-și răscolească memoria pentru a-i plasa, dar nu își putu aduce aminte unde îi întâlnise. Nu își amintea ca drumurile lor să se fi încrucișat vreodată, chiar dacă ceva legat de ei părea destul de familiar. Mai important decât atât, o mânca pielea, având senzația că se găsea în prezența unui cuib de șerpi.

Ceilalți doi bărbați dădură din cap, iar ochii li se îngustară. Cu hotărâre, cei trei înaintară spre Lily, lucru care acesteia îi displăcu.

Femeia percepea undele ce emanau dinspre ei, în valuri firbinți, înfricoșătoare, și imediat își dădu seama că nici unul dintre ei nu era cumsecade. Nu exista nici cea mai mică îndoială că intențiile lor vizavi de ea nu erau prea bune.

Lily se îndreptă în scaun, lăsându-și telefonul deoparte. Își șterse orice expresie de pe chip și așteptă să vadă ce doreau aceștia de la ea.

Cu colțul ochiului, îl zări pe Mark întorcându-se de la toaletă. Își dădu seama că acesta îi zărise pe noii veniți atunci când bărbatul se împiedică și îngheță pe loc pentru o clipă.

Inima lui Lily se opri pentru o secundă, dar tânăra tot nu-și luă ochii de la bărbații din fața ei. Din fericire, simți când Ian păși în fața lui Mark, prinzându-l pe acesta de umăr și ținându-l pe loc.

O grimasă curbă buza de sus a lui Mark din cauza furiei, iar omul încercă să-l împingă pe Ian la o parte pentru a-ți face loc să treacă. Cu toate acestea, Ian nu cedă nici un centimetru din teritoriul ocupat. Pur și simplu, acesta își scutură capul, iar apoi îi șopti lui Mark:

— Las-o în pace să-și facă treaba. Este capabilă să aibă grijă de ea însăși.

— Ei mă vor pe mine, reuși Mark să spună printre dinții strânși. Ea doar ce s-a nimerit la mijloc. Nu pot să o las să sufere consecințele acțiunilor mele. Nu ar fi fost aici dacă nu aș fi fost eu.

Ian îl sfidă cu privirea și ridică din umeri cu nonșalanță, iar mai apoi își plantă cealaltă mână în mijlocul pieptului lui Mark pentru a-l opri să intre în sala principală a restaurantului. Bărbatul se grăbi să vorbească, știind că destul de curând se va dezlănțui iadul. Reușise să își dea seama de intențiile noilor veniți, dar avea încredere în Lily și știa că aceasta putea să se ocupe de ei într-un fel sau altul.

— Nu era chiar atât de dificil să înțeleg asta. Lily nu ar fi atras acest tip de indivizi. Dar, cu toate acestea, ea nu te-ar vrea acolo și trebuie să te gândești la acest lucru. Nu ai face decât să o încurci, omule.

— Nu îmi pasă de ce vrea ea, îl împinse Mark pe Ian la o parte. Nu o pot lăsa să fie rănită din cauza mea, șopti el, copiind comportamentul lui Ian.

— Și exact acest lucru i se va întâmpla dacă te miști de aici, îl împinse Ian înapoi, privind fix în ochii verzi și mânioși ai lui Mark. Ai încredere în mine pentru o clipă. Dacă este nevoie, vei putea merge să o ajuți și poți paria că te voi însoți și eu, îl asigură Ian. Acum, însă, va trebui să ai încredere în ea și să îți păstrezi mintea deschisă. Vom vedea noi din ce aluat ești făcut în câteva minute, murmură Ian cu sarcasm, studiindu-l pe bărbat cu ochi vicleni.

Sprâncenele lui Mark se arcuiră, când își dădu seama de avertismentul din cuvintele lui Ian. Cu toate că nu credea că Lily ar fi fost în stare să se ocupe de trioul de indivizi musculoși și să scape de ei, decise să aștepte. Cine știe, poate că, până la urmă, femeia îl va ului. Bineînțeles, dacă Ian nu era cumva un lunatec ce evadase dintr-un ospiciu sau ceva similar.

Zidul care separa încăperea principala de cealaltă, precum și de coridul dinspre bucătărie și toalete, îi ascundea pe Ian și Mark de cei trei indivizi. Cu toate acestea, cei doi aveau un punct de observație destul de bun, așa că puteau să vadă ce se petrecea în sala mare fără ca și ei să fie văzuți la rândul lor.

Mark nu înțelegea cum de oamenii îi găsiseră. Știa că nu îl recunoscuseră fără căciulă, iar Lily reprezentase o bună acoperire în acel moment. Probabil pentru că nu îl putuseră găsi, își amintiseră că trecuseră în fugă pe lângă un cuplu care se săruta în stradă. Era, de asemenea posibil, ca aceștia să fi obținut deja o descriere mai adecvată a lui, iar dacă acel lucru era adevărat, atunci se găsea în mare pericol acum.

Mulțumită că Mark a decis să nu se arate, Lily îi privi pe cei bărbați duri cu seninătate, iar ochii i se opriră pe nasul rupt al bărbatului care o luase înaintea celorlalți doi. Deși avea stomacul chircit de teamă, femeia știa că nu i se putea întâmpla nimic rău ei. Nu devenise ea expertă în ceea ce privea talentele ei, dar avea voința și puterea de a-i face să plece, chiar dacă ar fi făcut și unele greșeli între timp.

Cu toate acestea, asta însemna să îi dezvăluie lui Mark anumite lucruri pe care nu fusese pregătită să le mărturisească tocmai atunci. Tânăra ridică din umeri cu nonșalanță. Într-un fel, poate că era mai bine că se întâmpla așa. Cel puțin, astfel, ar fi știut exact pe ce picior stătea cu Mark chiar de la început și nu și-ar fi irosit timpul pentru nimic. Reușise să nu aibă inima ruptă până atunci și ar fi preferat să continue pe acel drum și de atunci înainte.

Bărbații se opriră lângă masă, aplecându-se peste Lily, străpungând-o cu privirile lor înnegurate. Femeia își ascunse zâmbetul, dar colțurile gurii ei tot zvâcniră involuntar.

Nu era deloc greu să le înțeleagă strategia. Omanii voiau să o sperie, gândindu-se că femeia le va spune imediat tot dacă ei o copleșeau cu prezența lor.

Tânăra nu le putea găsi vină, însă. Aceștia nu aveau de unde să știe că ea avea un caracter mult mai puternic decât atât.

Lily își împreună mâinile în poală fără să scoată un sunet, iar apoi își îndreptă privirea neclintintă spre cel ce părea să fie șeful. Imediat simți confuzia omului atunci când acesta îi observă atitudinea, iar aceasta o umplu de bucurie. Probabil că bărbații se așteptaseră ca ea să izbucnească în lacrimi imediat ce i-a văzut, iar ei îi plăcea la nebunie ideea că putea să le demonstreze cât de greșite le erau prezumțiile.

Cei trei bărbați încercară să o intimideze, privind-o fără să clipească. Femeia se mulțumi să le întoarcă privirea, ba chiar cu o oarecare supărare. După vreo douăzeci de secunde de tăcere deplină, tânăra căscă, acoperindu-și gura delicat cu degetele.

Sclipirile de mânie ce luminară ochii liderului o satisfăcură. În fond, nu i-ar fi plăcut să vadă că și-a irosit efortul.

Lily își descrucișă și încrucișă din nou picioarele, jucând rolul unei femei de societate, părând chiar gata să înceapă să își pilească unghiile doar pentru a nu se plictisi. Și cu toate acestea, privirea ei fermă nu îi pierdu pe cei trei din vedere. I-ar fi plăcut foarte mult să vadă expresia lui Mark, dar nu îndrăznea să își lase ochii să se îndrepte spre locul unde se găsea acesta, temându-se că și cele trei gorile l-ar fi observat.

Tânăra îi mulțumi lui Dumnezeu pentru reacția rapidă a lui Ian. Fără el, Mark probabil ar fi fost prins acolo cu cei trei, iar figurile indivizilor avertizau clar că erau aducători de vești rele.

— Mai devreme stăteai gură la gură cu un individ roșcat în stradă, o acuză bărbatul ce se părea a fi conducătorul grupului.

Lily ridică din umeri, le oferi un spectacol, analizându-și cu grijă unghiile și mormăi ceva indescifrabil. Cu toate acestea, simțurile îi rămăseseră în alertă, pentru a putea fi în stare să reacționeze dacă oricare dintre cei trei ar fi încercat ceva împotriva ei.

— Am întrebat ceva, tună bărbatul și o împunse în umăr suficient de tare pentru ca femeia să simtă o vânătaie prinzând formă pe pielea ei, în ciuda puloverului care o acoperea.

Femeia putea percepe emoțiile lui Mark care creșteau în intensitate, iar pentru o clipă se bucură. Nu avea ea talentul lui Matt de a citi oamenii, dar se pare că lucrurile stăteau un pic altfel când venea vorba de Mark.

Acum, Mark încercă să treacă de Ian cu forța, iar pentru o clipă degetele lui Lily zvâcnifă din cauza trepidației. Cu toate acestea, femeia îl știa bine pe Ian și nu se îndoia nici o clipă că putea conta pe ajutorul lui pentru a îl ține pe Mark departe de desfășurarea întregii povești. Ian avea totală încredere în ea și în abilitățile ei, chiar dacă știa foarte bine că mai dădea ea și chix uneori.

Lily își ridică privirea și și-o aținti asupra agresorului său. Lumina din pupile i se intensifică. Albastrul întunecat al irișilor se schimbă mai întâi într-un gri întunecat, pentru ca mai apoi sa devină verde închis, numai pentru a se topi iute într-un căprui fierbinte câteva secunde mai apoi. Pupilele i se schimbară în tunele învolburate, adânci și misterioase, iar femeia citi teamă în privirea bărbatului. Spaima își făcu drum prin mușchii fremătători ai individului și vîrfurile degetelor sale se mișcară spasmodic.

Lily nu se mișcă și nici nu clipi măcar. Pur și simplu, se concentră pe fețele bărbaților. Era suficient de umană pentru ca să o bucure zvâcnirea obrazului liderului grupului de indivizi, precum și buzele palide ale individului din dreapta lui.

— Arde-i una muierii afurisite, mormăi cu ostilitate individul din stânga liderului, iar colțurile buzelor lui Lily se curbară.

Femeia observase că vocea acestuia tremura și, de asemenea, îi percepea frica crudă ce îi ardea gâtlejul. Nu mai părea atât de îndrăzneț precum înainte.

Cel de-al treilea individ își încleștă pumnii pentru a ascunde faptul că degetele îi tremurau. Și, cu toate acestea, nu reuși să își ascundă tremurul bărbiei.

Nasul lui Lily se încreți. Căpruiul ochilor ei se intensifică hipnotic. Îndrăzneala bărbatului ce părea să conducă trupa dispăruse. Bustul femeii rămase nemișcat, da, cu toate acestea, unde vibrau în jurul ei, iar inimile indivizilor mai că se oprirăă.

Tânăra își puse o mână în poală, iar pe cealaltă și-o ridică la piept, fără să îi pese dacă cei trei ar fi crezut că se temea de ei. Nu o interesa decât să fie gata să reacționeze dacă ar fi fost necesar, iar mândria ei nu era importantă pe moment. Oricum, știa că indivizii vor afla cum stăteau lucrurile și cine avea controlul total, așa că nu-și mai complică mintea cu preocupări minore.

— Ți-am pus o întrebare, mârâi liderul grupului, gata să o plesnească.

Mușchii umflați de pe coapsele lui se încordară, iar respirația îi deveni inegală.

— Mie mi-a sunat mai curând ca o declarație, nu ca o întrebare, îi răspunse ea pe un ton coborât, plin de indiferență.

— Cine este și unde se află individul? tună bărbatul, pierzându-și răbdarea cu ea.

Lily îi aruncă un zâmbet larg și își scutură capul, lăsându-l să înțeleagă că îi nega dreptul de a-i pune astfel de întrebări.

— Cred că asta e ceva ce trebuie să știu doar eu, chiar dacă tu poți pune întrebarea. Nu văd de ce ți-aș da eu detalii despre viața mea personală. Viața mea este a mea și numai a mea. Personală, punctă ea, iar pupilele i se contractară și mai mult, pulsând, în același timp, cu o lumină albă.

Sătul de atitudinea ei obraznică, chiar dacă lucirea din ochii femeii îl terifia, bărbatul se aplecă în față, gata să o plenească cu dosul palmei.

Lumina vrăjitorească din ochii ei se adânc1ră, iar ea se concentră asupra chipului bărbatului. Omul se clătină, iar rotițele din creierul lui se opriră. Nu înțelegea defel ce se petrecea.

Lily își desfăcu palma de pe piept, întinzându-și degetele, iar apoi clipi o singură dată. Un pahar cu apă se opinti brusc de pe masă, suprinzându-i pe cei trei. Ca hipnotizași, privirile lor urmăriră mișcarea paharului. Albul ochilor lor lucea din cauza terorii, iar respirația li se schimbă.

Apa îi stropi chipul liderului, iar bărbații gemură de spaimă, incapabili să își ia privirile de pe pahar. Acesta pluti câteva clipe, înainte de a se întoarce înapoi spre masă, pentru a se așeza după aceea în exact același loc unde se aflase la început.

— Ce mama naibii? ceilalți doi strigară în același timp, în timp ce liderul își pierduse complet puterea de a mai cuvânta.

Vocile lor atinseră sunete înalte, iar țipetele lor aduseră un surâs amuzat pe chipul lui Lily. Bărbatul din stânga liderului își întinse brațul, intenționând să își înfigă mâna în părul femeii.

Ochii lui Lily se întoarseră spre el, îngustați ca două fante, iar degetele ei tremurară ca o părere. Un șoc electric trecu prin mâna omului, iar degetele acestuia tremurând spasmodic.

Omul urlă de durere, scuturându-și mâna, iar apoi făcu un pas mare în spate, pentru a se ascunde în spatele siluetei masive a liderului său. Picioarele îi tremurau, iar genunchii i se ciocneau unul de celălalt.

Ochiul drept al celui de-al treilea individ din grup începu să se zbată. Acesta considera că se ajunsese mult prea departe, așa că își scoase revolverul din buzunarul hainei sale și îl armă.

— Acum vei cânta o melodie diferită, păsărică, ricană el, iar buzele i se curbară, descoperindu-i dinșii galbeni inegali. Ne vei conduce la omul acela dacă vrei să trăiești, dădu el din cap cu încredere în sine nejustificată.

Lily îl privi cu milă și dispreț evident, iar mai apoi ochii i se îndreptară spre țeava revolverului. Tânăra ridică o sprânceană, iar pistolul zbură din mâna bărbatului pentru a-i cădea ușor femeii în poală.

Ochii bărbaților se bulbucară pe chipurile lor cenușii. Liderul își apăsa palma peste inimă, convins că pierduse câteva bătăi în ultimele secunde.

Bărbatul pe care Lily îl lăsase fără pistol se holba la mâna sa goală, incapabil să înțeleagă ce se petrecuse. Buzele i se mișcau, dar nici un sunet nu ieși din gura lui.

Cel de-al treilea își făcu semnul crucii și spuse o scurtă rugăciune pentru a-l îndepărta pe necuratul. Lily izbucni în râs și își scutură capul.

— Chestia asta nu te va ajuta, îl informă ea. E posibil să mă ajute pe mine, dar nu pe tine.

După aceea se ridică înșfăcând revolverul și păși în spatele scaunului cu agilitate. Aruncă revolverul într-una din sacoșele ei cu un gest neglijent, în tot acest timp surâzând cu ironie și dispreț abia mascat către grupul de bărbați.

Mai apoi, își puse mâinile strânse în pumni pe șoldurile înguste și întrebă arcuindu-și sprâncenele:

— V-a fost de ajuns până acum?

Un mârâit erupse din gâtlejul liderului. Acesta trebuia să dea socoteală altcuiva și nu putea să raporteze lucruri pe care nu le-ar fi crezut nimeni. Și-ar fi semnat sentința la moarte cu o mișcare rapidă.

Mai mult decât atât, mândria lui nu îl lăsa să accepte înfrângerea datorită unei fărâme de femei. Nu își putea permite să devină batjocura glumelor ei, așa că se repezi să o prindă de gât, gândindu-se că că așa va putea pune capăt lanțului de acțiuni improbabile.

Cu repeziciune, Lily își desfăcu degetele în direcția lui, iar omul se izbi de un zid invizibil de gheață, dând pentru o clipă înapoi din cauza șocului. Un moment mai târziu, mârâi din nou, iar o grimasă îi develi dinții.

Teroarea îi colora ochii, dar, în ciuda acelui fapt, își propti palmele pe obstacolul invizibil și împinse cu toată puterea. Bariera nu se mișca defel.

Lătră un ordin scurt gutural, iar ceilalți doi i se alăturară pentru a-și uni forțele să spargă zidul. Bărbații nu mai aveau decât un singur țel în minte, să ajungă la femeia aceea și să îi provoace durere. Cu toate acestea, în ciuda eforturilor lor combinate, nu reușiră să avanseze nici măcar un milimetru.

Lily își scutură capul din nou. Indivizii aveau ambiție, trebuia să recunoască acel lucru, chiar dacă nu era de acord cu metodele și țelurile lor. I-ar fi lăsat să se lupte ceva vreme și să se obosească, dar femeia percepu neliniștea și perplexitatea lui Mark, așa că se decise să pună capăt jocului.

Își puse palma pe zidul invizibil și îi dădu un ghiont ferm, iar lumina de culoarea alunei din ochii ei se intensifică. Bărbații urlară de durere și se prăbușiră la pământ, iar brațele și picioarele le tremurară, cuprinși de convulsii.

Lily îi privi cu seninătate. Făcuse o greșeală, dar lucrurile se dovediseră a fi bune până la urmă. Intenționase numai să îi azvârle cât colea pe podea. Electrocutarea nu intrase în planurile ei. Cu toate acestea, reușise să le țină piept, iar aceasta conta.

Un fum alb dansă între Lily și atacatorii ei, iar mirosul de foc electric lâncezi în atmosferă. Ochii lui Lily prinseră o culoare verde, iar fumul se disipă puțin. Privirea îi deveni gri, iar mirosul din încăpere se schimbă. Izul podelelor de lemn proaspăt lăcuite cuceriră aerul, încet, încet, în timp ce ochii lui Lily se întoarseră la culoarea lor de un albastru închis și nici o urmă a ceții fumurii nu se mai zări.

Tânăra femeie păși în direcția bărbaților care erau tot la podea, cuprinși de convulsii ușoare. Când aceștia își dădură seama că femeia se îndrepta spre ei, strigară îngroziți, iar mai apoi, se târâră departe de ea, în direcția ușii de la intrare.

— Să nu mă mai plictisiți din nou, le porunci ea pe un ton pragmatic. Să nu mai îndrăzniți să priviți în direcția mea sau a omului meu. Nu ma voi mai abține data viitoare și veți resimți întreaga putere a mâniei mele, îi avertiză ea atunci când bărbații ajunseră la ușa de la intrare și săriră în picioare, chiar dacă acestea nu erau prea sigure și aveau consistența spaghetelor.

Grăbiți aceștia se aruncară pe ușă afară, iar râsetul ei răsună în spatele lor. După aceea, tânăra își scutură capul. Mai apoi, femeia își întoarse ochii spre Mark și Ian, iar expresia chipului ei se schimbă, femeia devenind serioasă, ascunzându-și adevăratele gânduri în spatele unei expresii de necitit.

Ochii lui Mark ardeau pe chipul lui, iar duritatea gurii sale nu prevestea nimic bun. Bărbatul o privea cu intensitate, ochii lui căutând pe fața ei răspunsuri presante la întrebările lui.

Lily oftă și se întoarse la scaunul ei, unde luă loc. Oricum nu putea schimba nimic din ceea ce se întâmplase, așa că decise să nu se agite pentru ceva ce nu îi stătea în puteri.

— Îmi aduci și mie ceva de băut, te rog, Ian? strigă ea la prietenul ei din copilărie. Ceva cu puțină tărie, zâmbi ea palid. Cred că voi avea nevoie de așa ceva curând, spuse ea, aruncându-și privirea spre Mark din nou.

— Doar o clipă, draga mea, o asigură el.

După aceea, se întoarse spre Mark, îi analiză starea de spirit, iar apoi îl bătu pe spate.

— Ți-am spus eu că poate să se ocupe de ei, omule. Vezi, nu era nici un motiv să îți faci griji, râse el, iar mai apoi se îndreptă spre bar, scuturându-și capul cu plăcere.

Mark nu îi dădu nici o atenție lui Ian sau vorbelor lui. El, unul, nu își putea lua ochii de la Lily, și sute de întrebări i se învolburau în minte. Evenimentele îl lăsaseră oarecum amețit și în șoc.

~ 4 ~

# CAPITOLUL PATRU

Mark avansă cu pași ezitanți înspre masă. Privirea lui verzuie se fixă pe chipul lui Lily, cercetându-l febril. Deși punctul lui de observație fusese destul de departe, observase schimbările din ochii ei pe parcursul evenimentelor, iar acestea îl șocaseră. De altfel, era încă șocat, iar inima îi bătea cu o sută pe oră.

Bărbatul nu avea probleme în a crede în anumite lucruri. Avea unele cunoștințe și știa că existau oameni care puteau face lucruri la care el nici măcar nu visase. Avusese ocazia de a vedea unele dintre acele lucruri el însuși, dar ceea ce văzuse până atunci nu erau decât mărunțișuri comparativ cu ceea ce văzuse că era Lily capabilă să facă.

Omul nu putea să o catalogheze pe femeia din fața ochilor săi cu ușurință, iar acest lucru îl neliniștea oarecum. Fusese deja martor la unele din lucrurile pe care aceasta le putea face. Acum se întreba de ce altceva ar fi fost tânăra capabilă.

Orice bărbat simțea nevoia de a știi că ar fi putut ține piept unei femei atunci când se vedea pus într-o anumită situație. Lily anula complet o astfel de posibilitate, așa că omul trebuia să se întrebe dacă ar fi ieșit nevătămat din mâinile ei dacă s-ar fi certat cu ea vreodată sau dacă ar fi avut opinii diferite despre ceva anume.

Mark niciodată nu își irosise timpul gândindu-se la relațiile sale cu femeile. Acestea veneau și apoi plecau. Se bucura de ele atâta timp cât relația dura.

Cu toate acestea, din momentul în care o ținuse pe Lily în brațe, ausese senzația că ceva era diferit. Poate că nu ar fi recunoscut acel lucru față de el însuși, dar spera să aibă parte de ceva mai mult cu ea sau ca legătura lor fragedă să dureze puțin mai mult.

În mintea lui, ei doi erau egali în caz că ar fi decis să construiască o relație împreună. Nu ar suportat o femeie neputincioasă, care i-ar fi atârnat de gât ca o piatră de moară. Nici nu s-ar fi gândit să domine o femeie. Avea el alte aspecte ale vieții unde își putea satisface nevoia de a domina.

Era adevărat că o relație cu Lily părea puțin probabilă. Aceasta trăia în Toronto, în timp ce casa lui se găsea în New York, dacă putea numi acasă micul apartament în care locuia când se afla în oraș. Și cu toate acestea, o scânteie de speranță tot se ivise în mintea lui. Un bărbat nu putea da deoparte cu nepăsare acel sărut pe care el îl furase de la ea.

Mark își scutură capul pentru a și-l limpezi. Ochii lui nu se dezlipiseră de ai lui Lily de când huliganii părăsiseră pubul. Femeia îl uluia și îl umilea în același timp. Puterea ei îi stârnea nevoile, dar și temerile nerostite.

Lily îi întoarse privirea lui Mark cu un calm care îl ului. Femeia se comporta de parcă nimic ciudat nu se întâmplase, iar el fusese cel care își imaginase totul. Arăta de parcă nu ar fi avut nici un fel de grijă pe lume, iar Mark se întrebă cam ce ar trebui el să înțeleagă din asta.

Atunci când ajunse la masă, omul își puse mâna pe spătarul scaunului, îl trase spre el, dar nu luă loc. Pur și simplu, continuă să o privească pe Lily, cu ochii plini de întrebări și de tăgadă.

— Nu vrei să iei loc? îl întrebă Lily ridicându-și ochii spre chipul lui.

— Crezi că ar fi cazul să îmi asum riscul? o întrebă el pe un ton sec, iar femeia își arcui sprâncenele.

Ochii i se îngustară, iar, pentru câteva clipe, buzele i se strânseră de neplăcere.

— Crezi că e cazul să întrebi? i-o întoarse ea pe un ton glacial. Te-am speriat cumva, Mark? îl întrebă ea, deși știa destul de bine că probabil îl înspăimântase.

Nu avusese intenția să îi ofere un spectacol atât de elaborat, dar se găsise într-o situație destul de neplăcută pe moment.

Mark ridică din umeri și, într-un final, luă loc pe scaun. Se lăsă pe spate, cu privirea mereu fixată pe a ei. Impulsul de a se foi sub ochii lui pătrunzători o necăji pe Lily și femeia se încruntă. Mark se întinse și îi atinse mâna cu blândețe.

— Nu te poți aștepta să accept tot ceea am văzut fără să îmi fac nici un fel de griji, îi spuse el pragmatic. Câți oameni ar fi martori la așa ceva și nu ar spune nimic? se întrebă el, iar uimirea i se reflectă în ochi.

Prea ocupată să îi citească emoțiile, Lily nu îi răspunse. Nu ajunse prea departe, iar încruntarea i se accentuă. Nu se îndoia că blestemul familiei îi diminua puterile.

Nici măcar nu se așteptase să fie capabilă să facă tot ce le făcuse huliganilor ce o atacaseră. Cu toate acestea, era convinsă că era important să citească emoțiile lui Mark cât mai precis, iar faptul că nu reușea o mânia.

— Acum nu te supăra, Lily, îi prinse Mark degetele într-ale lui. Nu am făcut nici un fel de presupuneri inelegante și nici nu te-am acuzat de ceva. Voi aștepta să-mi spui tu despre ce este vorba. Abia atunci îmi voi forma o părere, o strânse el de mână.

Bărbatul îi ridică degetele la gură și își trecu buzele peste ele ușor. Cu toate acestea, femeia simți atingerea până în vârful degetelor de la picioare, provocându-i scântei peste tot pe piele, făcând-o să tragă adânc aer în piept.

Ochii i se întunecară, iar Mark îi privi cu un surâs atotștiitor în colțul gurii. Bărbatul îi judecă reacția și trase concluzia că femeia era deja excitată, ceea ce îi liniști emoțiile suficient de mult pentru a putea să-i ofere un zâmbet larg.

— Ăsta de aici e bun de păstrat, Lily, vocea lui Ian se insinuă între ei și le destrămă concentrarea totală a unuia asupra celuilalt.

Ochii lui Mark se îndreptară spre Ian, iar sprânceana lui stângă se curbă. Ian nu reacționă, ci se mulțumi să izbucnească în râs și să îl plesnească peste umăr. După aceea, îi oferi un pahar de whiskey lui Lily și, scuturându-și capul amuzat, plecă.

Lily își ridică paharul și îl salută pe Mark. După aceea, sorbi cu grijă din lichidul tare.

— Ce a vrut să spună? A spus că sunt bun de păstrat. Despre ce vorbea? o întrebă Mark curios, aplecându-și capul pe dreapta, ca și cum astfel ar fi putut judeca schimbările de pe chipul ei mai bine.

Avea el o idee cam ce voia Ian să spună, dar se gândea că o confirmare nu ar fi stricat defel.

Lily se înroși și mai mult și își scutură capul. Sorbi din paharul ei din nou, ca să nu fie nevoită să vorbească, gândindu-se să mai câștige ceva timp pentru a găsi o manieră mai potrivită pentru a explica situația.

— Vorbea cumva în termeni de... cuplu? insistă Mark, străpungând-o cu privirea.

Lily se strâmbă, dar mai apoi dădu din cap.

— Interesant, murmură Mark. De ce? o întrebă el, privind-o intens.

Lily se îmbujoră și mai mult, iar Mark zâmbi observând pistruii de pe șaua nasului ei și de pe pomeți. Când vârfurile urechilor i se înroșiră și ele, bărbatul izbucni în râs, iar mai apoi își trecu vârfurile degetelor de-a lungul liniei obrazului ei, trasând cu ele petele aurii.

— Deci? insistă el, arcuindu-și sprâncenele.

— Dacă chiar trebuie să știi, oamenii de obicei nu acceptă... oameni care sunt ieșiți din comun, îi mărturisi Lily.

Mark continuă să o privească gânditor. Prinsese deja ușoara ezitare din vocea ei înainte de a defini tipul de oameni ce nu erau considerați acceptabili.

— Te-a numit careva altfel decât *ieșit din comun*, Lily? se interesă el pe un ton lejer de conversație.

— Am încercat să nu le dau șansa să o facă, punctă ea, gesticulând cu mâna în care ținea paharul.

— Și cu toate astea... împunse el și mai mult.

— În regulă, da, am fost numită ciudată. Asta voiai să auzi? îl întrebă ea, vocea tremurându-i de furie controlată.

Femeia încercase din greu să uite anumite lucruri, dar ori de câte ori i se amintea de ele, furia îi clocotea în sânge.

— Atunci când consideram că era momentul să merg mai departe cu o relație, adăugă ea.

— Vorbești despre un iubit, presupun, spuse Mark pe un ton blând.

Tânăra dădu scurt din cap și sorbi din nou din paharul ei.

— Și încă mai trăiește? se interesă Mark.

Lily icni, iar mâna cu paharul îi tremură, vărsând lichidul din pahar. Tânăra puse paharul pe masă și înșfăcă un șervețel pentru a-și șterge mâna.

— Cum de poți spune așa ceva? Ce crezi că sunt? îl întrebă ea, aproape bâlbâindu-se.

— Hei, stai calm, o mângâie Mark pe braț. Era doar un fel de a spune. bineînțeles că nu cred că ai fi capabilă să ucizi pe careva cu intenție vădită, se grăbi el să explice. Dacă ai fi fost acel gen de femeie, cei trei nu ar fi părăsit pubul pe propriile picioare. Se clătinau ei, dar tot au reușit să plece fără ajutor. Mă gândeam doar că l-ai fi pocnit zdravăn pe individ pentru că s-a dovedit atât de îngust la minte. Eu, unul, aș fi făcut-o. Tu nu ești o ciudățenie, dulceață, o mângâie el pe dosul palmei. Ești numai una dintre persoanele mai speciale.

Lily îl privi cu ochii mari, iar la reacția ei, sprâncenele lui se curbară în sus pe frunte.

— Ce ți se pare atât de uimitor? o întrebă el pe un ton sec, brusc nesimțindu-se prea confortabil să îi vadă ochii lucind de lacrimi.

Lily înghiți în sec pentru a își controla vocea, iar apoi îi răspunse:

— Tu ești primul, în afara celor din familia mea, care să aibă o astfel de părere despre abilitățile mele.

— Ei bine, ăsta este adevărul, așa că nu este necesar să devii emotivă în fața mea, mormăi Mark, luându-și privirea de la ea.

Lily înghiți din nou și își luă paharul cu whiskey pentru a se mai întrema un pic. Tînăra nu își imaginase că bărbatul ar fi fost atât de complex sau că ar fi înțeles atât de multe.

— Poți să îmi spui ce voiau indivizii aceia de la tine, te rog? îl întrebă ea.

Mark o privi câteva secunde, gândindu-se la un posibil răspuns. După aceea, îi luă paharul din față și bău tot ce mai rămăsese în el.

Femeia surâse și își scutură capul.

— Poți să îmi spui adevărul, îi zise ea cu blândețe în voce, aplecându-se spre el. Știu să țin un secret dacă este cazul, încercă ea să îl convingă să îi spună tot.

El trase adânc aer în piept, iar mai apoi, dădu din cap.

— Bine, îți voi spune tot ceea ce pot. Am putea merge altundeva ca să facem chestia asta? o întrebă el, aruncându-și privirea prin jur.

Două cupluri tocmai pătrunseseră în pub și se așezaseră la două mese diferite.

— Am încredere în Ian, îl asigură Lily. Dar înțeleg ce vrei să spui. Nu am vrea să fim auziți de urechi necunoscute tocmai acum. Unde locuiești în Toronto? Presupun că ești doar în trecere prin oraș.

— Mi-am luat o cameră într-un hotel mai de mâna a treia în partea vestică a orașului, dar mă îndoiesc că mă mai duc pe-acolo. Dacă indivizii ăștia m-au găsit deja, nu cred că aș fi prea în siguranță în acel hotel. Voi pierde banii de depozit, dar...

— Dar bagajul tău este acolo, nu-i așa? se interesă Lily pe un ton coborât.

Mark râse și îi scutură capul.

— Întotdeauna călătoresc ușor, o asigură el. Nu am decât o geantă pe care am lăsat-o azi dimineață la autogară atunci când am venit în oraș. Nu am trecut pe la hotel încă. Și nici nu voi mai trece, decise el, scuturându-și capul și îngustându-și ochii.

Bărbatul reflectă încă câteva momente, iar apoi își flutură mâna ca și cum oricum nu ar fi contat.

— Oricum, cred că va trebui să îmi las geanta unde este pentru moment. Nu pot vizita anumite locuri înainte să aflu ce se întâmplă, ridică el din umeri. Este posibil ca ei să știe deja unde am rezervat camera sau că aș putea să încerc să merg la autogară.

— Nu te teme, vom lua noi geanta aceea, spuse Lily, ridicându-se în picioare.

Imediat după aceea, începu să își strângă lucrurile. Acum avea un țel.

— Nu, nu o vom lua, îi opri Mark mișcările atingând-o pe braț. Știu despre tine. Nu știu cine ești, dar știu cum arăți. Nu te voi lăsa să intri din nou în bătaia focului, chiar dacă știu că poți să ai grijă de tine însuți destul de bine.

Lily îi îndepărtă îngrijorarea cu un gest.

— Nu voiam să spun că mă duc eu însumi să îți iau lucrurile. Sunt mai inteligentă de atât, ca să știi. Am pe altcineva pe care îl pot trimite după geanta ta, nu-ți fă griji, îl bătu ea pe dosul mâinii, iar mai apoi se reîntoarse la adunatul lucrurilor ei.

— Nu, Lily. Nu vom mai amesteca pe altcineva în povestea asta. În tine am încredere, dar nu îmi poți cere să am încredere în altcineva, o întoarse Mark pe Lily spre el, vorbind cu severitate.

— Oh, ba da, pot. Nu te îngrijora. Persoana la care mă gândesc este cea mai onorabilă posibil și, pe deasupra, poate și să aibă grijă de sine foarte bine, dacă e să se întâmple ceva.

Mark își scutură capul, dar Lily se mulțumi să-i zâmbească dulce. Încă o dată, Mark trase adânc aer în piept și apoi abandonă subiectul de discuție, gândindu-se că va găsi o altă cale să o facă să îl asculte.

— Bine, vom vedea. Cere nota de plată, spuse el și luă haina lui Lily din cuier pentru a o ajuta să se îmbrace.

— S-a avut deja grijă de ea, spuse ea, vârându-și brațele prin mâneci.

Preț de o secundă, Mark rămase nemișcat.

— Adică ce vrei să spui? o întrebă el, întorcând-o spre el încă o dată, iar de data aceasta nici măcar nu se mai obosi să-și ascundă grimasa de pe buze.

— Tocmai ce am spus. S-a avut grijă de notă.

— Nu am nevoie să îmi plătești tu masa, mârâi el.

— Nu am plătit. Dar fac parte din familie, iar familia nu plătește la pubul lui Ian, îi explică ea pe un ton calm.

— Dar eu nu fac parte din familie, spuse Mark printre dinți.

— Dar ești cu mine, așa că umbrela familiei te acoperă, spuse ea pe același ton.

— Ascultă aici, fetițo, se strâmbă Mark. Nu am făcut decât să ne sărutăm. Am petrecut o oră împreună. Asta nu mă face membru al familiei, spuse el, ațintind-o cu privirea sa pătrunzătoare.

— Nu, nu te face, se arătă ea de acord. Dar eu am dat comanda. Am mâncat împreună cu tine. Chiar crezi că Ian îți va accepta banii? se interesă ea cu uluire.

— Pot să te asigur că nu, veni vocea lui Ian din spatele lui Mark, ceea ce aduse o nouă grimasă pe chipul bărbatului.

Mark era mai mult decât supărat cu sine însuși. Lily avea darul de a-l face să uite că trebuia să fie atent la ceea ce se întîmpla în jur.

Ian înțelese imediat ce se petrecea în mintea lui Mark și izbucni în râs. Îl plesni pe om peste umăr și își scutură capul.

— Există unele femei pentru care merită să riști totul, frate, spuse el, fără să dea nici o atenție încruntăturii lui Mark. Cred că mai bine ieșiți prin spate, se întoarse el spre Lily.

Lily se arătă de acord cu o aplecare a capului. Și ea se gândise la același lucru. Era posibil ca cei trei indivizi să fi trimis pe cineva să îi aștepte și să fi dat descrierea ei acelui cineva.

— Mi-am aruncat privirea peste aleea din spate și nu așteaptă nimeni acolo sau la colț, le explică Ian, privind de la unul la celălalt.

Observă că Mark nu părea prea convins că ideea era bună, dar Ian știa că îl va putea convinge să accepte părerea lui Lily și a lui.

— De asemenea, am sunat un prieten de-al meu și i-am cerut să vină cu mașina să vă ia. Mă gândeam că ar putea să vă ducă într-un loc care să nu fie legat de acest loc sau de locul unde vreți să ajungeți în final, le spuse el.

Omul își plimbă privirea între Lily și Mark, așteptând ca aceștia să își dea consimțământul. Imediat după ce cei doi își arătară acordul dând din cap, Ian continuă să le explice planul lui.

— Sincer, cred că aceasta e cea mai bună cale de a face asta. Și apropo, tipul mi-a trimis deja mesaj că a ajuns aici, îi informă el. De aceea am intervenit în conversația voastră sclipitoare, încheie el.

Când aceștia se strâmbară, el surâse.

— Trebuie să vă puneți în mișcare. Mașina este în aleea din spate. O mașină argintie. Oricum, este singura mașină acolo. Automobilele nu au permisiunea să parcheze acolo. Aleea e doar pentru furnizori, le spuse el, pornind-o spre partea din spate a pubului, gesticulând, făcându-le semn să îl urmeze. Lily, m-am gândit bine și am decis să nu o mai vizitez pe mama, așa timp de o săptămână sau puțin mai mult. Știu că se va supăra, dar dacă se gândește careva să facă legătura între noi doi, cel puțin nu va beneficia de ajutorul meu, îi aruncă el un zâmbet larg.

Lily se aplecă spre Ian și îl sărută obrazul, după care îl strânse puternic în brațe.

— Ești fantastic, Ian, ca de obicei, de altfel. Știam că mă pot baza pe tine pentru orice, îi mulțumi ea.

După aceea, tânăra femeie îi zâmbi lui Mark și ridică delicat un umăr.

— Hai să mergem, Mark, îl invită ea. Îi vom spune tipului să ne lase la colțul de la Queen Street și Yonge. Am o idee cum am putea să punem mâna pe lucrurile tale, îi făcu ea cu ochiul, iar Mark simți că se scufunda și mai mult în nisipuri mișcătoare.

~ 5 ~

CAPITOLUL CINCI

Mark o ajută pe Lily să coboare din mașină în apropiere de colțul dintre strada Queen și Yonge, lângă centrul Eaton, iar mai apoi îi adună toate sacoșele de pe locul din spate. Înainte de a închide ușa din spate, îi mulțumiră din nou prietenului lui Ian, care fusese extrem de cumsecade și afabil cu ei.

Omul vorbise aproape pe tot timpul drumului. Simțea el nevoia să umple tăcerea, iar cei doi nu avuseseră nici o șansă să schimbe un singur cuvânt sau să contribuie la conversație cel puțin.

Mark nici măcar nu își putea aminti despre ce vorbise omul. Își închisese urechile imediat ce observase că acestuia îi plăcea să își audă sunetul propriei sale voci.

Mintea lui Mark a profitat de acel timp pentru a trece din nou prin evenimentele ultimelor câteva zile, încercând să își dea seama de sensul a tot ceea ce se întâmplase. În consecință, abia înregistrase unele dintre cuvintele tânărului șofer. Reușise să prindă doar câte un cuvânt când și când, destul ca să poată da din cap pentru a-și exprima acordul și să dea iluzia că era și el parte din acea conversație unilaterală.

La sfârșitul călătoriei, Mark încercase să îi strecoare o bancnotă de douăzeci de dolari bărbatului, satisfăcut că acesta nici măcar nu încercase să îi descoase pentru a afla ce se petrecea. Nici măcar o singură dată, șoferul nu îi întrebase de ce avuseseră nevoie de o mașină pentru a o tuli de la pub. Nici măcar nu aruncase nici o aluzie, ci păstrase conversația prietenoasă și relaxantă.

Cu toate acestea, prietenul lui Ian, un tânăr rus blond de aproximativ douăzeci de ani, s-a supărat din cauza gestului lui Mark și a devenit foarte vocal în refuzul său de a fi compensat pentru timpul și benzina sa. Nu s-a arătat defel timid în exprimarea furiei sale în fața ofertei de a lua bani de la ei. De altfel, pusese în discursul său de refuz același entuziasm pe care îl dovedise de-a lungul monologului său în cursa cu mașina.

Tânărul opri orice discuție, declarând că el ar face orice pentru Ian. Aparent, Ian se dovedise întotdeauna a fi un adevărat prieten pentru tânărul rus.

Dacă Ian i-ar fi cerut să îi ducă pe Lily și Mark cu mașina la Montreal, de exemplu, atunci ar fi făcut-o fără zăbavă și fără a pune nici un fel de întrebări. După cum vedea el lucrurile, nimeni nu avea un suficient număr de prieteni adevărați pe lumea aceasta, iar când se dovedea că avea unul, trebuia să facă tot posibilul pentru a-l păstra.

Mark se grăbi să închidă ușa de la mașină, sperând, în primul rând, să oprească noianul de cuvinte ale bărbatului, iar după aceea își scutură capul. Nu se putea dezbăra de senzația că a căzut într-un univers alternativ. Nimic nu mai facea sens, iar lui Mark îi plăcea ca totul să fie rânduit în locșorul său potrivit.

În propria lui lume, practic nimeni nu ajuta pe altcineva, cu excepția situației când era vorba de un prieten foarte vechi sau când cineva se vedea nevoit să o facă. Până în acel moment, el, unul, nu se bazase pe nimeni altcineva decât prietenii săi apropiați, Ryan, Adam și Nick. Ei erau singurii care mereu și mereu se dovediseră a fi adevărați prieteni.

Lily observă chipul lui Mark și râse, având un oarecare sens despre ceea ce gândea bărbatul. Femeia ridică din umeri, îi luă mâna și i-o strânse.

— Pari în afara elementului tău, Mark, observă ea, trăgându-l după ea cu veselie.

— Mă simt ca Alice, care a căzut prin gaura vizuinii iepurelui, recunoscu el pe un ton morocănos, iar în același timp o ajută pe Lily să o ia spre dreapta pentru a evita un grup de tineri. Oricum, unde ne îndreptăm? o întrebă el atunci când se opriră în fața intrării centrului Eaton.

Omul nu se așteptase ca femeia să vrea să meargă la cumpărături din nou. Deja adunase mai multe pungi cu cumpărături, iar el nu înțelegea ce și-ar mai putea dori.

— I-a trimis un mesaj lui Bryan din mașină în timp ce tu pretindeai că asculți cuvintele băiatului acela. Bryan a răspuns, spunând că ne va aștepta la Aroma Café, îi spuse ea, în timp ce intra în mall. Este jos, arătă ea spre scara rulantă. Dar în cealaltă parte a mallului, îl avertiză ea, traversând cu pași mari mulțimea pentru a se apropia de scara rulantă.

— Nu distanța este problema aici, Lily. În fine, aș vrea și eu să știu cine este acest Bryan, sublinie Mark, încercând să se ferească de o femeie care căra o geantă uriașă, cu care ar fi putut nenoroci pe careva.

— Ah, Bryan e soțul Beckăi, îl informă Lily, pășind pe scara rulantă și prinzându-se cu o mână de balustradă.

În același timp, îi fulgeră pe Mark cu un surâs uriaș, întorcându-se într-o parte pentru a-l privi.

— Este la fel de clar ca un cer noros într-o zi ploioasă, Lily, mormăi Mark. Nu cunosc nici o Becka. Literalmente. Nu există nici măcar o Becka printre cunoștințele mele. Nu am auzit pe nimeni vorbind de cineva numit Becka înainte.

— Ah, da. Becka este una dintre verișoarele mele, îi spuse ea cu același zâmbet pe buze, deși o roșeață ușoară îi pudră pomeții obrajilor. Îți va place de ea când o vei întâlni, gesticulă ea în semn de conciliere. Este una dintre cele mai drăguțe femei pe care o poți cunoaște, Mark.

— Nu intenționez să cunosc pe nimeni, se strâmbă Mark la ea, deși încerca să-și controleze mânia.

Lily nu merita supărarea lui după tot ce făcuse pentru el. Cu toate acestea, femeia părea să nu prea înțeleagă că el nu se găsea în Toronto pentru a socializa cu lumea. În ciuda dorințelor sale, aceasta deja îl prezentase câtorva oameni, iar el, unul, sperase să treacă prin oraș cât mai discret cu putință.

Provocase deja câteva valuri când fusese prins cu degetele prin sertarele acelui așa-zis om de afaceri. Știa aceasta. Și totuși, tot mai avusese o oarecare șansă să o tulească din Toronto fără a fi detectat. Acum, Lily făcuse așa ceva imposibil.

Ușurința ei de a interacționa cu oamenii îl uimea. El nu avea abilitatea de a vorbi cu atâta ușurință cu alții oricând. Pentru el, fiecare întâlnire trebuia să fie planificată cu mult timp înainte. El nu se întâlnea cu oameni doar pentru a face timpul să treacă. Fiecare întâlnire avea un țel specific. Viața lui nu îi permitea să facă ceva doar pentru că avea el chef să facă acel ceva.

— Probabil că nu vrei, dar o vei întâlni, îl asigură ea pe un ton lejer și păși jos de pe scara rulantă. Pe acolo, îi indică ea direcția spre cafeneaua Aroma și îl prinse de braț cu degetele pentru a-l trage ușor după ea.

Mark oftă și o urmă, ducându-i pungile de cumpărături și încercând să evite să se lovească de oameni. Nu se simțea prea confortabil în mulțime și avea senzația că oamenii se strângeau în jurul lui, așa că tot privea în jur cu ochi grijulii. Deși era doar puțin după prânz, mallul era întesat de lume. El, unul, nu înțelesese niciodată cultura de mall. Pentru el cumpărăturile reprezentau o necesitate pe care o îndeplinea cu neplăcere.

De peste tot îl asaltau diverse mirosuri, iar nasul începu să-i zvâcnească. Își înfrână impulsul de a strănuta cu un pumn de fier, încercând să ignore atacul constant al diverselor miesme.

Zgomotul îi provocau durere în urechi, iar nevoia constantă de a evita pe careva sau ceva începuse să îl enerveze de-a binelea.

— Știi, se aplecă el deasupra lui Lily pentru a-i șopti în ureche. Atunci când ești în situația de a fugi, nu te amesteci cu mulțimea de oameni. Acum noi nu facem decât să încălcăm regulile, scumpo.

— Asta sântem noi? Fugitivi? șopti ea la rândul ei, întorcându-și ochii măriți spre el.

Femeia încercă să se prefacă surprinsă, dar el nu o crezu nici măcar o clipă. Aceasta nu era nici temătoare și nici surprinsă. Râsetul din ochii ei și de la colțul buzelor nu arăta că așa ceva ar fi fost posibil.

— E un fel de-a spune, mormăi el, evitându-i ochii inteligenți.

Bărbatul își transferă privirea spre oamenii din jur, zdrobind o înjurătură sub limbă. Avea sentimentul că pierduse complet controlul asupra situației. Ceea ce îl enerva cel mai mult era faptul că știa că își pusese pielea în mânuțele lui Lily.

Femeia observa și percepea prea multe lucruri. Îi plăceau acele lucruri la ea, dar nu chiar în acel moment. El știa că de fapt era un fugitiv. Evenimentele nu puteau fi mai clare de atât. Cu toate acestea nu voia ca aceasta să citească prea multe în acea situație și să i se facă frică. El voia să aibă grijă de ea, indiferent de situație.

— Oricum, mai că am ajuns, ridică Lily din umeri și arătă spre o altă scară rulantă ce ducea spre sala cu restaurante de mai jos și spre cafeneaua Aroma. Mai avem doar un pic, spuse ea trecând pe lângă Starbucks.

Când își întoarse capul, părul ei săltă în aer și îi atinse ușor bărbia lui Mark. Mirosul femeii îi umplu acestuia nările și bărbatul inspiră profund.

Era ceva despre acea tânără femeie care îl atingea la un nivel elementar. Nu își putea da seama ce era exact, dar știa că deja era prins bine. Fusese atras adânc în labirint și nu prea mai avea vreo șansă să iasă la suprafață.

Pentru un moment trecător, Mark se întrebă dacă nu cumva puterile femeii se extindeau și în acel domeniu și dacă nu cumva el juca doar rolul unui gândac prins în pânza de păianjen. Dar mai apoi, bărbatul își scutură capul cu determinare, în ciuda situației lipsite de speranță. Refuza să creadă că Lily îl vrăjise prin alte mijloace decât prin a fi ea însuși.

Dacă era bun la ceva anume, acel ceva era cititul oamenilor. Femeia aceea era una dintre persoanele cele mai corecte pe care le întâlnise și nu s-ar fi coborât la a vrăji un bărbat care nu o dorea. Dacă ar fi vrut așa ceva, ar fi făcut-o deja în trecut când se găsise la mila cuvintelor crude spuse de alt bărbat.

Gândindu-se la ce i se spusese, Mark simțea un fel de tandrețe viziavi de Lily, ceea ce nu simțise niciodată înainte. Nimeni nu l-ar fi putut acuza că ar fi manifestat sentimente tandre față de careva în trecut. Întotdeauna avusese grijă să stea cât mai departe de astfel de gânduri. Viața lui nu-i permitea astfel de incursiuni în sentimentalitate, iar el întotdeauna își ținuse picioarele bine înfipte în lumea reală.

Fără să realizeze, când își dădu seama de cărările pe care mintea lui se perinda, strânse mai tare degetele tinerei femei. Lily își întoarse ochii întrebători spre el, dar el se mulțumi doar să ridice din umeri. Nu era necesar ca aceasta să-i cunoască gândurile tocmai atunci.

— După tine, o invită el, simțindu-se ciudat sub examinarea ochilor ei.

Lily își scutură capul și îl conduse spre scara rulantă. Ochii ei trecură peste oamenii ce se aflau în cafeneaua Aroma de dedesubt și îl găsi pe Bryan imediat. Acesta se găsea exact unde spusese că va fi, așteptându-i lângă casierie. Bărbatul se sprijinea cu cotul de tejghea și trecea în revistă articolele de pe lista de pe peretele din spatele casierului.

— Hei, bună, Bryan, îl strigă ea imediat după ce a coborât de pe scara rulantă, iar Bryan, cu un zâmbet pe buze, se întoarse spre ea de îndată.

— Ai fost atât de criptică în mesajul tău iubito, că abia așteptam să ajung aici și să vorbesc cu tine, spuse el, părăsind tejgheaua.

Bărbatul, înalt și blond ca un zeu, plin de putere și bine clădit, păși spre ei. O cicatrice de pe chipul său îi mai diminua frumusețea, conferindu-i o aură de pericol și determinându-l pe Mark să îl studieze cu precauție.

În domeniul său de muncă, Mark văzuse oameni ca Bryan destul de des. De obicei, aceștia se dovediseră fie a fi foarte buni în linia lor de muncă sau sursa celor mai oribile vești posibile. În cea mai mare parte a timpului, cele două nu se excludeau, iar acel lucru producea probleme serioase.

Cum bărbatul îi era necunoscut, Mark decise să fie atent și precaut. În fond, ar fi putut trăi foarte bine fără să își încrucișeze drumul cu cineva ca uriașul acela în acel moment, așa că își blestemă slăbiciunea dovedită atunci când acceptase propunerea lui Lily de a-l implica pe Bryan în treburile sale.

Zâmbetul lui Bryan o întâmpină pe Lily cu căldură și plăcere. Bărbatul se aplecă și o sărută pe obrazul pe care femeia i-l oferi și îi îndepărtă cu degetele câteva fire de păr.

Observând gestul lui Bryan, Mark simți gelozie pentru prima dată în viața sa. Aceasta îi lăsă o arsură în piept și un gust amar pe limbă, iar bărbatului nu-i plăcu defel acel sentiment. Ochii lui se îngustară ușor când percepură familiaritatea gestului bărbatului, iar buzele lui Bryan zvâcniră cu amuzament.

— Văd că ai companie, i se adresă el lui Lily, aplecându-și capul spre lunganul a cărei privire se fixase asupra lui Lily cu mult prea multă posesivitate decât i-ar fi surâs lui Bryan.

Lily îl făcuse întotdeauna să se simtă ca un frate din oficiu vizavi de ea, iar slujba unui frate era să țină orice băiat rău la o parte de sora sa, în ciuda faptului că o femeie avea uneori nevoie de un astfel de bărbat în viața ei.

— Oh, da, Bryan, acesta este prietenul meu Mark. Mark, acesta este Bryan, gesticulă ea cu mâna între cei doi bărbați, zâmbind larg la amândoi pentru a încălzi atmosfera cu câteva grade.

Brusc, temperatura scăzuse, chiar dacă hoardele de oameni nu se împuținaseră nici măcar în cafenea.

Femeia nu avu nici cea mai mică dificultate în a percepe reținerea lui Mark în momentul întâlnirii cu Bryan, precum și în a-și da seama de evaluarea rece a lui Bryan față de Mark. De aceea consideră ea că era necesar să netezească lucrurile între cei doi și să îi ajute să colaboreze unul cu celălalt.

Și totuși, aceasta nu o împiedică să se amuze pe seama lor și tânăra mai că izbucni în râs. Avea impresia că cei doi bărbați arătau ca doi tauri, care se ciondăneau din cauza unei femele frumușele. În ciuda acelei reacții, ea știa că atitudinea lui Bryan se datora unei loialități familiale față de ea.

Mark ezită câteva secunde, dar mai apoi îi strânse mâna bărbatului blond, înalt, chiar dacă nu cu prea mult entuziasm. Bărbatul mormăi ceva ce ar fi putut fi interpretat ca orice altceva decât obișnuitul *Îmi face plăcere să te cunosc*, iar Lily se încruntă.

— Mă bucur să te cunosc, Mark, spuse Bryan cu amuzament, accentuând cuvintele.

Și cu toate acestea, era clar că individul cu membre lungi pe care îl avea sub ochi nu parea prea încântat să facă cunoștință cu Bryan.

— Ai vrea să bei o cafea? se întoarse el spre Lily.

— Cred că am putea bea o cafea, îi răspunse ea, întorcându-și ochii spre Mark, care ridică din umeri, lăsând totul la alegerea ei.

În fond, ea alesese ce urmau să mănânce la prânz, așa că putea decide și în ceea ce privea cafeaua.

— Bun, atunci luăm trei cafele, concluzionă Bryan pe un ton sec, luând notă de jocul mut dintre cei doi tineri.

Bryan le făcu semn să se ducă și să ia loc undeva, iar el se reîntoarse la tejghea pentru a da comanda, plătind pentru ea imediat. Acest lucru păru să-l deranjeze pe Mark, care se aplecă deasupra lui Lily, șoptindu-i ceva furios. Femeia se mulțumi să își scuture capul pentru a respinge ceea ce îi spusese bărbatul și, luându-l de mână, îl conduse într-un colț al cafenelei, unde câteva locuri tocmai se eliberaseră și unde puteau vorbi fără ca cineva să le audă discuția.

Bryan își scutură capul privind schimbul de cuvinte dintre cei doi. Cam avea el idee despre ce se spusese între ei și, într-un fel, înțelese atitudinea lui Mark.

Omul luă chitanța și îi urmă. Așezându-se pe scaunul din stânga lui Lily, spuse:

— Trebuie să așteptăm vreo câteva minute. Îmi vor striga numele atunci când cafeaua este gata. Deci, care e povestea, fetițo? întrebă el, ațintindu-și ochii asupra femeii.

Lily părea mereu stăpână pe sine și calmă. Acea Lily pe care avea sub ochi în acel moment era departe de femeia pe care o cunoștea. Aceasta efectiv strălucea cu exuberanță, chiar dacă încerca să o ascundă, și părea gata să facă ceva prostesc.

— Știi că mama ta, mama Beckăi și Nora te așteaptă la noi acasă. Ar fi trebuit să fi acolo acum vreo jumătate de oră, spuse Bryan, cercetându-și ceasul oferindu-le un întreg spectacol din a verifica timpul, deși știa foarte bine cât era ora.

Lily se înroși violent și își aruncă și ea ochii la ceas, după care se strâmbă, dându-și seama că era în întârziere cu mult.

— Oh, Doamne, pur și simplu am uitat de chestia asta. Ar trebui să le sun. Nu cred că ajung la întâlnire, își scutură ea capul cu regret. Va trebui să se descurce și fără mine, mi-e teamă, spuse ea, pescuindu-și telefonul mobil din geantă și formând numărul.

— Dar de ce? se interesă Bryan, aplecându-și capul și analizându-i trăsăturile cu atenție. Doar ne putem bea cafeaua și să ne îndreptăm spre casă. Tot acolo vor fi, spuse el. Nu e ca și cum ar reuși să termine într-o oră sau două. Nu atunci când au de planificat o petrecere pentru întreaga familie.

— Nu e chiar așa de simplu, începu Lily să explice, dar exact în același moment, cineva din spate îi strigă numele lui Bryan.

Tânără mai că sări din pantofi și se întoarse să vadă ce se petrecea.

Mark aproape că se ridică pentru a verifica oamenii din cafenea și doar datorită voinței lui de fier reuși să se controloze.

— Calmați-vă amândoi, le porunci Bryan pe un ton pragmatic. Pur și simplu îmi strigă numele pentru că este cafeaua gata și trebuie să mă duc să o iau. Indiferent, atunci când mă întorc, chiar vreau să știu despre ce este vorba, îi avertiză el pe un ton dur. Ar trebui să fie ceva extrem de captivant considerând felul în care voi doi vă comportați, își scutură el capul, ridicându-se de pe scaun.

După aceea părăsi masa și se îndreptă spre tejghea pentru a își lua comanda. Dar, în același timp, se tot gândea la diverse posibilități, analizând felul în care Lily și Mark reacționaseră atunci când fusese strigat numele lui.

Nu îi trebui decât douăzeci de secunde să ia cele trei cești de cafea, dar mai apoi făcu un scurt ocol pentru a lua niște plicuri de zahăr și cutiuțe de lapte. După o scurtă ezitare mai adăugă câteva, iar Lily deveni și mai agitată decât era înainte. Bărbatul se întoarse la ei cu tava plină și o puse pe masă, invitându-i să se servească.

— Deci, spuse el după ce își pregăti cafeaua după cum îi plăcea. Presupun că acum îmi veți spune despre ce este vorba.

— Ei bine, am nevoie de ajutorul tău, își ridică Lily ochii plini de speranță spre el. Vezi tu, Mark și-a lăsat geanta la autogara de pe strada Bay și am avea nevoie să o ridicăm.

— Și presupun că atunci când spui *noi*, te gândești, de fapt, la mine, remarcă Bryan pe un ton sec, iar Lily se îmbujoră din nou, coborându-și ochii.

— Nu am crezut că te-ar deranja, răspunse ea abia auzit. Mark nu se poate duce la autogară, iar acum nu mai pot merge nici eu, știi, încercă ea să îi explice, oferindu-i doar jumătăți de adevăr ca explicații.

Nu îndrăznea să privească spre Bryan și evită și ochii lui Mark. Avea ea sentimentul că lui Mark nu îi prea convenea că dezvăluia atât de multe. Cu toate acestea, știa ea că trebuia să îi spună ceva lui

Bryan pentru că altfel acesta nu ar fi acceptat să meargă la autogară.

Bryan observă gesturile agitate ale femeii, precum și trăsăturile ei. Degetele ei făcuseră un plic de zahăr fărâmițe și tânăra nu îndrăznea să îl privească în mod direct, un semn clar că se găsea în ape fierbinți.

— Și de ce nu se mai poate? se interesă Bryan, observând cu coada ochiului încruntarea dintre sprâncenele lui Mark.

Era evident că omului îi dispăceau profund întrebările lui, dar lui Bryan numai de asta nu îi păsa. Considera că dacă bărbatul se aștepta ca el să îi ajute, atunci mai bine i-ar fi răspuns la întrebări.

— Păi, începu Lily, aruncând o privire fugară spre Mark, care își scutură capul, încercând să o oprească. Trebuie să îi spunem ceva, sublinie ea, gesticulând nervos.

— Asta așa este, dădu Bryan din cap.

După aceea, sorbi din cafeaua sa ca și cum nu ar fi avut nici o grijă pe lume.

— Chiar trebuie să îmi spuneți ceva mai mult despre toată povestea asta. Știi că aș face orice pentru tine, Lily, dar trebuie să îți cer să îmi oferi curtoazia de a știi despre ce este vorba dacă este cazul să mă văd pus într-o situație anume, sublinie el. Nu îmi poți cere să mă implic în ceva fără a cunoaște toate detaliile.

Lily își arcui o sprânceană, fixându-l pe Mark cu privirea, cerându-i pe mutește să intervină în discuție și să spună ceva.

— Ți-am spus că nu am nevoie de idioata aia de geantă, mormăi bărbatul, iar o altă încruntătură i se formă între sprâncene.

— Și de ce nu? îl întrebă Bryan pe un ton ușor de conversație.

— Am doar câteva haine și articole de toaletă înăntru. Nu este nimic important sau care nu poate fi înlocuit, ridică Mark din umeri cu nonșalanță.

— Și cu toate astea, tot nu poți merge la autogară pentru a o ridica, spuse Bryan pe un ton gânditor.

— Nu din cauza conținutului genții, îi răspunse Mark pe un ton dur, fixându-l pe Bryan cu privirea.

— Înțeleg, privi Bryan drept în ochii lui Mark la rândul său. Ți-e teamă că cineva te-ar putea vedea și te-ar recunoaște, presupun.

Mark îi aprobă cuvintele cu o înclinare mânioasă a capului, iar buzele îi deveniră o linie dură subțire. Deja destănuise prea multe și acest lucru îi displăcea profund.

— Și tu de ce nu poți merge? se interesă Bryan, întorcându-se spre Lily.

— Am fost prinsă la mijloc și... am relevat unele lucruri, îi răspunse ea cu țâfnă, provocându-l pe Bryan să îndrăznească să o certe.

— Vorbești despre... chestia aceea pe care poate să o facă familia ta, ghici Bryan, surprins că Lily alesese să își arate talentele în fața lui Mark.

Familia lui în urma căsătoriei își păzea secretele cu strășnicie. Aceștia considerau că numai oamenii care urmau să se căsătorească în sânul familiei trebuiau să știe adevărul despre ei, așa că acțiunile lui Lily îl uluiau. El, unul, nu mai auzise de Mark înainte, așa că relația dintre ei trebuie să fi fost recentă.

— Din nefericire, nu a avut șansa de a alege în acel moment, interveni Mark cu o oarecare ezitare. Știu că este vina mea. Am pus-o în acea situație, dar...

— Nu fi bleg, interveni Lily, fără a-i permite lui Mark să își termine propoziția. Nu a fost așa, iar tu o știi prea bine.

În același timp, tânăra îi atinse brațul lui Mark cu atât de multă tandrețe că îi impresionă pe cei doi bărbați. Privirea lui Mark se fixă pe mâna îngustă a lui Lily cu intensitate.

Sprînceana stângă a lui Bryan i se arcui pe frunte. Niciodată nu avuse ocazia să o vadă pe Lily arătându-și emoțiile în vreun fel. Uneori, chiar se întrebase dacă tânăra simțea ceva pentru cineva. Părea genul de femeie care își controla sentimentele cu un pumn de fier.

— Nu a fost vina ta că indivizii aceia m-au recunoscut, Mark. A fost doar ghinion. Din fericire, doar Mark și Ian au fost martori la ce s-a întâmplat, își întoarse ea ochii spre Bryan.

Bryan îi studie chipul și își scutură capul. Nu era treaba lui să comenteze asupra acțiunilor ei. Dacă femeia voia să își informeze familia, era treaba ei. El, unul, nu avea nici cea mai mică intenție să spună ceva cuiva, nici măcar Beckăi.

— Așa că, presupun, totul e bine pe frontul acela, îi zâmbi ea anemic. Secretul e în continuare bine păzit, continuă ea, mai mult ca să se încurajeze pe sine și să creadă că ceea ce spunea reprezenta adevărul.

— Interesant, murmură Bryan și își termină cafeaua din ceașcă dintr-o înghițitură.

Ochiii îi rătăciră spre un grup de patru fete care se așezaseră la o masă lângă ei. Acestea cărau boluri uriașe de salată și câteva sandvișuri bine împănate. Bryan nu îi putea înțelege pe cei care mâncau salată numai pentru a se îndopa cu altceva după aceea. Pur și simplu, era contrar oricărei înțelegeri.

— În regulă, uite ce o să facem. Vom merge cu mașina la autogară, iar voi doi rămâneți în mașina pe care o voi parca pe o stradă laterală. Eu voi merge înăuntru și îți voi lua geanta, își întoarse el ochii spre Mark. După aceea mergem acasă. Adică, la mine acasă, unde toată lumea o așteaptă pe Lily. În timp ce Lily distrează trupele cu ideile ei pentru petrecerea de revelion, tu poți să îmi spui ce se întâmplă, îi spuse el lui Mark pe un ton ferm și se ridică de pe scaun.

— Nu am nici cea mai mică intenție să spun nimic nimănui, îi răspunse Mark, privindu-l pe Bryan fără să clipească, hotărât să nu cedeze în fața bărbatului.

În fond, nu era treaba lui Bryan, iar omul nu făcuse nimic ca să îi câștige încrederea până atunci. Chiar opusul. Lui Mark niciodată nu îi plăcuseră oamenii care puneaun prea multe întrebări. De obicei, aceștia aduceau numai probleme.

Cei doi bărbați se priviră fără să clipească preț de câteva secunde.

— Da, știu, ești un tip dur, spuse Bryan cu dispreț în voce. Cu toate astea, dacă vrei să rămâi în legătură cu Lily, îmi vei spune tot ce am nevoie să știu. Pot să-ți fac viața mizerabilă dacă doresc așa ceva.

— Hei, cine te-a făcut pe tine șef? îl întrebă Lily mânioasă. Pot să mă văd cu cine vreau eu.

— Becka m-a făcut bosul atunci când s-a măritat cu mine, îi răspunse Bryan, fulgerând-o cu albastrul înghețat al ochilor săi.

Lily mai că mârâi, iar Bryan îi aruncă un zâmbet ascuțit.

— Și da, poți să te vezi cu cine vrei, în mod obișnuit, dar asta nu se aplică astăzi. Asta e ziua când eu știu mai bine, copilo, îi lovi el vârful nasului cu degetul.

După aceea, se întoarse pe călcâie și o porni spre liftul care ducea spre parcare.

— Ei bine, totul a mers ca pe roate, spuse Lily, privirea ei urmărind pașii hotărâți ai lui Bryan. Îmi pare rău, Mark. Nu m-am gândit că Bryan s-ar arăta atât de teritorial în ceea ce mă privește. Sunt doar verișoara Beckăi, spuse ea, întorcându-și ochii spre el. Niciodată nu și-a arătat înclinațiile șoviniste mai înainte, ca să știi. Chestia asta este chiar neașteptată, își scutură ea capul cu tristețe.

— Îi înțeleg motivele, ridică Mark din umeri filozofic, trasând cu degetele conturul chipului ei. Îi voi da câteva amănunte ale poveștii și să sper că le acceptă.

— Și dacă nu? ochii de un albastru închis ai lui Lily îi cercetară chipul pentru a citi adevărul.

— Îmi pare rău, draga mea, dar nu cred că te pot lăsa să pleci, surâse Mark lupește. Mă voi gândi eu la ceva, nu te teme. Într-un fel sau altul, totul va fi bine. Hai să mergem acum că, dacă nu, se întoarce din nou Genghis Khan, îi făcu el cu ochiul.

Bărbatul îi adună sacoșele și, prinzându-i mâna, o trase după el. Mark știa că Lily observase că o cam mințea, dar ignoră cuta dintre sprâncenele ei. În fond, nu minșea de-a dreptul, dar nici nu putea să îi dea totate amănuntele lui Bryan.

~ 6 ~

# CAPITOLUL ȘASE

Cu mâinile strânse pumn și înfipte în buzunare, cu lipsă de ostentație, Bryan își aruncă privirea în jur, ca un om care avea ceva timp de omorât. Cum nu voia să stârnească nici un fel de curiozitate, avu grijă să nu își oprească ochii asupra cuiva mai mult de vreo câteva secunde. Și totuși, observă câteva grupuri de indivizi care arătau mai dubios și ochii lui trecură peste chipurile lor cu încetinitorul pentru a le memora fețele pentru referință viitoare.

Mirosul de gaz de eșapament și de cauciuc ars umplea aerul de fiecare dată când ușile se deschideau pentru a permite unui alt călător ostenit să pătrundă în clădire. Se amesteca cu mirosul de ceapă și usturoi, cu mirosul ofensator al trupurilor transpirate, al cafelei stătute și întâmplătorul miros de scorțișoară. Reuși să își dea seama că acesta din urmă venea dinspre un grup de fete care se bucurau de câteva prăjiturele festive la numai câțiva pași de el.

Zgomotul produs de atât de mulți oameni adunați în același loc îi asaltau urechile. Scrâșnetele frânelor de pe asfaltul umed din afara clădirii autogării se alăturau nebuniei din interior, iar buzele lui Bryan se strânseseră într-o linie subțire dură.

Lui Bryan îi plăcea să aibă un anumit gen de pace. Zgomotul de la sala lui de antranament îi plăcea. Nu îl stresa cum îl stresau zgomotele mallurilor, gărilor sau aeroporturilor.

Bryan își trecu privirea peste noii sosiți în autogară și concedie imediat grupurile de persoane în vârstă sau adolescenți. Nu își imagina că problemele lui Mark, oricare ar fi fost ele, ar fi implicat acele grupuri de vârstă. Ochii lui se îndreptau mai ales spre bărbații de peste vreo douăzeci și cinci de ani, dar chiar și spre cei oarecum peste treizeci, mai ales dacă aceștia i se păreau dubioși.

Știind că nu ar fi fost o idee bună să se oprească prea mult într-un anume loc, se decise să se miște. Făcându-și loc cu umerii printre doi tineri, rătăci spre panourile ce afișau sosirile și plecările. Preț de câteva minute, lăsă impresia că citea panourile cu atenție. Cu toate acestea, în același timp, verifica din colțul ochiului un grup de bărbați în jur de treizeci de ani.

Indivizii nu arătară nici un interes nimănui. Ei erau prinși în propria lor conversație, așa că Bryan își vârî din nou mâinile în buzunare și decise să se îndrepte spre un chioșc, fluierând ușor, ca pentru sine. Acolo, se alătură cozii, ascultând conversația cuplului din fața sa. Umbra unui zâmbet i se urcă pe buze pentru câteva clipe, auzind plângerile tinerei femei.

Aparent, tânăra se așteptase la cu totul altceva de la călătoria lor în Toronto și nu părea să fie genul timid. Nu își păstra dezamăgirea sub control, lăsând-o să fiarbă, numai pentru a exploda într-un moment mai potrivit, când ar fi putut să câștige mai multe puncte în fața nefericitului tânăr care o asculta, privind-o cu ochi întunecați.

Femeia știa să-și facă neplăcerea cunoscută. Trecea în revistă toate lipsurile tânărului bărbat, inclusiv lipsa lui de putere financiară. Bietul om încercă să îi explice că distra pe toată lumea de pe o rază de aproximativ zece metri pătrați, aducându-le la cunoștință ce gândea și ce simțea. Cum acela era și scopul ei, un surâs de pisică satisfăcută îi flutură pe buze. Beșteleala era mai eficientă în acele condiții.

Când îi veni rândul, Bryan cumpără o sticlă de apă și niște biscuiți de care nu avea nevoie. Cu toate acestea, omul știa să construiască o personalitate. Experiența lui în domeniu ținea de domeniul trecutului, dar, anumite lucruri nu dispăreau din memoria și firea unei persoane. El trebuia să joace un anume rol și ținea mortiș să facă un rol de excepție.

Numai după ce îşi termină cumpărăturile, Bryan se îndreptă spre dulapul de bagaje, unde îşi lăsase Mark geanta, și o ridică fără să-și arunce privirea în jur. Învăţase că cea mai bună cale de a-şi divulga intenţiile era să vădească prea multă precauţie atunci când nu era cazul.

Aruncându-şi geanta pe umăr cu neglijenţă, ieşi afară pe peroane, continuând să fluiere uşor fals. Pretinse că ezită preţ de o clipă, iar apoi alese să se îndrepte spre platforma cea mai îndepărtată, ştiind că nu era nici un autocar planificat să plece de acolo mai devreme de patruzeci şi cinci de minute.

Se gândise că, din moment ce doar puţini oameni se încumetaseră să înfrunte vremea, ar fi putut să se proptească de un stâlp şi să supravegheze spaţiul înconjurător. Cei mai mulţi preferaseră să rămână în interiorul autogării. Vântul şuiera puternic pe peron şi curenţii de aer nu îmbiau pe nimeni să-și petreacă timpul afară pe peroane.

Cu geanta aruncată pe umăr, Bryan traversă liniile până ce ajunse la locul pe care şi-l alesese ca fiind cel mai potrivit pentru a sta o vreme ca să cerceteze zona. Cu un oftat satisfăcut, îşi propti umărul de stâlp şi îşi încrucişă gleznele. Lăsa impresia unui bărbat obosit, care petrecuse prea mult timp mergând în oraş.

Strâmbându-se, îşi vârî biscuiţii în buzunarul exterior al genţii, iar mai apoi, deşurubă capacul sticlei de apă. Înghiţi cu poftă cîteva guri de apă, dând impresia că gura îi era uscată.

Nu luă sticla de la gură până ce nu bău jumătate din cantitatea de lichid. Oftă audibil din nou, iar mai apoi înşurubă din nou capacul la sticlă cu gesturi măsurate.

Bărbatul dădea impresia că se concentra numai pe acea acţiune, dar, de fapt, el cerceta oamenii din jur. Privirile îi căzură pe un grup de trei oameni, care se opriseră la intrarea în clădirea autogării, vizibil preocupați cu cercetarea chipurilor tuturor celor din jurul lor.

Bryan îi analiză pe sub gene și ceea ce observă îl mulțumi. Putea să-și parieze ultimul ban că dăduse peste oamenii pe care îi căuta.

Bărbații arătau destul de rău și se vedea că trecuseră prin multe pe ziua aceea, iar Bryan surâse. Nervii lor zdruncinați se oglindeau în tremurul degetelor și felul în care își azvârleau privirile în toate părțile. Umbrele de pe chipurile lor trădau stresul nervos.

Bryan își imagină că o întâlnire cu talentele unice ale lui Lily ar fi putut pune spaima pe chipul oricui. El își amintea destul de bine că Lily se vădise a fi cea mai bună din familie când venea vorba de vrăjitorie. Femeia nu avea nici măcar o fărâmă de răutate în oase, dar probabil că, de data aceasta, încercase să amplifice efectele vrăjilor ei pentru a scăpa de ei.

După ce priviră încă o dată în jur la toți cei de afară, unul dintre cei trei le făcu semn celorlalți să îl urmeze înăuntru. După ce dispărură din raza lui de vedere, Bryan părăsi perenul și o porni în sus pe strada Bay.

Lăsând mulțimea de oameni în spate, bărbatul se strecură de-a lungul a două străduțe până ce se asigură că nimeni nu îl urmase. Numai atunci o luă la fugă spre locul unde își parcase mașina și unde Lily și Mark îl așteptau.

— Ai avut vreo problemă? întrebă Mark atunci când Bryan, după ce aruncă geanta lui Mark pe scaunul din spate, luă loc în mașină.

— Nu, nu prea, îi răspunse Bryan, închizându-și centura de siguranță. Dar sunt destul de sigur că am avut ocazia să îi văd pe indivizii cu care te-ai jucat tu, Lily, spuse el, iar ochii săi se fixară pe ai lui Lily în oglinda retrovizoare.

— Ce vrei să spui? îl întrebă ea, albindu-se.

Nefiind încă în posesia puterilor ei în întregime, femeia se temea că le cauzase oamenilor mai mult rău decât dorise inițial.

— Era privirea din ochii lor care m-a făcut să înțeleg că te-au cunoscut, îi explică Bryan, întorcând cheia în contact și pornind mașina. Arătau ca niște indivizi care avuseseră nefericirea să se lovească de niște chestii supranaturale și încă nu înțeleseseră ce li s-a întâmplat, surâse el răutăcios.

— Au vorbit cu tine? îl întrebă Lily cu teamă în voce.

Era convinsă că Mark i-ar fi luat capul dacă Bryan s-ar fi implicat și mai mult în treaba lui decât i-ar fi convenit lui.

— De ce să vorbească cu mine? ridică Bryan din umeri. Nu eram decât un tip care aștepta autobuzul, bând apă și făcându-mi rezerve de biscuiți pentru călătorie, spuse el, întorcând mașina pe strada Front.

Se alătură șirului de mașini care se mișcau încetișor de-a lungul benzilor, iar apoi semnală stânga la semafor. Lumina zilei se estompa sub cerul gri de iarnă. Zilele erau scurte iarna în Toronto, iar ora patru după-masa aducea deja înserarea în oraș.

— Îți voi înapoia banii pe care i-ai cheltuit, interveni Mark când înțelese că bărbatul plătise din nou pentru ceva din cauza lui.

Politica lui era extrem de strictă. Nu îi plăcea să datoreze nimic nimănui, iar el deja îi datora destul de mult lui Bryan.

— De ce ai face asta? îi aruncă Bryan o privire piezișă, iar sprâncenele i se adunară deasupra ochilor.

— Păi a trebuit să cumperi apă și biscuiți..., începu Mark să explice cu oboseală în voce.

— Pot să te asigur că îmi pot permite niște apă și biscuiți, îi răspunse Bryan pe un ton sec, întorcându-și capul pentru a supraveghea traficul și a o lua pe altă stradă la stânga. Și nu le-am cumpărat pentru ca să-mi datorezi tu ceva, sublinie el printre dinții strânși, aruncând o privire neagră către Mark. Individul începea să îl calce pe nervi cu vederile lui parsimonioase asupra vieții.

Bryan își întoarse ochii asupra drumului. Șuvoiul de mașini se îndesase, iar caldarâmul era umed. Când reuși să scape de marea partea a traficului, îi aruncă o altă privire lui Mark.

— Am băut cea mai mare parte din apă, apropo, dar dacă vrei, poți să te servești din biscuiți. Eu, unul, nu cumpăr așa ceva de la magazin. Mi-i fac eu singur.

— Ce vrei să spui? îl întrebă Mark, confuz de noua direcție a discuției lor.

— Îi coc eu, îi răspunse Bryan sec. Ai mei sunt mult mai buni decât cei pe care îi poți cumpăra de la magazin.

— Te ocupi de copt, repetă Mark ca și cum nu ar fi înțeles conceptul.

Bryan arăta ca un luptător. Era dificil să pună laolaltă imaginea lui Bryan cu cea de bucătar.

— Da, Bryan este mare bucătar, interveni Lily, aplecându-se peste scaunul lui Mark.

Femeia își încrucișă brațele peste spătarul scaunului lui și îi aruncă un surâs larg lui Bryan atunci când ochii li se întâlniră în oglinda retrovizoare.

— Unul dintre cei mai buni din familie, aș spune, zâmbi ea, întorcându-și capul spre Mark. În afară de el, doar mătușa Marjorie poate găti atât de bine, adăugă ea, iar mîndria față de vărul ei prin căsătorie îi răsună în voce, aducând un alt surâs pe buzele lui Bryan.

— Asta e ceva ce trebuie să văd, mormăi Mark.

Omul nu era gata să creadă cuvintele ei fără dovezi.

— Îmi pare rău, dar nu pot să îți satisfac curiozitatea chiar acum, îi răspunse Bryan, întorcând mașina cu dexteritate pe un alt drum secundar.

Se alătură fluxului lejer de mașini de pe stradă, iar apoi o luă la dreapta cu ușurința dovedită de un șofer profesionist. Mark nu se putu opri din a admira felul în care Bryan manevra volanul. Bărbatul fie era profesionist, fie avea un talent înnăscut.

— Deja am gătit pe ziua de azi. Așa că poate altă dată, spuse Bryan, conducând de-a lungul unei străzi mai înguste acum. Dar ești binevenit să iei o gustare sau cina la mine acasă când ajungem acolo. Atunci vei putea judeca talentele mele culinare.

— Unde mergem? sări Mark imediat să întrebe pe un ton aspru, iar mai apoi începu să se uite în jur cu ochii îngustați.

Bărbatul nu dăduse nici o atenție drumului și acum se blestema pe sine însuși pentru neprevedere. Oricum, să o învinovățească pe Lily nu ar fi rezolvat absolut nimic.

Strāduța nu părea să fie la locul ei în Toronto. Casele ce se aliniau de-a lungul drumului șerpuitor din spatele copacilor, precum și micile peluze și aleile dintre ele ar fi făcut mândria unui orășel suburban.

— Ți-am spus, îi răspunse Bryan cu răbdare, mai mult ca să îi zgândăre nervii lui Mark. Sântem acasă.

Parcă în aleea unei case și opri mașina. După aceea își întoarse ochii duri către Mark.

— Nu spui nici un cuvânt în fața femeilor despre absolut nimic, ai înțeles? Nu vreau ca vreuna dintre ele să se îngrijoreze.

Mark aprobă cu un semn din cap. Oricum, el nu intenționa să spună nimic nimănui. Cu toate acestea, se cam temea că nu îi va fi prea ușor să îl convingă de aceasta și pe acel tip uriaș.

— Nu știu dacă Lily știe despre ce este vorba, dar vei avea timp să o informezi după ce toată lumea pleacă. Lily, mi-e teamă că tu vei fi cooptată pentru planurile de petrecere, se întoarse Bryan spre verișoara lui, un surâs anemic curbându-i buzele.

— Știu, oftă ea și începu să își adune pungile cu cumpărături.

— Stai, vin eu și le iau, spuse Mark imediat și sări din mașină.

Bryan zâmbi, privindu-l, își scutură capul și se întoarse spre Lily.

— Ăsta e bun de păstrat, puiule, spuse el cu râs în voce.

— Crezi că nu știu, oftă ea cu dorință în glas. Asta a spus și Ian. Vom vedea, însă, cum merg lucrurile, își flutură ea mâna, temătoare să spere prea mult.

Mark deschise ușa de la mașină și Lily îi surâse, înmânându-i sacoșele. Bărbatul le luă într-o mână, iar pe cealaltă o întinse pentru a o ajuta să coboare din mașină.

După ce Lily ajunse lângă el, închise ușa și, strâmbându-se, spuse:

— Hai să mergem. Nu cred că Genghis Khan m-ar lăsa să mă topesc în noapte.

— Te-ai gândit bine, îi ajunseră la urechi vorbele amuzate ale lui Bryan, iar Mark își scutură capul supărat.

Pentru un bărbat atât de mare, mișcările lui Bryan rivalizau cu cele ale unei pisici de junglă, iar acel lucru era destul de supărător. Lui Mark îi era dificil să concilieze caracteristicile deconcertante ale lui Bryan – un bucătar, cu mersul unui spărgător și construcția fiz-ică a unui luptător.

~ 7 ~

# CAPITOLUL ŞAPTE

Mark îl urmă pe Bryan în bucătărie, amețit încă în urma cacofoniei urărilor de bun venit ce erupseseră de peste tot atunci când cei trei intraseră în casă. Nici măcar nu avusese timpul să arunce vreo privire în jur pentru a verifica împrejurimile, ceea ce încă îl măcina.

După ce își lăsaseră hainele de iarnă și ghetele în hol, traversaseră coridorul înspre livingul care abunda de voci feminine. Cîteva strigăte opriseră conversația atunci când Lily apăru în cadrul ușii, iar o trupă de femei zburaseră către ea, toate vorbind în același timp.

Mark se strâmbase când urechile îi țiuiră, neobișnuit cu astfel de explozii vocale. Îi aruncase lui Bryan o privire fugară pentru a vedea cum reacționa acesta la sunetele înalte, iar spre surpriza sa, un surâs vesel se ascunse în colțul gurii bărbatului.

Nu l-ar fi luat drept un bărbat care aprecia o astfel de afișare de emoții feminine. Omul îl uimea la nesfârșit. Bryan nu reacționa niciodată în felul în care se aștepta el.

După aceea, Mark își întorsese ochii spre femeile care continuau să cotcodăcească peste Lily și simțise compasiune pentru ea. Femeia nu putea fi prea încântată să fie subiectul atacului lor.

Spre surpriza lui, Lily nu se supărase defel, ci continuă să le zâmbească, deși acestea se plângeau din toți rărunchii.

Din ceea ce înțelesese el, femeile o așteptau pe Lily de ceva vreme. De aceea, nu se obosiseră deloc să își ascundă necazul și își exprimaseră supărarea față de ea din plin.

Își amintea el că Lily nu le anunțase că urma să întârzie la întâlnirea lor, dar nu se așteptase să dea peste un grup de femei care erau mai mult decât furioase. Se trăsese mai la o parte, la o distanță sigură, nedorind să intre în linia focului, trecându-și privirile peste femeile care vorbeau fără oprire.

Se părea că avuseseră nevoie de prezența lui Lily pentru a discuta anumite lucruri legate de petrecere, iar Mark mai că își dădu ochii peste cap. Toate spuneau, de fapt, același lucru, dar într-un alt fel, și nici una nu avea de gând să aștepte ca Lily să le răspundă.

Când zgomotul se diminuă, Lily îl prezentă pe Mark soției lui Bryan, Becka, lucru care l-a șocat atât de mult pe acesta încât nu-și putu găsi cuvintele. Bărbatul se mulțumi să dea din cap și să strângă mâna femeii, iar pe chipul lui se așternuse consternarea.

Tânăra femeie îl surprinsese cu tinerețea sa exuberantă și statura minionă. Nu se așteptase ca o astfel de femeie să se îndrăgostească de gigantul blond. În opinia lui, cei doi făceau parte din două lumi complet diferite.

După aceea, lui Marc îi fu prezentată mama Beckăi, o femeie efuzivă, care îl confuzionă când îl strânse puternic în brațe. Atitudinea lui nu încuraja nici un fel de afecțiune, iar Mark era un adevărat maestru când venea vorba de a ține oamenii la distanță. Aparent, femeia nu fusese, însă, informată de aceasta.

Fiind prezentat Norei și lui Ellen, verișoarele lui Lily în urma căsătoriei, nu l-a șocat prea mult, deși, de obicei, evita să facă noi cunoștințe. Tinerele femei îi strânseseră mâna cu căldură, dar nu merseseră atât de departe încât să îl îmbrățișeze sau să îl sărute.

Cu toate acestea, făcând cunoștință cu mama lui Lily îl șocase și avusese brusc senzația că totul se mișca cu viteza luminii. Aparent, Mark nu mai putea controla mediul, ceea ce nu i se mai întâmplase înainte. Întotdeauna avusese o soluție sau cel puțin umbra unui plan. Nimic nu îl surprindea într-atât încât să nu mai știe cum să reacționeze.

Și cu toatea acestea, acum abia de putea să își explice atracția sa de neclintit pentru roșcata mlădie. Nu reușea să priceapă ce i se întâmpla, așa că renunțase să își mai pună întrebări privind dorința lui de a nu fi despărțit de Lily nici măcar pentru o clipă, iar aceasta la numai cinci minute după ce o sărutase. Femeia își făcea loc în inima și mintea lui, iar el își descoperise slăbiciunea de a nu putea lupta împotriva atracției pe care aceasta o exercita.

Situația aceea îl șocă, însă. Niciodată nu ajunsese la punctul de a întâlni părinții femeilor cu care ieșea. Nu că ieșirile lui uzuale cu diverse femei s-ar fi încadrat în clasicul de a ieși cu cineva. Își făcuse un obicei din a nu merge mai departe de o întâlnire sau două cu aceeași persoană și nici o femeie nu reușise să îi mențină interesul în ea suficient de mult pentru a-l determina să vrea și o a treia întâlnire.

Și de parcă nu ar fi fost suficient că nu își dădea seama ce i se întâmpla, pe deasupra îl mai și enerva Bryan. Totul părea să îl amuze pe acesta și nu lăsa nimic să treacă fără a fi băgat în seamă.

Bryan fusese cel ce îl împinsese pe Mark în fața mamei lui Lily, făcând un întreg spectacol din prezentarea lui ca fiind prietenul lui Lily.

Asta chiar l-a mâniat pe Mark. Pentru a nu-i plăti polița lui Bryan așa cum se cuvenea, îți agățase un zâmbet ezitant pe buze și își întorsese ochii spre femeia care părea o versiune mai în vârstă a lui Lily, dacă ar fi trecut cu vederea culoarea ochilor lor. Se gândi că ochii erau și motivul pentru care nu-și putea lua privirea de la ea.

Femeia îi zâmbise cu aceeași căldură cu care și-ar fi întâmpinat fiul pierdut de multă vreme și pe care abia îl regăsise după ani lungi de cercetări ostenitoare. Cu o mișcare iute, îl îmbrățișase cu toată puterea, sărutându-i obrajii după moda europeană. Brațele ei subțiri deveniseră frânghii puternice și se încolăciseră în jurul lui, iar

Mark nu avusese nici cea mai mică șansă să se desprindă din îmbrățișarea ei.

Reacția ei la venirea lui ridicase câteva semne de întrebare în mintea lui Mark. Trebuia să își pună întrebarea de ce o femeie sănătoasă la minte l-ar îmbrățișa și săruta în acel fel, ținând seama că abia îl cunoscuse. Niciodată nu auzise de vreo femeie care ar întâmpina un bărbat ca el în sânul familiei, fără a pune un minimum de întrebări.

Omul era conștient că profesia sa își lăsase urmele subtile asupra chipului lui. În fond, era obligat să trăiască cu ele și le vedea în oglindă de fiecare dată când se rădea. Un ochi atent ar fi observat acele atingeri, iar mama unei tinere femei, mai mult ca sigur, ar fi dat atenție la astfel de semne. Doar funcționau ca semne de avertizare.

Mark nu remarcase nimic nelalocul lui la Lily, dar comportamentul mamei ei trăgea un semnal de alarmă că ceva era în neregulă cu fata. Altfel femeia nu ar fi fost atât de fericită să se găsească în fața unui om ca el, chiar dacă fiica sa pretindea că acesta era iubitul ei. Nu era natural, în special când omul arăta atât de dur precum el. Unul ca el ar fi fost visul unei mame doar dacă aceasta era beată pulbere și ar fi suferit de miopie acută.

— Nu e cazul să-ți obosești creierașul prea mult, îl avertiză Bryan sotto-voce, dându-și seama cam ce gânduri îi treceau prin cap. Nimic nu e în neregulă cu Lily. Asta îți pot garanta. Tu deja știi de ce este capabilă, așa că nici chestia asta nu ar trebui să reprezinte o problemă pentru tine. Cel puțin ești avertizat de dinainte, admise Bryan cu un surâs sarcastic în colțul gurii.

Încă își mai amintea reacția lui inițială atunci când Becka își dezvăluise puterile, iar amintirea acelei reacții încă îi făcea inima să i se chircească. Într-un fel, îl invidia, ba chiar îi purta pică lui Mark pentru că acesta își păstrase sângele rece în acele circumstanțe. Bărbatul părea să fie mai oțelit sau să aibă o minte mult mai deschisă, dar un lucru era sigur – acesta se dovedise a fi mai bun decât Bryan.

— Eu nu am fost avertizat, mărturisi Bryan cu o grimasă. Nu aveam nici cea mai mică idee despre ce putea face Becka și îți pot spune m-a șocat și, în general, nu sunt eu omul pe care îl ia orice prin surprindere cu ușurință, sublinie el, scuturându-și capul.

Trecuse el prin situații destul de ciudate în viață. Nu ar fi trebuit să mai fie surprins de absolut nimic.

— Și totuși, această familie are o problemă când vine vorba de a se apropia de oameni și de a avea încredere în ei, își continuă Bryan explicația, făcând semn cu capul spre interiorul casei de unde plutea spre ei un șuvoi de voci feminine.

Îl conduse pe Mark spre colțarul unde se lua, de obicei, micul dejun și, cu un gest, îl invită să ia loc pe unul din scaunele tapițate. După aceea, se îndreptă spre contoarul de bucătărie ca să pregătească o cafea. Era convins că și femeilor le-ar fi plăcut niște cafea.

Ochii gânditori ai lui Mark îi urmăriră mișcările prin bucătărie. Bryan nu părea să fie exact ceea ce crezuse Mark. Era un bărbat complex cu straturi complicate și neașteptate.

Umplându-și plămânii cu mirosul de scorțișoară, vanilie și ghimbir care plutea prin atmosferă în bucătărie, Mark își îndreptă privirea spre geamul care dădea înspre grădină. Timp de câteva momente, senzația că pășise într-o poveste deveni și mai pregnantă.

Zăpada se așezase peste nenumăratele ghivece și peste ramurile și crenguțele goale, dar Mark își putea imagina bogăția acelei grădini în vară. Se întrebă ce spunea acea grădină despre Becka, surprinzătoarea soție a blondului luptător, a cărui prezență în bucătărie, pregătind cafeaua și așezând prăjiturele pe platouri, părea să aparțină undeva în zona crepusculară.

Senzația lui că se cufundase într-un basm nu era, însă, departe de adevăr. Tot ce se întâmplase până atunci nu făcea decât să accentueze calitatea de ireal a acelei zile. Mark mai era încă uluit.

Bryan se ocupă de pregătirea ceștilor și farfurioarelor pentru a le duce în living. În același timp, mai fura, din când în când, câte o privire spre Mark. Un surâs viclean se urcă pe buzele lui Bryan și omul își scutură capul.

Mark îl amuza. Era posibil ca bărbatul să aibă impresia că își școlise trăsăturile pentru a nu-i reflecta gândurile, dar aceasta nu funcționase. Probabil că evenimentele zilei își lăsaseră amprenta asupra lui, iar el nu mai era în stare să-și folosească antrenamentul pe moment. Surpriza lui la întâlnirea mamei lui Lily fusese de ne-egalat.

— Nu te teme, Mark, îi spuse Bryan, luând tava pe care dorea să le-o ducă femeilor în living. Lucrurile au ele felul lor de a se rezolva, să știi. Nu voi lipsi decât o clipă, mai adăugă el și părăsi bucătăria.

Primirea gălăgioasă și fericită a grupului din living ajunse la urechile lui Mark după câteva clipe. Aparent, femeile apreciau grija lui Bryan față de ele. Mark își ciuli urechile să audă ce discutau, dar vocile se amestecau și nu reuși să facă prea mult sens din ceea ce se spunea.

După câteva minute, Bryan se întoarse cu un zâmbet pe buze, frecându-și mâinile. Ochii i se opriră asupra lui Mark și își scutură capul.

— Știu că te-a șocat primirea călduroasă pe care ai avut-o aici, Mark. Dar să știi că, dacă stai pe aici suficient de mult, o să ai șansa să îi cunoști și pe cei care te-ar jupui de viu, râse Bryan, plesnindu-l pe Mark peste umăr.

După aceea, se întoarse la tejgheaua de bucătărie pentru a lua și a aduce la masă cafeaua și prăjiturile pe care le pregătise pentru ei.

— Grozav, exact ce aveam nevoie, mormăi Mark și îl urmă, sătul să stea la masă de unul singur.

Bryan râse cu amuzament vădit. Știa el cam ce simțea bărbatul. Fusese și el în locul lui și nu cu prea mult timp în urmă. Și totuși, situația îl amuza.

— Vei supraviețui, nu te teme, îi înlătură Bryan îngrijorarea cu un gest.

Luă cea de-a doua tavă pe care o pregătise și întorcându-se, îl conduse pe Mark înapoi la unul din scaunele de la masă.

— Evident, dacă nu decide Rebecca să te transforme într-un broscoi. Considerând cât de mult i-a escaladat comportamentul în ultima vreme, așa ceva nu ar fi prea ieșit din comun, observă Bryan gânditor.

Puse mai apoi tava pe masă și seriozitatea bruscă de pe chipul lui îl tulbură pe Mark.

— Exact asta îmi lipsea acum din viață. Să mă transform în broscoi, își aruncă Mark mâinile în aer cu necaz. Și cine naiba este această Rebecca? se răsti el la Bryan, iar o încruntătură îi apăru pe chip.

Bryan îl privi pieziș preț de câteva clipe, iar mai apoi izbucni într-un hohot de râs exploziv, susținându-și coastele protectiv cu un braț.

— Măi, măi, măi. Abia aștept să văd întâlnirea ta cu ea, își scutură el capul, trecându-și degetele mari peste ochi. Ar fi bine dacă aș putea vinde și bilete, remarcă el, continuând să râdă.

Mark observă cu dezgust că râsul sănătos îi provocase lacrimi bărbatului. Buna dispoziție a lui Bryan îl enerva și simțea impulsul de a-l păli peste cap pe uriașul blond.

— Dacă ai reuși să-ți controlezi amuzamentul, poate ai putea să clarifici câteva chestii pentru mine, observă Mark pe un ton sec.

Bryan luă loc pe un scan și îl privi pe bărbat cu ochi serioși.

— Cred că tu ar trebui să fi cel care clarifică anumite lucruri, răspunse Bryan, luându-și ceașca de pe masă și privindu-l pe Mark peste buza acesteia.

— Știam eu că așa vei gândi, mormăi Mark și îi urmă exemplul pentru a amâna explicațiile.

Alese să muște dintr-o prăjitură acoperită cu glazură roșie și verde. Deja observase că sărbătoarea de Crăciun era un eveniment important în acea casă. Pomul împodobit din living ocupa aproape un sfert din încăpere, iar decorații erau atârnate peste tot.

Aromele îi explodară pe limbă în timp ce prăjitura efectiv i se topi în gură. Fără să își dea seama, oftă și își scutură capul.

— Omule, ești al naibii de norocos, mormăi el, mestecând în același timp prăjitura.

— De norocos sunt norocos, dar aș vrea să știu de ce crezi tu că aș fi, își înclină Bryan capul pe o parte, privindu-l pe Mark cu curiozitate.

— Soția ta, reuși Mark să spună în timp ce alegea o altă prăjitură.

— Oh, da, sunt norocos în privința aceasta, se arătă Bryan de acord cu el, zîmbindu-i satisfăcut.

— Dacă aș avea o soție care ar putea coace prăjituri la fel de bune..., își scutură Mark capul.

Mușcă din altă prăjitură, dar nu își luă ochii de pe cele rămase pe platou.

Bryan începu să râdă atât de tare încât se văzu nevoit să pună ceașca de cafea înapoi pe masă. Lichidul deja se vărsase peste margine, iar cafeaua fierbinte îi arsese mâna.

— Și acum de ce naiba râzi acum? își întoarse Mark ochii îngustați spre Bryan.

— Ești o sursă inepuizabilă de amuzament, admise Bryan printre hohote de râs.

Când sprânceana stângă a lui Mark se arcui pe fruntea acestuia, Bryan ridică mâna pentru a opri orice replică ar fi putut gândi acesta. Sorbi din ceașca sa, iar apoi își propti coatele pe masă, proptindu-și bărbia în mâini.

— Becka nu gătește și nici nu coace prăjituri, îi explică Bryan.

Mark îl privi confuz câteva clipe, dar mai apoi dădu din cap, înțelegând în sfârșit ceea ce voia să spună bărbatul.

— Înțeleg acum. Altcineva a făcut prăjiturile acestea. Și ce dacă? Eu abia am ajuns aici, așa că nu este cazul să râzi de mine. Oricum sunt bune, mai mușcă el din prăjitura sa.

— Da, eu le-am făcut, îi spuse Bryan lui Mark, luându-și din nou ceașca și lăsându-se pe spate în scaun. Eu sunt cel ce gătește și face prăjituri în această casă. Lui Becka îi e interzis să lucreze în bucătărie, adăugă el pe un ton sec.

Bucata de prăjitură pe care Mark tocmai o înghițea i se opri în gât, iar omul începu să se sufoce. Începu să tușească, iar Bryan sări din scaunul său, gata să aplice metoda Heimlich pe el.

— Ai nevoie de ajutor, omule? se întinse el spre Mark.

Mark se trase din calea lui, își scutură capul și dădu peste cap jumătate din cafeaua sa. Mai apoi, se lovi cu pumnul peste piept de câteva ori, până ce reuși să respire mai ușor și gâtlejul nu i se mai simțea asupat. Cu lacrimi în ochi, își ridică privirea spre Bryan și îl măsură cu precauție.

— Doar făceai haz pe seama mea adineauri, nu-i așa?

Bryan își scutură capul, luând din nou loc pe scaun, și râse scurt.

— Știu că e greu de crezut, dar soția mea, care este o femeie extrem de talentată și dulce, nu poate să socotească gătitul printre talentele ei. Este un dezastru în bucătărie și te sfidez să repeți aceste cuvinte în fața ei, îl avertiză el pe Mark, împingându-și un deget sub nasul lui.

— Nu suflu o vorbă, pretinse Mark că își trăgea fermoarul la buze. Sunteți o familie... ieșită din comun, aș putea spune, adăugă el.

— Da, ai putea spune, râse Bryan din toată inima. Oricum, tu ai o poveste de relatat, dacă îmi amintesc corect, adăugă el.

— Mda, așa se pare, mormăi Mark cu dezgust. Nu că mi-ar place să o spun, îl străpunse el pe Bryan cu o privire aprigă țâșnind din ochii săi îngustați.

— Îmi pare rău, dar în afacerea asta nu ai un cuvând de spus. Lily poate că este numai verișoara lui Becka, dar țin la ea în mod deosebit, așa că trebuie să vorbești, sublinie el.

— Nu ar trebui să aud și eu acea poveste? se interesă Lily din prag.

— Tu ești ocupată, fetițo, îi reaminti Bryan. Planuri, îți aminteşti?

— Nu se mai fac planuri, veni Becka din spatele lui Lily. Întâlnirea s-a amânat.

— Cum aşa? Că doar nu ați avut destul timp să terminați cu toate planurile, observă Bryan. În numai două zile este revelionul deja.

— Ştiu, oftă Becka venind spre el şi trecându-şi buzele peste ale lui. Numai că nu putem cădea de acord asupra prezenței străbunicii.

— M-am gândit eu că nu veți reuși, îi alină Bryan chipul.

— Ellen este de neclintit. Jay nu va veni dacă o invităm pe Rebecca, spuse Lily, ridicând din umeri. Iar Nora o susţine.

— Nu o poți condamna pe niciuna dintre ele, răspunse Bryan gânditor. După ce le-a făcut Rebecca amândorora şi ce a spus la nunta lui Ellen, nu e de mirare că nu mai acceptă să o vadă. Ar trebui şi să te gândeşti că Ellen şi Jay abia şi-au început luna de miere. Cu siguranţă că nu au chef să şi-o strice din cauza bătrânei vrăjitoare.

— Bryan! exclamă Becka.

— Haide, Becka, îşi întoarse Bryan ochii spre ea. Nu e ca şi cum tu nu ai numit-o mai rău de atît, o aţinti el cu privirea neclintită.

— Ştiu, dar...

— Nici un dar, iubito, îi sărută Bryan vârful nasului. Ştii că ţin la Rebecca, dar ea singură şi-a făcut-o cu mâna ei. Nici nu învaţă din ce se întâmplă, îşi scutură el capul cu regret.

— Probabil că aşa e ea şi nu poate face altfel, acceptă Lily filozofic înclinaţia străbunicii ei pentru dezastru.

— Oricum, ce aveţi de gând să faceţi? întrebă Bryan, plimbându-şi privirile de la Becka la Lily.

— Nu prea ştiu ce aş putea face, ridică Becka din umeri.

— Considerând faptul că noi găzduim petrecerea, ar cam trebui să ştii, accentuă Bryan, sprâncenele arcuindu-i-se pe frunte.

— Nu crezi că ştiu asta? i-o întoarse Becka pe un ton răstit. Dar cum pot eu să-i spun străbunicii că nu e invitată? Şi cum pot să le spun lui Ellen și lui Jay că am invitat-o și că dacă nu le convine, atunci pot să-și facă propriile lor planuri de revelion? își aruncă ea dramatic mâinile în aer, ceea ce îl făcut pe Bryan să surâdă.

Acesta era pur și simplu înnebunit după natura dramatică a soției sale.

— Nu ai putea doar să îi inviți pe toți și să-i lași mai apoi să își regleze disputele atunci când ajung aici? propuse Mark, sătul să tot audă despre o amărâtă de petrecere, din moment ce el avea treburi mult mai stresante la care trebuia să reflecteze.

Trei perechi de ochi se întoarseră brusc spre el și toate trei exprimau un șoc profund.

— Ți-ai ieșit din minți? se interesă Lily aproape șoptit. Nu îți dai seama ce s-ar putea întâmpla într-o astfel de situație?

— Ce ar putea să se întâmple? ridică Mark din umeri. Probabil că vor schimba câteva replici mânioase sau poate că unul dintre ei va părăsi petrecerea mai devreme. În orice caz, problema ta ar fi rezolvată.

Bryan izbucni în râs, scuturându-și capul.

— Chestia asta ar putea merge dacă ar fi vorba despre o familie nucleară obișnuită, Mark. Dar noi vorbim aici despre o familie de vrăjitori. Cel puțin jumătate dintre ei sunt vrăjitori. Încearcă să îți imaginezi furtuni, tunete, fulgere, vijelie, tornade... Și chestiile acestea sunt cele de care ar trebui să te îngrijorezi cel mai puțin, își flutură el mâna în aer.

Mark se holbă la el, iar mai apoi își frecă bărbia cu anxietate.

— Bine, o să întreb. Efectiv mă înspăimânți. Ce altceva mai poate fi? își îndreptă el privirea spre Lily.

Lily își strânse buzele, iar după aceea îi răspunse:

— Păi, mai sunt șobolani, broaște, lăcuste...

— Bun, pricep ce vrei să spui, o opri Mark cu un gest. Vorbim despre plăgile Egiptului?

— Ei, nu chiar, își scutură Becka capul. Buni nu ar pedepsi chiar pe toată lumea. Doar pe cei ce merită.

— Ce merită? se întoarse Lily rebelioasă spre verișoara ei, ochii ei devenind verzi.

Draperiile fluturară, iar vesela de pe masă se cutremură. Ochii lui Mark fulgerară spre masă, iar mai apoi și-i întoarse acuzator spre Lily.

— Acum știu. Vântul acela din stradă și fulgii de zăpadă. Erai tu cea care provoca toate astea, o ținti el pe Lily cu un deget.

Ea se mulțumi să ridice din umeri, ca și cum chestia aceea nu era atât de importantă în acel moment.

— În regulă, Lily, calmează-te, interveni Becka, punându-și mâna pe brațul lui Lily cu afecțiune și mângâind-o tandru pentru a ostoi mânia verișoarei sale. Am vorbit fără să gândesc, mărturisi ea. Știi doar că nu consider că Nora sau Elle au meritat ceea ce au primit. Nu mi-a plăcut nici ce i-a făcut lui Bryan.

— Bryan a scăpat ușor, i-o întoarse Lily, departe de a fi calmată.

— Nu îmi pasă de chestia asta, interveni Mark din nou. Doar e prezent aici, arătă el spre Bryan. Asta înseamnă că nu i s-a întâmplat nimic. Ce vreau eu să știu este dacă tu poți controla elementele naturii, se încruntă el la Lily, împingându-și scaunul în spate și ridicându-se în picioare.

— Desigur că poate, să răsti Becka la el. Toți putem, într-un fel sau altul.

— Becka e mai bună la așa ceva, se amestecă Bryan în conversație. Lily e mai bună la ce ține de vrăji.

— Toți ați luat-o razna, își scutură Mark capul. Vorbim de crearea de furtuni de zăpadă și tornade aici.

— Și ce dacă? se răsti Lily la el. Ce-i așa de fantastic?

Mark se mulțumi numai să o privească șocat, iar Bryan râse.

— Fii fericit că nu a aruncat un răcitor spre tine, îl plesni el pe Mark umăr.

— Despre ce nenorocit de răcitor vorbești? îi aruncă Mark o privire neagră lui Bryan, exasperat de ei toți.

Avea el o suspiciune că cei trei voiau doar să se amuze pe seama lui.

Becka izbucni în râs și îl pocni pe Bryan peste braț. Femeia își scutură capul și întrebă:

— Vei uita vreodată de răcitorul acela?

— Care răcitor? ridică Mark vocea, hotărât să nu-i mai lase să îl ignore la infinit.

— Cel pe care l-a aruncat Becka spre mine când s-a supărat pe mine pentru prima dată, răspunse Bryan, făcându-se milă de el.

— Ascultă aici, începu Mark, dar chiar atunci un fel de bâzâit umplu încăperea, iar ochii lui Mark se lărgiră. Acum asta ce mai ei? întrebă el înspăimântat, privind în jur pentru a determina de unde venea sursa zgomotului.

— Ăsta e clopoțelul de pauză, replică Bryan pe un ton sec. Hai să mergem să vedem ce mai fac acum, o luă el pe Becka de mână. Tu stai unde ești, își întoarse el capul spre Mark în timp ce se îndrepta spre ușă.

Mark privi după ei cu uimire. După câteva clipe, se întoarse spre Lily.

— Ce e bâzâitul acela? întrebă el, nu prea sigur că voia să îi și audă răspunsul.

— Sunt copilașii lor, îi răspunse Lily pe un ton calm de voce, luând o prăjitură de pe platoul pe care îl pusese Bryan pe masă, iar, în același timp, arătă spre un monitor de copii de pe contoarul de bucătărie.

— Ce fac de este nevoie ca și Becka și Bryan să urce la etaj? o privi Mark cu ochii rotunjiți.

Lily ridică din umeri, ronțăind din prăjitură. După ce înghiți îi spuse:

— Chiar nu știu. Poate fi orice cu cei doi. Dar copiii au moștenit puterile Beckăi, așa că Bryan s-ar putea să aibă nevoie de ajutorul ei pentru a rezolva problemele.

Mark încercă să spună ceva, dar nimic nu ieși din gura lui. Mintea lui se învârtea în jurul aceleiași idei: *Doamne, oare în ce m-am vârât?*

Nici măcar nu percepea cuvintele liniștitoare ale Beckăi care se revărsau din monitorul pentru copii. Gândurile lui erau într-un iureș copleșitor, iar el se simțea sfâșiat între rațiune și atracția ieșită din comun pe care o avea pentru Lily.

~ 8 ~

## CAPITOLUL OPT

— S-a rezolvat problema, spuse Becka intrând în încăpere cu brațele pline de un prunc mișcător, urmată de Bryan care aducea un altul.

Observând privirea sceptică a lui Mark, femeia îi aruncă un zâmbet larg.

— Nu știu cum de le-a venit ideea, dar au început să creeze mingii sfârâitoare și să le arunce de la unul la altul, își scutură ea capul când Lily începu să râdă.

— Haide, Becka, doar erau capabili să creeze mingii de acum câteva luni, interveni Lily, iar Mark o analiză cu o privire întunecată.

Starea de spirit a femeii era mult prea bună pentru ceea ce se petrecea acolo. Mark avea senzația că era pe drumul de a fi certificat în curând. Probabil că înnebunea încetul cu încetul. Mintea i se desprindea de realitate. Aterizase într-o lume a fanteziei și rămăsese blocat acolo.

— Da, știu, dar nu mingii sfârâitoare, i-o întoarse Becka lui Lily. Cresc atât de repede, se plânse ea și își scutură capul.

Cu toate acestea, Mark simți mândria ce emana din cuvintele ei. Chipul ei strălucea cu mulțumire maternă atunci când privea copilul din brațele ei.

Becka lăsă pruncul la podea, iar acesta își căută echilibrul, agățat de piciorul ei pentru câteva clipe. Mai apoi, băiețelul dădu drumul gradat la piciorul ei și, clătinându-se pe picioare, își găsi balanța.

— Deja au învățat să meargă, să știi, îi spuse Becka lui Mark. Asta e chiar o mare realizare pentru copilași așa de mici. Nu sunt ei chair foarte stabili pe picioare, dar destul, deși cred că este prea devreme pentru asta, explică Becka, iar îngrijorarea i se putea citi pe chip.

— Nu este prea devreme, interveni Lily. Îți amintești ce spunea mătușa Marjorie. Matt a început să meargă și chiar foarte bine și asta înainte de a împlini un an.

— Știu, știu, îi alungă Becka cuvintele cu un gest. Dar am senzația că îmi cresc prea repede. Parcă ieri încă mergeau de-a bușilea pe podea, iar acum... Să știi, se întoarse ea spre Mark, din moment ce Lily deja cunoștea tot ce era de știut despre realizările copiilor ei, că deja sunt capabili să exprime lucruri de bază, ba chiar cu oarecare hotărâre, adăugă ea pentru el.

— În nici câteva zile vor începe să lupte împotriva acelor mingii cu săbii de Jedi, spuse Bryan pe un ton sec.

Mark remarcă imediat că Bryan era cam exasperat din cauza talentelor copiilor săi. Dar, în ciuda acestui fapt, se putea vedea și mândrie în ochii lui, iar, spre marea surpriză a lui Mark, omul nu părea să fie prea deranjat de vrăjitoriile din sânul familiei, chiar dacă el nu avea nici un astfel de dar. Mark se văzu în situația de a se gândi și la acel aspect.

Becka se mulțumi doar să râdă și să-i ciufulească părul copilului de la picioarele ei.

— Acesta este Sean, îl întoarse ea pe băiat spre Mark.

De sub un ciuf des de păr blond, o pereche de ochi curioși îl cercetară cu atenție pe Mark.

— Spune-i *bună* lui Mark, Sean, îl invită ea pe copil și băiatul mormăi ceva, aparent nemulțumit că jocul lui cu mingea fusese oprit și nu prea impresionat de oaspetele lor.

— Iar aceea este Lea, arătă Becka spre fata pe care Bryan o ținea sub brat ca pe o minge de fotbal. Bryan, nu este o minge de fotbal, se răsti ea la el și își scutură capul cu necaz.

— Dar îi place atât de mult, i-o întoarse Bryan pe un ton glumeț, iar buzele îi zvâcniră, deși încerca să pară serios.

Știa el că reproșul nevestei sale era doar de ochii lumii. Becka deja se învățase cu felul lui de-a fi și nu era ea femeia care să se dea de ceasul morții pentru așa ceva. Ea era conștientă că Bryan nu i-ar fi făcut nici un rău copilului.

— Nu-i așa, dulceață? o întrebă Bryan pe Lea, ajutând-o să coboare pe podea.

Fata chicoti și dădu din cap cu entuziasm la cuvintele tatălui ei, încolăcindu-și un brat în jurul piciorului lui pentru a își menține balanța. Se clătină pe piciorușele ei dolofane câteva clipe, dar reuși să se sprijine și să meargă pe picioruse destul de curând pentru a i se alătura lui Sean.

Părul i se revărsa peste umeri într-o volbură de șuvițe blonde. Îi aruncă mamei sale o privire și un zâmbet strâmb îi curbă colțurile gurii.

Când își întoarse ochii de un albastru palid spre Mark, acestuia i se opri respirația. Fata era copia perfectă a tatălui ei, afișând și privirea lui tăioasă, care, din fericire, era îndulcită de o lumină poznașă.

Copila îl măsură cu curiozitate deschisă, fără să clipească. După aceea, se întoarse spre mama sa și articulă perfect:

— Foame. Vreau prăjituri.

Becka își scutură capul pentru a o face să înțeleagă că nu va primi prăjituri, iar ochii lui Lea se îngustară amenințător. Mama ei se mulțumi numai să își proptească mâinile pe șolduri și și să se uite la copil fix.

Sean se gândi să intervină și să-și ajute sora, aruncându-și și el greutatea în conversație. Pe un ton rebel, spuse:

— Și eu.

— Nu ai noroc, campionule, își trecu Bryan degetele prin părul fiului său, astfel îndepărtând ceva din bruschețea tonului său.

Șuvițele lui Sean străluceau într-un blond mai închis, mai apropiat de nuanța părului mamei sale. În ciuda acestui fapt, Mark observă și pe chipul rotund al pruncului ochii lui Bryan și un fior îi trecu peste șirea spinării. Nu prea găsea plăcută situația de a avea trei perechi de ochi identici fixându-l intens și dându-i senzația că vedeau direct prin el și îi cunoșteau toate secretele.

— Puteți mânca niște fructe acum, îi explică Bryan cu răbdare băiatului.

Puștiul lovi podeaua cu piciorul nervos, iar sprânceana stângă a lui Bryan se arcui. Privirea sa puse punct tantrumului iminent înainte ca acesta să poată să prindă avânt.

— Vei mânca destul de curând. Iar dacă îți mănânci mâncarea, vei primi și o prăjitură, alină el copilul, mângâindu-i fruntea.

— Și eu? întrebă fata, arătându-și dinții de lapte într-un zâmbet menit să îl determine pe tatăl ei să se răzgândească și să îi satisfacă dorința. Prăjitură?

— Bună încercarea, dar același lucru e valabil și pentru tine, scumpo, îi răspunse Bryan, iar umbra unui surâs amuzat îi flutură pe buze.

Știa el că, probabil destul de curând, va ceda la marea parte a cererilor fiicei lui. Zâmbetul ei îl va învârti pe degetul ei mic în câteva luni. Și totuși, își promisese să tragă linia când venea vorba de mese sănătoase și de obiceiuri, iar probabil, mai târziu, de băieți. Nu credea că va fi pregătit sufletește să o vadă pe fiica sa cu vreun băiat înainte de a împlini treizeci de ani.

Bărbatul se întoarse spre Lily și Mark și spuse pe un ton coborât:

— Trebuie să fii atent cu ăstia doi. Dacă cedezi un deget, îți iau toată mâna.

După aceea o împinse blând pe Lea spre masă.

— Vă voi ajuta să vă urcați în scaunele voastre, iar mamii va aduce un măr și o banană pentru voi doi, spuse el.

Becka îi lăsă să se aranjeze și se îndreptă spre contoar să prepare gustările pentru copii.

— Poate ar fi mai bine să luăm prăjiturile de pe masă, propuse Mark, observând tentația strălucind în ochii pruncilor.

— Te-ai gândit bine, Mark, spuse Lily și, luând platoul de pe masă, se duse să îl mute pe tejghea, departe de degețelele hrăpărețe ale copiilor.

Un cor de plângeri se porni în spatele ei, iar ea râse, scuturându-și capul. Șuvițele de păr îi săltară pe spate, iar flacăra podoabei sale capilare străluci în lumina de la lampă, atrăgându-i privirea lui Mark precum o molie era atrasă de lumina candelei.

Ochii lui vrăjiți îi urmară pașii spre contoar. Îi trecu prin minte gândul că, indiferent ce s-ar fi întâmplat, nu va fi capabil să îi permite acelei femei să plece din viața lui. Nici măcar posibilitatea de a fi transformat într-un broscoi nu avea puterea să-l oprească.

Mark nu fusese niciodată omul deciziilor bruște. Avea nevoie de ore lungi de analiză și planificare înainte de a ajunge la o concluzie definitivă și de a o pune în practică. Și în ciuda acestui fapt, mintea lui știa că nu avea nici o alegere în ceea ce i se întâmpla în acel moment. El era, în fond, un om practic, așa că deja încetase să se mai lupte cu morile de vânt.

Mark își amintea că se întrebase ce dăduse peste Ryan, Adam și Nick atunci când aceștia au decis să se căsătorească cu femei pe care abia le cunoscuseră. Acum însă, avea răspunsul la acele întrebări.

Din puținul pe care îl știa, era foarte posibil ca Lily să fi aruncat o vrajă asupra lui, dar lui nici nu-i mai păsa de așa ceva. Singurul lucru care conta pentru el era să o aibă pe Lily în viața lui. Instinctele sale primitive îl impulsionau să o închidă într-o cameră cu el și să o țină acolo pentru anii care urmau să vină.

Captivat, Mark nu observă ochii lui Bryan asupra lui. Sprâncenele lui Bryan i se arcuiră pe frunte, iar bărbatul își scutură capul ușpr. Mark era deja dus. Când o femeie punea privirea aceea în ochii unui bărbat, acesta nu mai avea nici o șansă să continue să-și trăiască viața fără ea.

Atenția lui Bryan era împărțită între copiii săi și Mark, așa că nu observă schimbările de priviri dintre gemeni și nici felul în care dădeau din cap, în complet acord. Bryan mereu suspectase că Lea și Sean comunicau fără cuvinte și că legătura dintre ei era foarte puternică. Dar nu știa cu siguranță cât de puternică sau efectivă era acea comunicare dintre ei.

Când Mark strigă din senin și începu să-și frece nasul, toți adulții se întoarseră spre el. Vârful nasului bărbatului purta roșeața unei arsuri care părea rezultatul mai multor ciupituri.

Mark își întoarse ochii acuzatori spre gemeni, iar presupunerea lui se dovedi corectă. Copiii zâmbeau amândoi satisfăcuți, iar Sean, plin de satisfacție, chiar pedala cu picioarele în aer. Lea se mulțumi doar să afișeze un surâs plin de sine, iar ironia-i strălucea în pupilel, în timp ce îl privea pe Mark cu ceva foarte aproape de dispreț.

În grabă, Becka se întoarse la masă cu gustarea copiilor, urmată de Lily, ce părea îngrijorată. Bryan își întoarse privirea ascuțită spre gemeni și îi măsură din ochi.

— Cine a făcut și ce? se interesă el pe un ton aspru, menit să îl facă pe unul dintre ei să mărturisească, chiar dacă știa el că ambii copii păstrau, de obicei, un front unit între ei.

Sean pretinse că nu i-a auzit cuvintele și începu să bată cu mâna în tava din fața lui. Lea doar ridică din umeri, ca și cum ceea ce se petrecea nu avea nici o legătură cu ea.

Furia lui Mark fierbea aproape de suprafață, iar ochii i se înnorară. Ciupitura aceea numai prietenoasă nu fusese. Îi adusese lacrimi în ochi, dar cu toate acestea, știa că nu se putea înfige în niște copii atât de mici.

— Am întrebat ceva, spuse Bryan, acoperindu-i mâna lui Sean cu a sa pentru a-l opri.

Fața mică a lui Sean se încreți și el își întoarse ochii rebelioși spre tatăl său, strângându-și buzele pentru a-i arăta că nu avea chef să vorbească. Atitudinea lui îl provoca pe tatăl său să îl forțeze să o facă.

Impulsul de a izbucni în râs îl copleși pe Bryan, dar el și-l controlă. Își imagina că râzând l-ar fi încurajat pe băiat, iar când unui copil i se dăruise puterea de a răni oamenii, cineva trebuia să joace rolul rațiunii pentru a opri așa ceva.

— Comportamentul tău nu mă impresionează, Sean, observă Bryan pe un ton pragmatic. Nu ai voie să faci așa ceva oamenilor, predică el cu severitate. Nimeni nu are dreptul să rănească pe altcineva, accentuă el, neluându-și privirea dură de pe chipul fiului său.

— El a făcut-o. Mi-a luat prăjiturile, arătă Sean spre Mark, iar Lea îl susținu, dând empatic din cap.

— Nu a făcut-o, interveni Lily. Eu am luat prăjiturile. Mark s-a gândit să nu le lase pe masă pentru că nu aveați voie să le mâncați. El, pur și simplu, a avut grijă de voi, explică ea.

Sean privi spre Mark și apoi își feri ochii imediat, vina fiind clar pictată pe chipul lui. Lea nu părea atât de convinsă că Mark nu era responsabil pentru disparitia prăjiturilor. Trăsăturile ei îi trădau neîncrederea, iar fetița își încreți nasul, semn că ceva nu îi mirosea a bine.

Mark își scutură capul și, uitând de usturime, chiar dacă nasul tot îi mai strălucea din cauza roșeții, zâmbii.

— Cred că ar trebui să îmi cer scuze pentru copiii mei, spuse Becka abia auzit. Sunt mult prea mici pentru a înțelege că sunt lucruri pe care nu ar trebui să le facă, explică ea.

— Nu-i nici o problemă, își flutură Mark mâna. Atât că... chestia asta m-a surprins.

— Încercăm să nu îi lăsăm în compania altora în afară de familie, sublinie Bryan. Exact din cauză că vrem să evităm astfel de surprize.

— Cred că este o idee foarte bună, aprobă Mark. Oamenii ar fi șocați dacă li s-ar întâmpla așa ceva.

— Cel puțin tu erai avertizat de dinainte, îi mângâie Lily mâna. Nu te teme, sunt doar copii. Nu au cum să te rănească prea tare.

— Comparat cu ce? se interesă Mark pragmatic, întorcându-și ochii serioși asupra ei.

Bryan râse, curățind o banană și punând bucăți pe farfuria fiecărui copil.

— Ești un bărbat practic, spuse el. Probabil că vei fi potrivit, aprobă el cu un surâs pentru Lily.

Tânăra femeie se înroși, o nuanță violentă de roșu acoperindu-i pomeții și gâtul, iar pistruii îi deveniră mai vizibili.

— Se pare că ești foarte ocupat, observă Mark. Mai bine aș pleca, adăugă el și se ridică.

— Eu nu cred că ar fi bine, îl fulgeră Bryan cu o privire întunecată.

— Ascultă aici, începu Mark să spună, dar Lily îi puse o mână pe braț.

Bărbatul se întoarse spre ea, iar sprâncenele i se adunară deasupra ochilor.

— Acum ce mai e?

Lily își retrase mâna și se trase la o parte.

— Nimic, răspunse ea pe un ton ce-l dorea indiferent, dar durerea tot se făcea simțită în el.

— Lily, nu sunt supărat pe tine, încercă Mark să îi prindă mâna, dar femeia își puse ambele mâini în poală și nu își ridică privirea spre el. Sunt supărat pe el, își ridică el vocea. Este efectiv agresiv cu mine, dacă nu ai observat cumva.

— Aceasta nu e agresiune, interveni Bryan. Dar dacă insiști să o implici pe Lily în problemele tale, atunci va trebui să arunci ceva lumină asupra acelor probleme, adăugă el pe un ton care demonstra că nu își va schimba opinia.

— Nu vreau să o implic pe Lily în nimic. Vreau doar să plec, să rezolv ce am de rezolvat, iar mai apoi să mă întorc la ea când am terminat, i-o întoarse Mark exasperat.

Bryan își scutură capul.

— Deja ai implicat-o, Mark. Mă întreb de ce nu poți să îți dai seama de asta.

— Bryan, interveni Lily. Lasă-l în pace. Dacă vrea să plece, poate pleca. Nu e mare brânză. Sunt adultă și știu să îmi port singură de grijă, adăugă ea cu încăpățânare.

— Lily, nu e că nu vreau, începu Mark să spună, dar ea își ridică mâna și îl opri.

— Pe bune, Mark, chiar nu îmi pasă. De fapt, o să fac lucrurile mai ușoare pentru tine și o să fiu prima care pleacă, îi spuse ea și, ridicându-se, o porni spre ușă.

Panica îl cuprinse pe Mark, iar acesta sări din scaun, pregătit să o pornească după ea. Bryan își scutură capul și o opri pe Lily, punându-i o mână pe braț.

— Scumpo, înțeleg că ești furioasă acum, dar ai înțeles greșit câteva lucruri. Acest... cap pătrat nu are nimic împotriva ta și nu vrea să se descotorosească de tine. Vrea doar să se asigure că am dispărut eu din toată povestea asta.

— Bryan, îi mângâie ea mâna cu tandrețe. Ești un om cumsecade și o invidiez pe Becka pentru că a reușit să dea de tine. Dar, cu toate acestea, nu e cazul să încerci să mă alini. Sunt capabilă să îmi dau seama când cineva nu mă vrea, crede-mă.

— Ți-ai pierdut mințile? mai că urlă Mark, uitând că aveau audiență.

Ochiii copiilor se rotunjiră și aceștia îl priviră cu fascinație. Becka doar se mulțumi să își dea ochii peste cap, iar Bryan izbucni în râs.

— Din câte văd eu, nu prea se pare că ești capabilă să îi citești pe bărbați foarte bine, Lily, spuse Bryan.

Aplecându-se asupra ei, bărbatul îi șopti:

— Tipul e deja nebun după tine. Dacă ieși pe ușă, mai mult ca sigur o să simtă impulsul de a încerca să-mi aranjeze mutra.

Lily se întoarse spre Mark, iar fierbințeala din privirea lui o înfioră. Nu arăta defel ca un bărbat care ar fi fost capabil să iasă din viața ei.

— Ce este, Mark? întrebă ea, privindu-l de sus.

— Tu mă întrebi asta, șopti el răgușit. Cu siguranță, ți-ai pierdut uzul rațiunii, puiule. Tu și întreaga ta familie de lunatici, își flutură el mâna într-un gest larg, iar Lea și Sean izbucniră în râs, găsind mânia și exasperarea lui foarte amuzante.

— Îți sunt recunoscător că le oferi un spectacol atât de comic copiilor mei, observă Bryan sec. Cu toate acestea, noi încercăm să îi facem să înțeleagă că nu este o idee bună să îți lași emoțiile să te controleze când ai tu chef. Sper că îți dai seama că sântem obligați să o facem. Ce pot face ăștia doi dacă își dau frâu liber dorințelor... În fond, tocmai ce ai simțit-o pe propria-ți piele, ridică el din umeri, privind fix în ochii șocați ai lui Mark.

Mark părea să nu fie în stare să facă nimic altceva decât să îl privească cu uimire, iar Bryan oftă adânc.

— În regulă, îți spun eu ce vom face, decise Bryan să oprească acel duel stupid al privirilor, considerând că lucrurile ajunseseră destul de departe. Vei începe să vorbești în timp ce noi hrănim copiii. După aceea, vom merge în living ca ei să se poată juca, iar tu vei continua să vorbești. După aceea, vedem ce putem face, trase el concluzia, punând una dintre farfuriile pline cu fructe în fața lui Lea, iar cealaltă în fața lui Sean.

Mark îl privi sumbru, iar mai apoi spuse cu resemnare în voce:

— Deci dacă nu vreau să văd că Lily dispare din viața mea, trebuie să îți respect ordinele.

— În principiu, cam aceasta este esența a ceea ce am spus, aprobă Bryan, dând din cap serios. Așa că de ce nu ai începe tu să ne aduci la zi, îl invită el pe Mark să ia loc și să înceapă să vorbească.

Mark oftă, dar luă din nou loc, privind-o pe Lily. Femeia se întoarse spre masă, nu prea sigură de cum stătea treaba. În ciuda acestui fapt, se așeză lângă el, privindu-l precaută.

— Lucrurile nu sunt simple, începu Mark să vorbească cu ezitare în voce. Sunt, sau mai bine spus, am fost șeful unui birou de operațiuni speciale sub acoperire care are sediul în New York.

— De ce spui că ai fost? se interesă Bryan, iar Mark se strâmbă.

Omul reușise să dea peste miezul problemei cu o întrebare simplă.

— Ei bine, spuse el cu o ezitare, în ultima vreme am avut o echipă care a dispărut de pe radar. Nu mai reușesc să dau de ei absolut deloc.

— Asta nu e suficient pentru a te retrograda, observă Bryan.

— Știu, iar eu nu am fost oficial retrogradat. Doar că se simte astfel, îi explică Mark, gândindu-se la tăcerea reverberând dinspre cei din subordine în ultimele câteva zile, precum și la lipsa de mesaje sau apeluri.

— Mda, limpede ca apa, i-o întoarse Bryan. Mi-e teamă că am nevoie de mai multe clarificări, Mark, pentru a înțelege despre ce este vorba, îl aținti el pe Mark cu privirea pentru a-i da de înțeles că nu putea scăpa cu o asemenea poveste anemică.

— Un tip nou a fost numit la sediul central, iar noi nu ne-am prea înțeles nemaipomenit înainte de numirea sa. Îi expusesem câțiva dintre agenții care o luaseră pe arătură și el nu a prea apreciat chestia asta la vremea respectivă. Oamenii aceia reprezentau proiectul lui personal, într-un fel, iar el s-a simțit lezat. Din acel moment, am cam fost la cuțite. Oricum, nu știu cum de a ajuns unde este acum, dar imediat după promovarea sa, au început și problemele mele, ridică el din umeri.

— Simt că ne apropiem de miezul problemei, observă Bryan pe același ton sec. Ce probleme?

— Ți-am spus despre echipa pe care nu o pot contacta, își flutură Mark mâna. Am avut un alt proiect privind un grup terorist. Nu musulman, doar forțe extremiste. Sunt amestecați în o grămadă de chestii peste tot pe glob, spuse Mark, iar apoi se întoarse spre Lily. Îmi aduci și mie, te rog, niște apă?

Lily dădu din cap, iar apoi se ridică, având intenția de a se duce la frigider să caute niște apă, dar Bryan îi făcu semn să se așeze înapoi pe scaun.

— Mă ocup eu de asta. Ești sigur că vrei apă? Poate ai prefera altceva, spuse el traversând bucătăria.

— Merge și apă, îi răspunse Mark și își frecă un deget peste bărbie. Mi-ar fi plăcut ceva mai tare, dar nu prea pari să fi în starea de spirit să oferi așa ceva, observă el, fixându-l pe Bryan cu privirea.

Bryan izbucni în râs și își scutură capul.

— Cred că putem bea niște whiskey acum, se arătă el de acord și scoase o sticlă pântecoasă din dulap.

Căută și scoase patru pahare de whiskey și le aduse la masă.

— Familia Beckăi, iar prin asta înțeleg și a lui Lily, este scoțiană. Rebecca, străbunica lor, era o Campbell, care s-a măritat cu un scoțian, Winston. În ziua de azi, familia Winston au o distilărie în Scoția, așa că vei avea șansa de a degusta un whiskey single malt scoțian, îl informă Bryan pe Mark cu un surâs.

Sprâncenele lui Mark i se ridicară pe frunte. Omul își luă paharul, îi ridică, iar mai apoi sorbi. Plăcerea i se răspândi pe chip, iar căldura în burtă.

— Ăsta este un whiskey de calitate, observă Mark pe o voce răgușită.

Bryan râse și își scutură capul. Știa cât de puternic era whiskey-ul familiei lui prin căsătorie.

— Oricum ce spuneai? Despre acel grup? îl impulsionă Bryan pe Mark să continue cu relatarea sa după ce înghiți și el ceva din lichidul din pahar.

— Ei bine, sunt puternici. Le pasă doar de bani, nu de politică, explică Mark, gesticulând larg. Și sunt fără milă. Dacă vor ceva, fac tot ce e posibil să obțină acel ceva. Mijloacele nu prezintă nici o importanță. Știm că pot merge de la intimidare la pus bombe, răpiri și așa mai departe.

— Deci ce s-a întâmplat cu proiectul? se interesă Becka, plină de curiozitate.

Whiskey-ul îi colorase obrajii cu roz, iar ochii îi străluceau.

— Cei doi tipi pe care îi aveam pe acest proiect nu au mai revenit cu nici un fel de vești. Am încercat să îi contactez, dar nu am primit nici un răspuns. E mai bine de trei săptămâni de atunci, își scutură Mark capul, iar mânia îi răsună în voce.

— O altă echipă care s-a pierdut? mustăci Bryan.

— Mda, poți spune asta. Oricum, acest grup despre care discutăm este foarte puternic și mi-e teamă că sunt și susținuți la nivel înalt, dacă știi ce vreau să spun.

— Mda, știu ce vrei să spui, aprobă Bryan gânditor, dând din cap, iar mai apoi sorbi din nou din paharul său.

Se lovise și el de astfel de situații în trecut, așa că știa el bine că cei mici o încurcau mereu dacă ajungeau în calea unor oameni de acest gen. Astfel de grupuri știau cum să comploteze și să iasă din încurcături mirosind a roze.

— Așa că am decis să fac niște investigații eu însumi, continuă Mark.

Își trecu degetele prin părul roșiatic și oftă. După ce își înmuie buzele în băutura sa din nou, continuă.

— Nu puteam să continui să o iau ușor atunci când o altă echipă mi-a dispărut, declară el, fluturându-și mâna.

— Da, îți înțeleg punctul de vedere, îl aprobă Bryan. Deci ce s-a întâmplat?

— Am obținut niște informații despre un prezumtiv mare sponsor al grupului, mărturisi Mark. Ei bine, acum pot confirma fără tăgadă că el este sponsorul, ba chiar mai mult decât atât. Ceea ce am descoperit despre el, îl pune exact în mijlocul a tot. Are interese serioase în grup. Oricum, are sediul în Toronto. Așa că am venit aici și m-am gândit să fac... hai să spunem, o mică cercetare neautorizată prin biroul său, spuse Mark strâmbându-se.

— Asta necesită mult curgaj, dădu Bryan din cap, aruncându-i lui Mark o privire aproape admirativă. Și cum a mers?

Fruntea lui Mark se încreți și omul își frecă vârful nasului. Nu spuse nimic vreo câteva minute și toată lumea îl aștepta să vorbească.

Chiar și Lea și Sean se opriseră din a mânca și se uitau la el. Mâna lui Lea se oprise în drum spre gura ei, iar între degetele strânse, fetița ținea o felie de măr. Gura deschisă a lui Sean le arăta banana strivită și mestecată, pe care acesta uitase să o înghită.

Amuzat, Bryan își scutură capul, dar nu le spuse nimic.

— Ai putea spune că nu a mers foarte bine, recunoscu Mark, ridicându-și privirea spre Bryan. Am aflat ce căutam, dar nu am reușit să trec nedetectat.

— Interesant totuși că ai reușit să pătrunzi înăuntru, observă Bryan. Cum ai făcut?

— Am mers în mijlocul zilei, deghizat în curier, rânji Mark. Cel mai simplu truc din carte, doar știi. Nu se așteptau la așa ceva și nu și-au făcut nici o părere despre mine. Doi dintre tipii de la recepție chiar au făcut mișto de mine, știi, iar eu, timid, am acceptat tot ce au spus. Pot să-ți spun că mi-am jucat rolul perfect, spuse el cu mândrie în voce.

— Deci problemele au început când ai ieșit de acolo, trase Bryan concluzia.

— Ah nu, puțin mai devreme decât eram eu pregătit să ies, îl contrazise Mark, gesticulând larg.

Se foi puțin în scaun, iar mai apoi bău încă o gură de whiskey, lucru care-l făcu să geamă și să tușească puțin, spre marele amuzament al copiilor.

După aceea, Mark își întoarse ochii spre Lily preț de câteva secunde. Se holbă la ea, iar apoi privirea lui reveni la Bryan.

— Se pare că am declanșat un afurisit sistem de alarmă. Dispozitivul meu nu l-a depistat în timp util, se încruntă el, necăjit pe sine însuși pentru nereușita sa.

Cele două femei îl priviră cu ochii măriți. Buzele Beckăi se despărțiseră și femeia părea că ar fi vrut să spună ceva, dar nu știa cum să formuleze întrebarea.

— Oh, Dumnezeule, nu ți-a fost teamă? se interesă Lily cu îngrijorare în voce, iar sprâncenele lui Mark i se arcuiră pe frunte.

Bărbatul o privea, fără să știe cum să îi răspundă.

— Desigur că ți-e teamă, Lily, dar nu lași așa ceva să te oprească pentru că atunci ești ca și mort, îi răspunse Bryan, fără să aștepte ca Mark să găsească un răspuns mai potrivit.

— Ce a spus el, interveni Mark, găsindu-și vocea în sfârșit și arătând cu un deget spre Bryan. Da, mi-era teamă, dar știam ce făceam și ce riscuri îmi luasem, spuse el pragmatic.

— În fine, își flutură Bryan mâna, spune-ne ce s-a întâmplat mai apoi.

— Vă spun, ai un pic de răbdare, se încruntă Mark la el. Înțelegerea a fost că voi vorbi, nu că voi da din gură repede, ca un maniac, sublinie el pe un ton acid.

— Da, cam așa e, îi zâmbi Bryan cu răceală. Dar acesta nu este un serial sau un film, așa că dă-i drumul. Nu avem nevoie de suspans. Înțelegem ce și cum.

Mark se încruntă la el, iar Lily îi aruncă lui Bryan o privire întunecată. Acesta din urmă se mulțumi să îi zâmbească tinerei dulce, iar mai apoi le făcu semn copiilor să continue cu gustarea lor.

Lea își privi degetele, surprinsă să vadă că încă mai ținea felia de măr. Și-o înfipse în gură și începu să o ronțăie. Lily chicoti și se aplecă peste masă pentru a-i ciufuli fetiței părul.

Ochii lui Mark se aprinseră de plăcere privind-o și bărbatul îi luă cealaltă mână într-a a lui.

— Mark, îi reaminti Bryan de acordul lor, deși era satisfăcut să vadă că atracția bărbatului pentru verișoara lui părea mai profundă decât crezuse el inițial și nu era unilaterală.

— Clar a fost un conducător de sclavi în altă viață, mormăi Mark, iar Becka izbucni în râs, plesnindu-l pe Bryan peste braț.

— Oh, lasă-l în pace, îi spuse ea soțului ei.

— Scuze, iubito, nu pot, își scutură Bryan capul. Ardem lumina zilei aici, sublinie el.

— Care lumină a zilei? întrebă Mark. Este aproape noapte, arătă el spre întunericul din grădină.

— Iar asta ar trebui să te facă să vorbești mai repede, nu se lăsă Bryan.

— Bine, bine, vorbesc. Deci, când mi-am dat seama că am declanșat alarma, nu m-am mai obosit să trec nedetectat și am început să fac poze mai rapid. Am avut suficient timp să ies, în timp ce ei veneau pe coridor, precum o turmă de elefanți, bocănind cu cizmele pe podea. M-am dus la fereastră și am sărit afară.

— Ai sărit afară pe fereastră! exclamă Lily, iar ochii i se rotunjiră și mai mult.

— La ce etaj este biroul? se interesă Becka pe o voce pierită.

— La primul etaj, îi răspunse Mark cu o ridicare din umeri.

— Ți-ai pierdut mințile? urlă Lily la el, iar gemenii găsiră acel lucru foarte distractiv și începură să lovească cu palmele pe tăvile din fața lor și să strige cu bucurie.

— Opriți-vă, spuse Bryan cu severitate, iar copiii îl priviră cu ochi rebeli.

Bărbatul își arcui sprânceana stângă și copiii își întoarseră privirile pline de speranță spre mama lor. Cum Becka nu voia să îi încurajeze, nu zâmbi. Sean oftă și își întoarse ochii spre sora sa. Lea ridică un umăr cu indiferență.

— Nu am sărit direct în stradă, explică Mark când liniștea se lăsă din nou. Am sărit pe craca unui copac din fața clădirii.

— Ai fi putut să cazi și să-ți rupi gâtul ăla al tău încăpățânat, sublinie Lily.

— Crede-mă, aceasta ar fi fost o alternativă mai bună decât să fiu prins, îi replică el sec, iar ochii lui Lily aproape că săriră din orbite.

— Omul ăsta e lunatic, își scutură ea capul după câteva secunde de contemplare șocată.

— Și vorbea despre noi, interveni Becka cu veselie.

— Nu și-a rupt gâtul, Lily, remarcă Bryan sec. Fii practică și lasă-l pe om să continue.

— Nu mai e mult de spus, ridică Mark din umeri. M-am dat jos din copac și am luat-o la goană în josul străzii. Au venit după mine, dar am avut un start bun. Când am dat peste Lily, i-am aruncat o privire, mi-a plăcut ce am văzut, mi-am scos căciula și am sărutat-o. Ei au trecut efectiv pe lângă noi, termină el cu satisfacție. Este asta de ajuns pentru tine? îl întrebă Mark pe Bryan.

— Să spunem că este pe moment, dădu Bryan din cap. Deci ei s-au întors după aceea și au găsit-o pe Lily în restaurantul lui Ian, din câte înțeleg.

— Din nefericire, da, se arătă Mark de acord cu concluzia lui Bryan.

— Bun, hai să ne mutăm în living. Copiii au terminat de mâncat, remarcă el când Sean începu să își arunce mâncarea pe podea cu hotărâre.

— Da, așa se pare, se arătă Becka de acord cu părerea lui și începu să-i șteargă mâinile lui Lea, în timp ce Bryan se ocupă de Sean. Bine, asule, o plesni ea pe Lea peste fund după ce a pus-o jos. Du-te și te joacă, întoarse ea copilul spre ușă, iar Lea o porni pe picioare nesigure.

— Sunt... dulci, observă Mark.

— Da, cu siguranță, râse Bryan, percepând ezitarea din vocea lui Mark.

~ 9 ~

# CAPITOLUL NOUĂ

— Cred că mai bine aș pleca acum, spuse Mark brusc.

Petrecuse mai bine de jumătate de oră făcând conversație cu Becka, Lily, și Bryan și reușise să se relaxeze după tumultul de care avusese parte pe ziua aceea. La anunțul lui brusc, toți ochii se întoarseră spre el cu curiozitate.

— A fost nemaipomenit să petrec timpul cu voi, își deschise Mark brațele.

Și nu mințea deloc. Chiar se simțise bine vorbind cu ei, chiar dacă subiectele de discuție nu fuseseră ieșite din comun.

Între timp, îi privise pe gemeni jucându-se și abia reușise să-și controleze uluirea. Copiii făceau lucruri să apară din neant, ignorând jucăriile pe care părinții le cumpăraseră pentru ei și care stăteau aranjate ordonat pe rafturile unui mic dulap așezat în spatele canapelei. Jocurile lor îl uimiseră pe Mark nespus, chiar dacă acesta făcea eforturi să nu lase să i se vadă șocul. Voia să lase impresia că era mai de neclintit decât părea să fie. Și cu toate acestea, nu putea să nu se întrebe de ce erau adulții capabili dacă pruncii erau atât de avansați.

Acțiunile copiilor îl fascinau. Ochii i se măriră când aceștia creară mingii de lumină doar desfăcându-și degetele. Le împingeau de la unul la celălalt doar uitându-se fix la mingii. Mâinile lor păreau să fie destinate doar pentru a bate din pame fericite ori de câte ori puteau să miște p minge mai repede sau când o minge se apropia destul de mult de unul dintre adulți pentru a-l face pe acesta să tresară. Totul părea să fie intuitiv pentru ei.

Mark nu-și imaginase niciodată că existau cineva pe lume capabil să facă așa ceva. Pentru el vrăjitoria însemna că niște oameni se adunau să facă incantații în jurul unui cazan sau ceva similar. Crezuse că acele incantații reprezentau ingredientul necesar pentru a face ceva să se întâmple, dar era clar că pruncii nu ar fi putut învăța nimic de acel gen. Prăpastia dintre vârsta lor fragedă și abilitățile pe care le posedau îl amețeau.

În ciuda acelui fapt, considera că ar fi trebuit să se fi obișnuit cu astfel de lucruri. Pur și simplu avea nevoie de o piele mai dură, pentru ca nimic de acel gen să îl șocheze în viitor. Acel lucru reprezenta o prioritate pentru că nu avea de gând să o lase pe Lily să-i scape printre degete.

Nu se gândea el în termeni de căsătorie. Aceea era o noțiune prea ciudată pentru el, iar el nu se putea vedea în poziția unui soț domesticit, legat de o gospodărie. Și totuși, o putea vedea pe Lily în viața sa și nu doar pentru scurtă vreme. Nu numai că o dorea, dar avea și nevoie de ea.

— Tot mai trebuie să găsesc un loc unde să mă pot ascunde pentru moment, spuse el. Sunt destul de sigur că nu am cum să părăsesc Toronto chiar acum. Nu vor risca să mă lase să plec cu pozele pe care le-am făcut, apăru un zâmbet strâmb pe buzele lui.

— De asta poți fi sigur, își arătă Bryan acordul cu cuvintele lui.

Nu îi ceruse lui Mark să îi arate pozele pe care acesta le făcuse, dar avea o idee destul de bună cam ce fel de material incendiar deținea bărbatul.

— Nu e nevoie să cauți vreun loc, își desfăcu Lily picioarele de sub ea.

Mai devreme, se așezase pe covor în fața sofalei, aproape de Mark. Se proptise pe una dintre coapsele lui și își trăsese picioarele sub fustă. Becka îi explicase lui Mark că Lily era o țigancă sub acoperire. Niciodată nu stătea pe un fotoliu sau canapea dacă își putea găsi un loc pe podea, unde se putea încolăci ca o pisică.

— Vei veni cu mine, decise Lily și îl luă de mână pentru a-l conduce afară.

— Nu cred că este o idee bună Lily, interveni Bryan, cu trăsăturile dure și ochii reci fixați pe chipul tinerei femei.

— Pe bune, Bryan? își înclină Lily capul sub formă de interogare batjocoritoare.

Îngustându-și ochii, tânăra îl privi cu sfidare.

— Abia v-ați cunoscut, îți amintești, sublinie Bryan cu sarcasm. Nu poți lua un necunoscut la tine acasă. Nu este înțelept Lily, își accentuă el părerea, deși știa că șansele de a o face să îl asculte erau aproape inexistente.

— Deci, acum ce ești? se încruntă Lily, iar ochii îi fulgerară. Tatăl meu? Nici măcar el nu ar îndrăzni să îmi spună cu cine pot merge acasă, sublinie ea, iar privirea ei îl străpunse pe Bryan mânioasă.

— Are un punct valid, îl prinse Becka pe Bryan de mână. Mai mult decât atât, nu cred că noi sântem cei mai potriviți să vorbim despre... ce se cuvine a face, dragule, îi șopti ea soțului ei.

Își amintea ea foarte bine pasiunea pe care o împărtășiseră la nici douăzeci și patru de ore de la momentul în care au dat unul peste altul. Femeia nu suporta ipocriții și nu avea de gând să se transforme într-un astfel gen de om.

— Știu asta, puiule, dar nu vorbeam despre așa ceva, îi sărută el părul. Vorbeam despre el, fiind un străin.

— Și noi eram străini atunci, sublinie Becka.

— Dar noi eram meniți să fim împreună, i-o întoarse el.

Becka își arcui o sprânceană, iar el se grăbi să spună:

— Mai mult vorbeam despre el fiind fugitiv, iar Lily fiind o spectatoare nevinovată, explică el.

— Această spectatoare nevinovată decide să îl ia pe fugitiv cu ea acasă. Mai există alte comentarii? se interesă Lily pe un ton care nu mai permitea nici un fel de argument.

Bryan oftă, scuturându-și capul. Își frecă fruntea cu degetele, iar după câteva secunde spuse:

— Promite-mi să suni dacă se petrece ceva.

Ochii lui efectiv îi străpungeau pe ai lui Lily.

— În regulă, tati, promit, chicoti ea și veni spre el pentru a-l săruta pe obraz.

În inima ei știa că Bryan nu voia să se amestece în viața ei, ci voia doar să aibă grijă de ea.

Mark își dădu ochii peste cap. Îi displăcea profund faptul că Bryan tocmai câștigase un alt punct.

— Într-o zi, ar putea fi rândul tău, îi șopti Bryan după ce îi strânse mâna bărbatului în holul de la intrare, dovedind că îl citise pe Mark corect. Nu uita să mă țineți la curent, spuse el pe un ton normal după aceea, privind de la Lily la Mark. Ești sigură că nu vrei să vă duc cu mașina la tine acasă? o întrebă el pe Lily.

— La ce să te mai obosești? Îți ia mai mult să te îmbraci pentru vremea de afară și să pornești mașina. Nu avem decât o plimbare de cinci minute și asta dacă mergem la pas ușor, îi luă ea mâna lui Mark și îl trase după ea.

Când pășiră afară, spre surpriza lui Mark, o furtună de zăpadă se dezlănțuise, iar el, repirând profund, abia reuși să-și ascundă șocul.

Vântul îi adună părul lui Lily și îl azvârli în aer, iar Mark o privi cu reverație. Femeia amintea de un spirit al pădurii, în control al elementelor naturale, înconjurată de fulgi de zăpadă și rafale de vânt.

Ningea cu furie, iar inima lui Mark se strânse când acesta simți mușcătura aerului de seară și furia vântului, bărbatul uitând complet de spirite ale pădurii și de orice altceva.

— Urăsc iarna, spuse el printre dinții încleștați, iar Lily râse, întorcându-și chipul fericit spre el.

— Adevărat? îl întrebă ea. Eu, una, o iubesc, mărturisi ea.

Mark se strâmbă și mormăi ceva neinteligibil, dar, mai apoi, își trecu din nou privirea peste silueta femeii și își schimbă părerea.

— Știu de ce, îi șopti Mark în ureche. Te face să arăți bine, puiule, îi explică el, fermecat să vadă fulgii de zăpadă ce atârnau de genele ei și strălucirea obrajilor femeii.

Buzele ei păreau lucioase și îl tentau, iar flacăra părului ei lumina noaptea.

Lily râse din nou, dar el nu putu să nu remarce că se simțea încurcată. Complimentele lui păreau să o coploșească.

Cum știa că nu se înșelase asupra nesiguranței din vocea el, el se întrebă cât de idioți erau bărbații din jur dacă o tânără femeie nu învățase încă să accepte complimentele pe care le merita. Își promise sieși să o ajute să-și înțeleagă propria valoare lăudând-o tot timpul.

— Nu locuiesc departe de Becka, îi explică Lily. Practic, stau după colț, chicoti ea nervoasă.

Mark observase că obișnuia să chicotească atunci când era amuzată sau nervoasă, iar acel obicei al ei ar fi trebuit să îl determine să stea cât mai departe de ea. Nu suporta femeile care chicoteau tot timpu. Era un obicei enervant.

Destul de curios, nu îl deranja deloc când o făcea Lily, ba chiar găsea acea meteahnă a ei atrăgătoare. Mai mult chiar, îi plăcea sunetul chicotelilor ei și abia aștepta să-l audă. Se gândi că și numai atât ar fi constituit o dovadă clară că și-a pierdut uzul rațiunii complet.

Bărbatul își scutură capul și, ducând sacoșele de cumpărături ale lui Lily, își potrivi pașii după mersul ei elastic de-a lungul trotoarului, privind în jur atunci când vântul o permitea.

În spatele peluzelor mici, casele străluceau în întuneric, ascunse în spatele copacilor desfrunziți și a tufișurilor. Ici, colea, zări un brad sau un pin, ba chiar un molid albastru, îngreunați de zăpada și de țurțurii ce le copleșeau crengile.

Cu toate acestea, vântul bătea pieziș și, în cea mai mare parte a timpului, îl usturau ochii pe Mark din cauza zăpezii înghețate. Nu se plângea cu voce tare din cauza mândriei sale masculine. Nu voia să se facă de rușine, arătându-se mai slab decât Lily în fața capriciilor vremii.

Femeia părea să se distreze de minune plimbându-se prin viscol – pentru că acela era clar viscol. Nimeni nu l-ar fi putut convinge că era doar o ninsoare obișnuită, însoțită de vânturi mai puternice.

— Este următoarea stradă la dreapta, își ridică Lily ochii zâmbitori spre el. Vom scăpa de vremea asta în câteva minute, îți promit, îi strânse ea degetele.

Femeia deja remarcase că Mark ura vremea aceea. De fapt, se vedea că nu era pentru el. Obrajii i se înroșeau din ce în ce mai mult, pe măsură ce trecea timpul, iar fiecare pală de vânt îl îngheța până la oase și bărbatul tremura în vânt.

— Ar fi trebuit să mă gândesc că iarna este mai aspră în Toronto și să mă fi îmbrăcat mai bine, mormăi Mark printre buzele deja amorțite din cauza frigului.

— Nu sunt atât de aspre, îl contrazise Lily. De fapt, avem ierni mai blânde comparativ cu New York-ul, îl informă ea.

— În care univers, puiule? o întrebă Mark.

Bărbatul intenționase să sune sarcastic, dar starea lui deplorabilă îi lăsase replica fără mușcătură.

Lily ridică din umeri și îl contrazise din nou:

— O iarnă blândă este norma, Mark. Cu toate acestea, când și când, avem și câte o furtună de zăpadă. Tu doar ai avut ghinionul să fi prins în mijlocul unei astfel de furtuni.

— Dacă spui tu, răspunse Mark fără pic de convingere.

El spera să ajungă rapid undeva în interior unde să nu mai tremure de frig și unde și-ar fi putut aduna gândurile împrăștiate.

— Dacă vei sta mai mult pe aici, o să vezi, insistă ea, iar speranța i se strecură în voce.

— Mi-ar place să stau pe aici mai mult, Lily, crede-mă, dar nu știu dacă pot, recunoscu el. Dar poate, după ce această nenorocită de afacere se termină, vei vrea să mergi în vacanță cu mine undeva unde este mai cald, spuse el, iar ochii îi străluciră când încercă să îi arunce femeii o privire printre fulgii care dansau în jurul lor.

— De ce nu? răspunse ea. Dar hai să vedem, mai întâi, că totul se termină cu bine, îi strânse ea degetele din nou. Asta este. Case de pe dreapta, arătă ea spre o căsuță ai cărei pereți păreau să strălucească în întuneric.

Mark dădu din cap, dar nu putu rosti un cuvânt din cauza viscolului care urla în jurul lor. Când ajunseră mai aproape, ochii lui Mark se lărgiră și bărbatul privi casa mai îndeaproape. Observă nuanța bogată de galben de pe ziduri și atunci înțelese de ce casa părea să strălucească. Lumânări electrice ascunse printre tufișuri acopereau aleea cu o sclipire galbenă confortabilă.

Un stejar gros bătrân umbrea aproape jumătate de casă, iar crengile lui înzăpezite tremurau în vânt. Când și când, un scârțâit de rău augur se alătura scrâșnetului vântului. Lumina strălucea în ferestrele din față, iar o linie se adânci între sprâncenele lui Mark.

— Nu ai spus că locuiești cu altcineva, observă el pe un ton morocănos, întorcându-se spre Lily.

— Pentru că nu locuiesc, îi răspunse ea, cu o sclipire jucăușă în ochi. Dacă aș fi locuit cu altcineva, ar fi trebuit să cer permisiunea de a aduce musafiri peste noapte, subline ea.

Mark își întoarse privirea spre ferestre și își scutură capul.

— Nu pot să cred că ai uitat să stingi luminile când ai plecat azi dimineață.

— Bineînțeles că nu am uitat. Am instalat un sistem care, atunci când se întunecă, aprinde luminile în hol și în living. Ajută când sunt plecată. Mai întâi că toată lumea crede că e cineva acasă, așa că nimeni nu încearcă să pătrundă prin efracție, explică ea, ridicând din umeri. Nu că aș avea ceva valoros de furat, accentuă ea. Dar e mai bine așa. Plus că atunci când mă întorc acasă nu trebuie să mă lovesc de mobilă căutându-mi drumul, adaugă ea cu un zâmbet luminos.

— Te-ai gândit bine, dădu el din cap, iar mai apoi o trase după el pe cele câteva trepte care duceau spre ușa de la intrare. Haide să scăpăm de furtuna asta. Simt că mi se formează țurțuri prin barbă și pe vârful nasului, mormăi el, iar Lily râse.

— Nimeni nu a murit din cauza a un pic de zăpadă, să știi, glumii ea, dar el nu păru deloc împăcat.

Iarna nu era anotimpul lui favorit și asta era tot. Bărbatul respiră mai ușor după ce pătrunseră înăuntru, iar ușa de la intrare blocase vântul de afară care îi atacase fața cu mușcături pe tot drumul său până acolo.

Și-au scos hainele în holul de la intrare mobilat cu o mică masă lăcuită, încadrată de două banchete confortabile, iar Lily atârnă ambele haine pe umerașe în dulapul ce acoperea întreaga lungime a holului. Ațezată pe una dintre banchete, Lily îi permise lui Mark să o ajute cu ghetele.

După ce se descotorosiseră de hainele de iarnă și de ghete, Lily îl conduse înăuntru spre un alt holișor. El o urmă cărând pungile de cumpărături într-o mână și geanta lui în cealaltă.

— Unde vrei astea? o întrebă el, pășind în spatele ei pe podeaua de lemn lustruită, uitându-se în jur pentru a găsi un loc unde să pună sacoșele.

— Le lăsăm aici în living. Mă voi ocupa de ce este înăuntru mâine, spuse ea, intrând în încăpere.

O pisică albă cu ochi albaștri sări de pe un fotoliu și, mieunând, se îndreptă cu pași împleticiți spre Lily.

— Iată-te, iubito, se aplecă Lily și o mângâie pe blana lucitoare, iar pisica începu să toarcă. Aceasta este Danu, îi prezentă ea pisica lui Mark. Am botezat-o după zeița naturii, îi explică ea.

Pășind leneș, Danu se îndreptă spre Mark, șerpui printre picioarele lui și își frecă de piciorul lui capul.

— Oh, te place, exclamă Lily cu satisfacție. Să știi că este foarte pretențioasă. Rareori aprobă oamenii pe care îi întâlnește, să știi.

Refuză, în general, să atingă și pe unii din familia mea extinsă, adăugă ea.

— E bine de știut că mă place pisica, își dădu Mark ochii peste cap.

— Este important, i-o întoarse Lily, proptindu-și mâinile pe șolduri. Am încredere în instinctele ei, Mark. Acum mai trebuie doar să vedem ce părere are Camulos despre tine, adăugă ea. Dacă catadicsește să apară, evident, își flutură ea mâna, privind în jur prin încăpere.

— Camulos, repetă Mark. Cine mai e și acesta? se interesă el, întrebându-se dacă nu cumva Lily ascundea o întreagă menajerie în casă.

Ochii lui se plimbară peste toate suprafețele camerei cu precauție. Se aștepta să vadă un câine uriaș sau Dumnezeu știe ce, ieșind de după una dintre cele două sofale sau fotolii și atacându-l.

Mark nu avea nimic împotriva animalelor, deși nu era el prea înnebunit după pisici. Prefera mai ales câinii pentru că, în general, cam știa cum să se poarte cu ei. Puteau să se plimbe împreună și să se joace. Pisicile reprezentau o mare necunoscută pentru el. Își imagina că trebuie să le mângâie, dar imaginația lui nu mergea mai departe de atât.

Deși iubea câinii, niciodată nu cedase dorinței de a adopta unul. În profesia lui, nu putea fi sigur când și dacă se întorcea seara acasă și nu putea lăsa un animal singur atât de mult timp. Nu părea corect.

— Cealaltă pisică a mea, un motan, îi răspunse Lily lui Mark.

Femeia luă pungile de cumpărături din mâna lui și le ascunse după sofaua cea mai mare. Decise să îi lase geanta lui pe fotoliu, iar Mark putea să și-o ia de acolo mai târziu.

— Pe acela l-am numit după zeul celtic al războiului, menționă ea. Acum are șase ani, și cred că s-a mai îmblânzit, dar în timpul primilor doi sau trei ani, a intrat în multe bătălii cu motanii cartierului. O să vezi că poartă cu mândrie semnele multor sale bătălii, zâmbi ea, întorcându-se la Mark. Poate să fie puțin cam teritorial când vine vorba de mine, așa că nu o lua personal, îl avertiză ea.

— Definește ce înțelegi prin teritorial, puse Mark mâna pe brațul ei când aceasta încercă să iasă din încăpere.

— Păi, s-ar putea să mârâie la tine... Și uneori zgârie... sau mușcă... Dar nici o grijă, nu te va răni cu adevărat, spuse ea, dar, mai apoi, își feri privirea. Și oricum, a avut toate vaccinurile făcute, încercă ea să sune vesel și liniștitoare.

Mark izbucni într-un râs sarcastic, scuturându-și capul. Femeia nu părea capabilă să spună o minciună fără ca să i se vadă pe chip.

— Deci ar trebui să mă aștept să fiu făcut franjuri, cu alte cuvinte.

— Nu, nu chiar, negă Lily, dar tot nu reuși să se uite la el, ci, cu încăpățânare, își menținu privirea asupra ușii.

— Lily, fetițo, simt când cineva încearcă să mă ducă cu vorba, îi luă el mâna într-a lui. Fii sinceră. Tipul mă va urî de moarte și va încerca să mă transforme în cina sa personală.

— Fii serios, este o pisică, nu o panteră, îl bătu ea pe Mark pe piept. Este mai mare decât Danu... Asta este adevărat, spuse ea. Dar nu foarte mare... nu poate cauza... prea mult rău. Vei vedea că este superb. Este una din pisicile acelea rare Ojos Azules, cu ochii mari de un albastru profund. Este negru în întregime, așa că este uimitor contrastul, îi aruncă ea un zâmbet strălucitor, în sfârșit capabilă să îl privească în ochi.

— Sunt... încântat să aud asta, se strâmbă Mark. Eu întreb de ce este el capabil și obțin o descriere a motanului, își dădu el ochii peste cap. De parcă mi-ar fi păsat de cum arată.

Lily râse din nou, iar Mark o privi fix cu ochi implacabili. Femeia se foi un pic, dar mai apoi își aruncă mâinile în aer și oftă.

— Bine, bine. Nu este cu adevărat vicios. Este jucăuș și abia ce a ajuns la maturitate. Este adevărat că, dacă nu îi place cineva, reacționează un pic mai... violent. Doar câteva zgârieturi, proteste vocale, chestii de acest gen, își flutură ea mâna. Ți-e foame, încercă ea să schimbe subiectul. Cred că e ora de cină. Mai bine am fi rămas la Becka și Bryan pentru cină. Omul poate găti, crede-mă.

Mark își scutură capul, înțelegând că Lily nu avea de gând să mai continue cu acel subiect de conversație, și se resemnă să afle pe propria-i piele de ce era capabil Camulos.

— Aș putea mânca. Ce ai de mâncare? se interesă el.

Femeia izbucni în râs, scuturându-și capul.

— Tu ai adus mâncarea în discuție. Nu înțeleg de ce râzi acum, își puse Mark mâinile pe șolduri, privind-o de parcă femeia găzduia un stol de păsări în creier.

— Oh, vom mânca, nu te teme, se opri ea din râs pentru a-i acorda atenție. Numai că eu nu gătesc. Este o mare lipsă în codul nostru genetic, îi explică ea. Mătușa Marjorie este singura din familia originală Winston care poate găti. Nici măcar străbunica nu știe cum. Oamenii din familie fie se căsătoresc cu oameni care știu ce trebuie făcut în bucătărie, fie angajează menajere.

— Ei bine, eu nu gătesc, așa că nu te aștepta la nimic de la mine în această privință. Pot face un grătar de bază, dar asta reprezintă totalul cunoștințelor mele culinare, ridică Mark din umeri.

Lily îi surâse.

— Avem asta în comun, deci. Nu grătarul, pentru că eu nu știu să fac grătar. Mă refeream la absența cunoștințelor culinare, clarifică ea. Vom apela la ultimul front de apărare, decise ea atunci.

— Și anume? i se arcuiră bărbatului sprâncenele.

— Vom face o comandă, spuse ea. Cam ce ai vrea să mănânci? Mâncare chinezească, italienească, pui?

— Să înțeleg că preferi mâncarea chinezească pentru că ai menționat-o prima? se gândi Mark să întrebe.

Nu era el omul care să dea prea mare atenție femeilor care intrau și ieșeau din viața lui, dar tot poseda un simț de conservare. Un lucru pe care îl învățase deja era să nu contrazică niciodată o femeie când venea vorba de cină.

— Nu, nu prea. Dar voiam să îți ofer șansa de a alege. Mă gândesc că voi, ăștia din New York, preferați mâncare chinezească sau italienească, nu-i așa?

— Incorect, dulceață. Evident că îmi place și mie mâncarea chinezească, de altfel, ca oricui, dar în seara asta parcă aș prefera pui, decise el să riște și să își exprime dorința. Tu ce ai vrea?

— Atunci comandăm pui, surâse ea. Ai făcut alegerea perfectă. Dă-mi o clipă și voi face comanda imediat. Îi am pe apelare rapidă, îi arătă ea, scoțând telefonul din geantî, iar Mark izbucni în râs.

— Te-ai gândit bine, aprobă el. Îmi place o femeie care știe să planifice lucrurile din timp.

— Atunci o să fii nebun după mine, își mișcă ea sprâncenele, făcându-l, din nou, să izbucnească în râs. Eu întotdeauna planific totul de dinainte. Luăm pui cu de toate, da? se asigură ea înainte de a face apelul.

— Ce fel de pui?

— Sudist, desigur, îi răspunse Lily cu îngâmfare, privindu-l de-a lungul nasului și Mark râse din nou.

Experiența merita văzută. Femeia ar fi trebuit să fie mai puțin scundă cu aproximativ treizeci de centimetri ca să fie destul de convingătoare.

— Atunci da, evident, cu de toate, își desfăcu el brațele, observând că sprâncenele ei se adunaseră deasupra ochilor. Inclusiv acei biscuiți cu unt. Îi aveți aici, sper, se interesă el.

— Ai noroc. Avem și biscuiții aceia aici, dădu Lily din cap și apoi se așeză pe cea mai apropiată sofa pentru a suna, iar Danu îi sări în poală.

Lily bătu cu palma locul de lângă ea pentru a-l invita pe Mark să se ia loc și să se odihnească. Bărbatul îi acceptă invitația și se așeză lângă ea, oftând de mulțumire. Absent, începu să mângâie blana mătăsoasă a lui Danu, iar pisica începu să toarcă.

Fusese o zi extrem de lungă. Plecase din New York foarte devreme dimineață, la crăpatul zorilor, dar după aceea fusese implicat într-o mulțime de lucrări. Se simțea bine să stea jos fără să trebuiască să fie atent la acțiunile sau cuvintele celor din jur.

Vocea joasă a lui Lily făcând comanda la telefon aduse un sentiment de securitate, astfel că bărbatul se simțea în echilibru deplin cu universul.

Ochii i se perindară prin living, admirând peisajele de pe pereți. Acestea spuneau povești despre după-amieze leneșe și seri petrecute pe diguri sau pe puntea unui velier sau înfățișau apusuri de soare izbitoare reflectate într-un lac. Cuverturile în culori calde pe care Lily le aruncase pe cealaltă sofa și pe fotolii îl invitau să se ghemuiască pe perne cu o carte sau cu un pahar cu ceva cald în mână.

Într-un colț, un copac de bani crea un spațiu exotic, iar în celălalt, un raft cu câteva ghivece de flori lumina încăperea.

Covoarele secționale aruncate peste podea îmbrăcau camera în culori ruginii sau galbene, refectând lumina lămpilor împrăștiate prin colțuri.

Era confortabil și cald, chiar mai cald datorită vântului care șuiera afară printre crengile desfrunzite ale stejarului.

~ 10 ~

# CAPITOLUL ZECE

Își mâncară puiul în fața televizorului, privind un film de comedie cu acțiune al lui Eddie Murphy. Lily argumentase că aveau nevoie de ceva ca să se descotorosească de stresul zilei, iar după primele cincisprezece minute din film, Mark se arătă de acord că femeia avusese dreptate. Se așteptase la un film romantic, dar alegerea ei îi ridicase moralul. Descoperea mereu aspecte neașteptate ale personalității ei și, cu uimire, își dădea seama că îi plăceau toate. Nisipul mișcător îl înghițea rapid, dar acel lucru nu conta, pentru că el deja se preda fără luptă.

Camulos decise să-și facă apariția înainte de terminarea filmului. Aparent, găsise un loc la etaj unde să se ghemuiască și să doarmă, așteptând ca furtuna de zăpadă să se sfârșească. Sosirea motanului îl șocă pe Mark. Pisica era aproape de două ori cât Danu și părea capabilă să facă pe cineva fărâmițe dacă și-ar fi dorit-o.

Preț de o clipă, Mark se temu că pisica se va înfige în el. Ochii albaștri ai motanului îl fixau deconcertant, dându-i lui Mark impresia stranie că pisica putea să vadă ce se petrecea în mintea lui.

Camulos sări pe sofa pe partea unde era Lily și, cu un mieunat răsunător, ceru să fie mângâiat și adulat. După ce își primi doza de iubire din partea lui Lily, sări jos și se îndreptă spre partea unde se găsea Mark.

124

Acesta îi urmărea mișcările motanului cu precauție. Piciorul mai că îi tresări când felina se apropie și mai mult pentru a-i mirosi laba piciorului.

Cu anxietate, vizualiză cu ochii minții dinții sfâșietori ai motanului înfigându-se în el, urmați de ghearele care se ocupau de ce mai rămănea din piciorul lui. Bătăile inimii i se încetiniră, iar el își fixă ochii pe motan fără să clipească, încercând să-l determine pe acesta, mental, să se poarte frumos.

Spre surpriza lui, pisica îi împunse piciorul cu capul, iar mai apoi sări în poala lui. Se întinse cu totul de-a lungul coapselor lui Mark, foindu-se câteva clipe până ce-și găsi o poziție confortabilă.

Ezitant, Mark îi mângâie blana netedă a lui Camulos, iar motanul începu să toarcă. Sunetul ce provenea din gâtul său nu semăna defel cu cel ce se auzea de la Danu, ci aducea foarte mult cu mârâitul coborât al unui bobcat, pe care Mark îl văzuse o dată în Montana.

O bucată zdravănă a urechii stângi a pisicii lipsea, iar Mark observă, de asemenea, pe unul din picioarele din spate ale felinei, o tăietură veche, care deja se vindecase. Acum înțelese el la ce se referea Lily când vorbea despre urmele vechilor bătălii pe care Camulos le purta pe trup.

— Vezi? Te place, exclamă Lily cu bucurie. Știam eu. Iar tu îți făceai griji că te va face feliuțe, râse ea, scuturându-și capul.

— Poate că, dacă nu ai fi făcut atâta caz explicându-mi ce periculos este, nu mi-aș fi făcut griji, i-o întoarse el, ciufulindu-i părul.

Ea râse din nou și încercă să argumenteze că nici măcar nu îi trecuse prin minte așa ceva.

— Atunci de ce ai făcut-o? o întrebă Mark, aplecându-se peste pisică pentru a lua o altă bucată de pui din bolul de pe masa de cafea, fără însă să-și ia ochii de la Lily.

— Pentru că într-adevăr poate să o facă dacă simte nevoia și nu am vrut să fi luat prin surprindere dacă Camulos te atacă, îi răspunse ea.

— Vrei să spui că această pisică prietenoasă chiar a făcut ferfeniță pe careva? întrebă el cu neîncredere, arătând cu degetul spre pisica languroasă, întinsă cu totul peste picioarele lui.

— Poate că nu ferfeniță, își scutură Lily capul. Dar în mod sigur a ajuns la sânge, mărturisi ea. De fapt, chiar a curs destul de mult sânge, îl scărpină ea pe motan sub bărbie.

— Nu pot să cred așa ceva, își scutură el capul. Pe cine a atacat? mușcă el din copanul de pui pe care și-l alesese.

— Păi, l-a atacat pe un tip cu care mă întâlneam, spuse ea și mai apoi începu să ronțăie o bucată de pui, sperând că bărbatul se va opri din a pune întrebări.

— A existat vreo cauză pentru atac? se interesă Mark, hotărât să nu abandoneze subiectul de discuție numai pentru că femeia părea să nu prea dorească să dezvăluie întreaga poveste.

Curiozitatea lui era deja crescută.

Tânăra se strâmbă și își flutură mâna în aer, căutându-și cuvintele potrivite pentru a-i explica ce se întâmplase. Până la urmă, renunță și dezvălui adevărul.

— Individul nu înțelegea cuvântul *nu*, îi spuse ea lui Mark.

— Ce vrei să spui? se opri Mark din mâncat, cu copanul ridicat în fața gurii, iar ochii i se îngustară pe chipul lui Lily.

— A crezut că dacă l-am invitat aici la o cafea, însemna că vreau să mă și culc cu el. Când am spus *nu*, a presupus că jucam un fel de joc, să arăt că nu vreau să mă las ușor, așa că... într-un fel, m-a atacat, ridică ea din umeri.

— Te-a atacat? o întrebă Mark, gura înăsprindu-i-se, iar impulsul de a-i rupe gâtul individului se vădi extrem de puternic.

— Nu a avut șansa. Camulos a sărit pe el imediat și i-a zgâriat fața și brațele. L-a și mușcat de câteva ori, de asemenea, și încă bine, își aminti ea, iar un zâmbet îi flutură pe buze. Băiețelul meu a fost atât de rapid că nici nu-i puteai distinge mișcările. Individul nu a avut nici cea mai mică șansă să se apere. Până ce am reușit să reacționez la sălbăticia atacului, Camulos l-a hăcuit destul de bine.

— Ăsta da băiat cuminte, mângâie Mark pantera în miniatură cu tandrețe. Ești mai bun decât un câine de pază, nu-i așa, băiatule? murmură el, iar pisica mieună de parcă ar fi priceput sensul cuvintelor lui.

Mark izbucni în râs și își scutură capul.

— Pot să jur că a înțeles ce am spus.

— A înțeles, îl asigură Lily. Înțelege cam tot ce spui. Este inteligent și așa este și Danu, o mângâie ea pe felina albă din poala ei.

— Și ce s-a întâmplat cu micul... ticălos? își edită Mark gândurile.

Lily surâse. Avea ea o idee destul de bună referitoare la cuvântul pe care omul vrusese să-l folosească.

— A încercat să mă dea în judecată.

— Pe baza a ce? se încruntă Mark, iar sprâncenele i se împletiră deasupra ochilor.

— Păi, a pretins că l-am invitat aici sub motiv fals, iar apoi am asmuțit motanul pe el, ridică Lily umeri.

— Și a crezut cineva o asemenea idioțenie? se minună el, iar degetele îi zvâcniră spasmodic.

I-ar fi plăcut să pună mâna pe idiotul acela și să-i dea o lecție bună.

— L-a convins Matt că va avea probleme serioase dacă nu renunță la acuzații, spuse Lily și se aplecă în față pentru a pune osul pe o farfurie.

După aceea, își curăți degetele cu un șervet umed și oftă satisfăcută.

— Cine e Matt? se interesă Mark, gelozia punând stăpânire pe el când înțelese că alt bărbat avusese șansa să o ajute.

Știa că era absurd. Nici măcar nu o cunoscuse pe Lily la vremea aceea. Cu toate acestea, i-ar fi plăcut să fie el singurul bărbat pe care s-ar fi bazat aceasta pentru a primi ajutor.

— Matt e unul dintre verii mei, îi spuse Lily. Este un avocat destul de bun. Apropo, ai cunoscut-o pe soția lui Nora azi, îi reaminti ea.

— Ah, da, roșcata, își aduse aminte Mark.

— Da, roșcata. Cealaltă, Ellen, este soția lui Jay, un alt văr de al meu.

— Ai o mulțime de veri, o mare familie, observă Mark cu oarecare invidie, deși nu dorea să definească ceea ce simțea în acel fel.

— Da, am. Dar tu nu ai, nu-i așa? îl privi ea gânditoare.

— Nu, nu prea. Nu mai am nici un fel de familie. Părinții mei au decedat când eram foarte tânăr, iar ei nu aveau nici un fel de surori sau frați, spuse el, ridicând din umeri. S-ar putea să am vreo mătușă sau vreun unchi de gradul trei pe undeva prin țară. Dar nu știu și, sincer, chiar nu-mi pasă.

— Trebuie că ești foarte singur, murmură Lily. Nu-mi pot imagina cum ar fi să trăiești așa. Să nu ai pe nimeni.

— Nu sunt singur, o contrazise Mark. Am munca mea, spuse el, dar mai apoi se strâmbă.

Cariera lui se terminase. Mark o știa. O știuse din momentul în care îl promovaseră pe ticălosul de Brad Stanley.

— Okay, am avut munca mea. Acum va trebui să găsesc altceva de făcut, mărturisi el, încruntându-se.

Viitorul lui părea o gaură neagră în fața ochilor. Singurul lucru de care putea fi sigur era că o dorea pe Lily în viața lui. Putea să și-o imagineze alături de el de-a lungul anilor ce urmau, chiar dacă, într-un fel, acel gând îl speria.

Nu avea nici un plan pe moment, iar acel lucru îl deranja. El întotdeauna avea planuri de contigență. Dar, pe drept, niciodată nu se gândise că va trebui să-și schimbe slujba atât de curând. Se bazase că își va duce la bun sfârșit cei douăzeci de ani și că se va pensiona după aceea. Urma să se mute pe o insulă tropicală unde va zăcea la soare și se va bucura de ocean.

Banii nu reprezentau o problemă. Câștigase destul cât să îi ajungă pentru toată viața. În afară de aceasta, era un om frugal, care învățase să trăiască cu foarte puțin de pe vremea când frecventase colegiul și, mai apoi, la începutul carierei sale. Nu avea prea multe cheltuieli și, de-a lungul timpului, își clădise un cheag frumos de bani pentru bătrânețe.

— Va trebui să mă mai gândesc la asta pentru o vreme. Am organizat și am coordonat operațiuni speciale mai bine de o decadă, spuse el, fluturându-și mâna. Sincer, nu știu ce altceva să fac. Dar asta nu înseamnă că sunt singur sau singuratic. Am trei prieteni buni, sublinie el. Ryan, Adam și Nick. Îi vei întâlni. Curând, sper. Și ei sunt căsătoriți. Ryan și Adam sunt deja părinți, așa că am statutul unui unchi din oficiu. Nick s-ar putea să devină tată în curând, ridică el un umăr și râse. Îți vor place când îi vei cunoaște, mai că porunci el, iar Lily îi zâmbi.

Remarcase ea că lui Mark îi plăcea să tune și să fulgere, dar mai ales să comande oamenii din jur, dar, în esență, era un om foarte cumsecade, iar aceea era ceea ce conta.

— Sunt sigură că-mi vor place, aprobă ea cu o mișcare a capului. Este târziu, își aruncă ea ochii la ceasul de la mână. Cred că ar trebui să dormim. Îți voi pregăti una dintre camerele de oaspeți, spuse ea, privindu-l cu colțul ochiului, în timp ce pretindea că o mângâie pe Danu. Sper că înțelegi că nu pot să mă culc cu tine în seara aceasta. Nu sunt... pregătită pentru așa ceva, înghiți ea cu greu, oarecum temându-se de reacția lui.

Mark îi atinse mâna pentru a o face să se oprească și îi spuse pe un ton liniștitor:

— Nu te teme, puiule. Știu că nu ai cum să fii pregătită să mi te dăruiești. Numai ce ne-am întâlnit și, pe deasupra, și într-un fel ieșit din comun. Pot să aștept pentru o ocazie mai potrivită, îi ridică el mâna la buze, atingându-i încheieturile degetelor cu gura.

Lily își ridică privirea la el și un zâmbet timid trase de colțul gurii ei. Nu știa ce să spună.

Maturitatea și înțelegerea lui Mark o copleșeau. Nu își imaginase că ar avea probleme serioase cu el, dar nici nu se gândise că omul va accepta decizia ei atât de calm.

— Camera de oaspeți este bună pe moment, Lily, o asigură Mark încă o dată. Hai să strângem aici și apoi să mergem la culcare. Sunt rupt, admise el, iar, mai apoi, îi ridică din nou mâna la buzele lui, gura lui zăbovind peste pielea ei mătăsoasă.

~ 11 ~

## CAPITOLUL UNSPREZECE

Mark își deschise ochii și, preț de câteva clipe, se holbă în cei mai albaștri ochi pe care îi văzuse vreodată. Stătu nemișcat câteva secunde. Creierul îi era încă adormit și avu nevoie de câteva momente pentru a își da seama unde se afla și ce se petrecea.

O dată ce i se trezi și creierul, își reaminti că lăsase ușa la dormitor întredeschisă ca să poată auzi dacă ar fi intrat cineva în casă. Evident, Camulos considerase gestul lui ca o invitație să se strecoare în patul lui.

Acum uriașul motan era întins lângă el, zvâcnind din vârful cozii cu nervozitate. Mark deduse că probabil se mișcase inconștient în somn înainte să se trezească și deranjase pisica. Felina îl privea cu repros mut, iar Mark se simți vinovat pentru o clipă. După aceea, își scutură capul și se strâmbă.

— La naiba, o pisică să mă facă să mă simt vinovat. Ăsta chiar că e finalul tău de drum, omule, mormăi el. Îmi pare rău că te dezamăgesc, uriașule, dar trebuie să mă dau jos din pat și să-mi încep ziua, îi spuse el pisicii, coborând de pe saltea.

Motanul îl urmări îndreptându-se înspre baie, iar după aceea, își închise ochii să mai doarmă o vreme. Ninsoarea se oprise, iar vântul luase o pauză pe ziua aceea. Cu toate acestea, se simțea prea bine întins pe plapumă, într-un loc încălzit de o rază anemică de soare care trecea prin fereastră.

Mark ieși din baie după un duș fierbinte, lung, și găsi pisica încovrigată pe pernă. Omul zâmbi. Un lucru era adevărat despre pisici: erau buni companioni de somn. Mark nu se trezise toată noaptea.

Cu o scuturare de cap, părăsi dormitorul și se duse la parter, întrebându-se dacă ar fi putut descoperi niște cafea. Fredonatul lui Lily îi ajunse la urechi înainte de a ajunge la bucătărie, iar aceasta aduse un alt surâs pe buzele lui.

Femeia, îmbrăcată într-o rochie de casă înflorată, tocmai scotea o tavă cu brioșe din cuptor. Se întoarse să o pună pe tejghea și privirea ei i-o întâlni pe a lui.

— Neața, Mark, îi aruncă ea un zâmbet strălucitor, scotându-și mănușile pentru cuptor și așezându-le lângă tavă. Ai dormit bine? se interesă ea.

— Perfect, îi răspunse el, avansând spre ea, cu un surâs pe chip.

Atitudinea lui o neliniștea pe Lily și femeia trebui să facă efort să-și ascundă reacția față de el. Nu adormise foarte ușor în noaptea precedentă. Mintea ei se învârtise constant în jurul lunganului care lua destul de mult spațiu în bucătăria ei în acel moment. Gândul că el dormea în camera de alături o ținuse trează câteva ore.

Mark se aplecă peste ea și îi sărută colțul gurii. Își trecu degetele prin părul ei cu tandrețe, iar Lily se cutremură.

Femeia își închise ochii și se agăță de el, nesigură pe picioare. Mai apoi, el o trase în brațele ei și o sărută cu răbdare. Gura lui îi provocă explozii de scântei peste tot pe piele, iar confuzia îi copleși gândurile.

Când bărbatul se trase înapoi, femeia întredeschise ochii și îl privi printre gene.

— M-aș putea obișnui cu așa ceva, îi șopti el. Să te sărut în fiecare dimineață, îi explică el cu un surâs, observând ceața care îi adumbrea ochii.

— Asta... este bine... cred, se bâlbâi ea, trăgându-se un pas în spate.

Avea nevoie să-și regăsească facultățile mentale, iar apropierea lui o împiedica să raționeze corect.

— Am crezut că nu gătești, își aplecă Mark capul înspre brioșe.

Preț de câteva clipe, ea se holbă la brioșe, incapabilă să găsească răspunsul potrivit. După aceea, se scutură mental și decise să preia frâiele conversației în mâinile ei.

— Asta nu înseamnă gătit, Mark, îi răspunse ea pe un ton sec și se întoarse să scoată veselă din dulap.

— Arată a mâncare din punctul meu de vedere, o contrazise el, ridicând din umeri neglijent.

— S-ar putea să arate, recunoscu ea. Și este comestibilă, este adevărat, spuse ea, scoțând două cești și farfurioare pentru cafea, pe care le așeză pe tavă. Dar totul vine dintr-o cutie, Mark. Eu doar ce am amestecat pudra cu lapte și ouă și am pus totul în cuptor. Nu e știință spațială, ridică ea din umeri și duse vesela la masa din bucătărie.

Ochii lui Mark o urmăriră pe Lily până la masa pătrată. Banchete tapițate înconjurau masa pe trei laturi.

— Dar tot gătit este, răspunse Mark cu încăpățânare. Sunt sigur că poți face și supă la cană, la fel de bine, declară el, urmărindu-i gesturile cu atenție.

— Aia este ca și cafeaua instant, Mark. Tot nu înseamnă gătit. Înseamnă doar să citești niște instrucțiuni. Mai simple decât cele dintr-o carte de gătit, avu ea grijă să adauge pentru a nu îi da idei greșite pentru că, în fond, nu avea nici cea mai mică dorință să învețe să gătească, așa cum nu avusese niciodată vreuna.

— Oricum, înseamnă că nu vom muri de foame, ridică el din umeri. Cu ce vrei să te ajut? se interesă el.

— Ia doar loc, arătă ea spre masă. Mă descurc cu tot ce e de făcut și o să mai îmi ia maximum două minute.

— Și totuși... insistă el.

— Nici un totuși, Mark, se răsti ea. Doar așează-te la masă. Nu e mare lucru să aduc cafeaua și brioșele. Nu te aștepta la nimic altceva, îl avertiză ea. Putem ieși să mâncăm mai târziu, dacă vrei, se gândi ea să mai îndulcească lovitura.

— Cafea și brioșe sună foarte bine, spuse Mark și se așeză pe banchetă cu fața spre fereastră. Arată uimitor afară, observă el. Asta pentru că eu sunt înăuntru, surâse bărbatul. Mi-ar displace profund să fiu afară.

— Nu cred, veni Lily la masă cu o altă tavă pe care pusese tot ce mai aveau nevoie. Este mai cald azi. Vântul este aproape prietenos. Ți-ar place, declară ea cu convingere.

— Poți visa în continuare, Lily, fetițo, râse el, privindu-i mâinile ocupate aranjând totul pe masă.

— Vei vedea, se mulțumi ea să spună.

Mark o privi și, izbucnind în râs, o trase spre el și îi sărută buzele zdravăn.

— Ești o adevărată bucurie pentru o inimă atât de obosită ca a mea, mormăi el în părul ei.

Își frecă buzele de gâtul ei câteva clipe iar femeia tremură ușor sub atingerea lui și își închise ochii. Apoi, el luă una dintre brioșele din coș și o rupse în două. Vaporii fierbinți îl făcură să ofteze de plăcere.

— Ăsta e un bun mic dejun, puiule, mormăi el, înfigându-și jumătate de brioșă în gură.

Lily își scutură capul și mușcă și ea la rândul ei dintr-una. Mâncară și băură cafeaua în tăcere preț de câteva minute, iar apoi ea își îndepărtă părul ce-i căzuse pe față și se întoarse spre el.

— Care-ți sunt planurile pe ziua de azi, Mark?

— Nu am ajuns așa de departe, spuse el cu gura plină. Va trebui să formulez un plan. Trebuie să duc la sediu pozele pe care le-am făcut, îi explică el după ce înghiți.

Bărbatul se strâmbă și sorbi din ceașca de cafea gânditor.

— Ceva te necăjește, observă Lily, aplecându-și capul pentru a-l privi mai bine.

— Da, ai putea spune asta, își întoarse el ochii spre ea. Mă gândeam. Să spunem că ajung cu pozele înapoi la New York. Nu cred că ar trebui să i le înmânez ticălosului ăla. Individul acela, Stanley, specifică el.

— Nu ai încredere în el, trase Lily concluzia, ridicându-se.

— Nu, la naiba, nu. Hei, unde te duci? o întrebă el.

— Mi-am adus aminte că am niște suc de portocale în frigider. Ar fi bun acum, ridică ea din umeri, îndreptându-se spre frigider.

— Bună idee, se arătă Mark de acord. Mi-ar plăcea niște suc. De fapt, asta și beau în fiecare dimineață. După cafea, bineînțeles, se corectă el.

Lily chicoti și își scutură capul.

— Atunci voi face provizii, se întoarse ea cu o cutie de suc și două pahare.

— Ție nu-ți prea place, trase Mark concluzia.

— Îmi place, dar nu este numărul unu pentru micul dejun pentru mine cum este pentru tine, îi zâmbi ea. Pot să trăiesc foarte bine și fără el. Cafeaua, însă, este, adăugă ea. Dar pot să fac provizii de suc de portocale dacă ție îți place.

— Ești o femeie dulce, să știi, îi mângâie Mark brațul, privind-o gânditor. Nu știu dacă merit o femeie dulce, continuă el, iar regretul se resimțea în tonul lui.

— Sunt sigură că meriți, îi ciufuli Lily părul, iar mai apoi se apleacă asupra lui pentru a-și trece buzele peste fruntea bărbatului. Am observat că ești un pic prea sever cu tine însuți, Mark.

— Sunt un om dur, recunoscu el. Dacă ai fi mai deșteaptă, ai sta departe de mine.

— Asta este ceea ce vrei? îl întrebă ea, privindu-l atent.

— Doar nu sunt idiot, nu-i așa? mârâi el. Te vreau aici lângă mine. Doar spuneam așa. Mi-e teamă, însă, că ești prea bună pentru un bărbat ca mine, atâta tot.

— Ei bine, eu cred că ești nedrept cu tine însuți, ridică Lily un umăr și se reașeză pe locul ei. Ești bine așa cum ești. Nu am eu încredere în băieții prea cumsecade oricum. Cu tine, cel puțin, știu cum stă treaba.

— E bine de știut, răspunse el sec, iar Lily râse scuturându-și capul. E bine de știut și că te pot face să râzi, mormăi el.

— Ăsta e un lucru bun, îl contrazise ea. E mai bine decât dacă m-ai face să plâng, nu crezi?

Mark o privi fix câteva moment, iar apoi o întrebă:

— Când și cine te-a făcut să plângi, Lily?

Ea ridică din umeri pentru a arăta că nu era ceva important, dar el insistă.

— Chiar trebuie să știu.

— O dată sau de două ori, răspunse ea cu reținere. Când eram mult mai tânără, sublinie ea. De atunci am învățat să nu mai am încredere în anumiți oameni și să nu mă mai aștept la anumite lucruri.

— Aș prefera să ai anumite așteptări, spuse el, iar mai apoi își dădu sucul pe gât. Altfel, e ca și cum te-ai mulțumi cu orice.

— Crede-mă, sunt departe de a mă mulțumi cu orice. Ăsta e un lucru pe care nu îl voi face niciodată.

— Dar asta se întâmplă când nu ai așteptări, sublinie el, întinzând un deget bont spre ea.

— Nu am când vine vorba de anumiți oameni. Oricum, mă aștept la multe de la tine, punctă ea. Și ai face bine să ții minte asta, domnule, îl avertiză ea, iar încruntarea de pe chipul ei aduse un surâs pe buzele lui Mark.

— Mda, mai bine țin minte asta, spuse el și o trase în poala lui cu o mișcare rapidă.

Ea icni, dar el râse și, mai apoi, îi opri țipetele cu buzele. Lily cedă cu un oftat mulțumit, petrecându-și brațele în jurul gâtului lui pentru a-l aduce mai aproape.

Se sărutară îndelung, mângâindu-se unul pe celălalt, încercând să învețe texturi și gusturi. Timpul trecu pe lângă ei, în timp ce ei își șopteau cuvinte fără nici un sens, dar nici unul nu observă.

Erau atât de topiți unul în celălalt încât nimic în afară de respirțaia lor, de atingeri și de șopate conta. Degetele atingeau, buzele treceau peste piele, copleșindu-i pe amândoi cu scântei și speranțe.

Degetele lui Mark tocmai îi desfăcuseră nasturii rochiei și rătăciseră sub material pentru a-i atinge pielea când primele note ale melodiei lui Queens *Noi sântem campionii* umplu bucătăria, iar Lily sări, lovindu-l pe Mark în bărbie cu capul.

— La naiba, înjură ea. De ce tocmai acum? Nu mai puteau aștepta un pic mai mult înainte de a deranja?

Mark râse scurt, deși sângele îi fierbea din cauza excitării. Mai apoi, o ajută să își încheie nasturii de la rochie și să se ridice pentru a merge să-și ia telefonul de pe tejghea.

— Interesant, murmură ea, privind la ecranul telefonului, iar ochii îi deveniră două fante înguste.

— Ce este interesant? i se alătură Mark din câțiva pași.

Neliniștea îi alerga prin vene. Simțea în oase că ceva se întâmpla. Nevoia de a o proteja pe femeia mlădie, indiferent de cost, îl copleșise și îi iuțise pașii.

— Mă sună Ian, îi arătă Lily ecranul telefonului. El niciodată nu sună atât de devreme. Cu orele lui de muncă, ar trebui să doarmă acum. În afară de asta, a spus că nu mă va contacta pentru o vreme și că va evita chiar și să-și viziteze mama, îi explică ea, iar sprâncenele i se adunară deasupra ochilor.

Nu se putea decide dacă să răspundă la telefon sau nu. Își ridică privirea spre Mark și lucirea metalică din ochii lui o înfioră. Soneria telefonului se opri brusc, iar Lily oftă.

— Ce să fac acum? întrebă ea.

— Dacă sună din nou, o instrui Mark, sunt două posibilități. Prima, este într-adevăr Ian și probabil s-a răzgândit și vrea să îți vorbească. Indiferent, nu te vei duce să îl întâlnești nicăieri pentru moment, o școli el pe un ton aspru, țintind-o cu degetul. Hai să fim un pic precauți. Dacă nu este Ian, și probabil că nu este, va trebui să încercăm o abordare diferită, adăugă el sumbru.

Și-l amintea bine pe Ian și nu credea că acesta își schimbase deja gândul de a o proteja pe Lily.

— Cum ar fi? șopti ea, ca și cum s-ar fi temut că cineva o auzea.

— Să spunem că e unul dintre teroriștii aceia, spuse Mark gânditor. Va vrea să pună mâna pe mine și pe pozele mele.

— Cred că vrea să pună mâna și pe mine după tot ce le-am făcut, interveni Lily, simțind că i se face rău de la stomac, gândindu-se la șansele pe care le aveau.

— Da, posibil, se arătă Mark de acord cu ea. Oricum, nu le vom da absolut nimic și, mai ales, nu își vor pune labele pe tine, sublinie el pragmatic.

— Cu toate astea, nu-l putem lăsa pe Ian în mâinile lor, tremură vocea lui Lily. Nu a făcut decât să ne ajute. Nu este vinovat de nimic, doar știi.

— Evident, puiule. Știu asta, nu te teme, îi mângâie el linia chipului cu vârful degetelor. Ideea este să îl scoatem din mâinile lor și să ne protejăm și pe noi înșine în același timp. Dacă ne predăm, asta nu-l va ajuta pe Ian, o avertiză el.

— Știu asta, spuse Lily și începu să rătăcească prin bucătărie nervoasă. Ce putem face? se întoarse ea spre Mark, sperând că acesta va veni cu o soluție.

— Pe moment, trebuie să câștigăm timp. Orice îți cer, spune-le că nu știi exact unde sunt sau cum să dai de mine. Spune-le numai că am aranjat să ne vedem mâine la prânz. Promite-le că mă vei duce la ei dacă asta vor. Cere-le un punct de întâlnire, dar în așa fel încât să creadă că ești doar nerăbdătoare să îl eliberezi pe Ian. Crezi că o poți face? o întrebă el, încercând să privească direct în ochii ei. Știu că nu minți foarte bine, îi explică el îngrijorarea sa.

— Va trebui să o fac dacă este unul dintre ei, spuse ea cu hotărâre. Crezi că ar trebui să-i sun înapoi? îl întrebă ea.

Mark se încruntă, își strânse buzele și își puse mâinile pe șolduri. Începu să patruleze prin bucătărie, analizând argumentele pro și contra preț de câteva minute.

Când ajunse la o concluzie, se opri în fața ei și spuse:

— Dacă nu sună în zece minute, atunci, da, îi suni înapoi. Nu le dai timp să spună nimic și începi să vorbești rrepede. Spune ceva de genul, *Ian îmi pare rău că nu am putut să-ți răspund la telefon. Eram în duș. Cum merge treaba?*

— Pot face asta, dădu Lily din cap, dar nu mai avu timp să mai adauge nimic altceva pentru că telefonul sună din nou, iar ochii ei se îndreptară spre ecran. Tot Ian este, șopti ea.

— În regulă, puiule, îi mângâie Mark brațul pentru a o liniști. Respiră adânc de câteva ori, mai lasă-l sune de vreo două, trei ori, iar apoi răspunde ca și cum nu ai avea nici cea mai mică grijă pe lume, spuse el.

Bărbatul nu se putu abține așa că o trase în brațele lui și buzele lui le atinse pe ale ei cu toată pasiunea pe care o resimțea în suflet.

Când îi dădu drumul, obrajii ei erau rozalii, iar respirația greoaie. El arătă spre telefon și, fără să se mai gândească, Lily răspunse pe o voce întretăiată din cauza respirației.

— Hei, bună, Ian. tocmai am ieșit din duș. Cum mai merge, dragule?

— Ascultă aici și ascultă bine, se auzi o voce aspră pe linie.

— Ce... Cine este? se poticni vocea lui Lily.

— Știi foarte bine cine este, veni replica răutăcioasă. Te-ai distrat suficient cu mine ieri, îți amintești? Acum e rândul meu, continuă omul cu sarcasm.

— Cred... cred că știu ce vrei să spui, reuși Lily să spună printre buzele amorțite. Ce vrei? Și cum de ai obținut telefonul lui Ian? întrebă ea.

Nu era necesar să joace un rol. Chiar era speriată. Aveau telefonul lui Ian, deci implicațiile erau clare.

— Ai crezut că ești atât de deșteaptă, i-o întoarse omul sarcastic. Dar nu te-ai gândit că vom chestiona personalul. Iar femeia aceea, pe care prețiosul tău de Ian a concediat-o, a fost mai mult decât dornică să spună tot ce știa, râse el scurt.

— Ce vrei? repetă Lily, ochii devenindu-i reci.

— Iubitul tău și să te iau pe tine pentru o tură, deși nu sunt chiar atât de sigur că într-adevăr te vreau.

Lily se cutremură la gândul de a simți mâinile individului pe ea, dar se stăpâni.

— Și îl vei lăsa pe Ian să plece, trase ea concluzia.

— Dacă faci tot ce îți spun eu, da. Nu arată chiar atât de rău după toate prin câte a trecut, râse el din nou.

Lily își strânse ochii, imaginându-și că îl torturaseră pe Ian, chiar dacă nu vedea sensul în așa ceva. Deja le spusese chelnerița aceea numele ei și care era relația ei cu Ian. Nu aveau nevoie decât de telefonul lui Ian. Nu mai era nevoie să îl și chinuie pe bărbat.

— Dă-mi voie să repet, spuse Lily pe un ton obosit. Ce vrei?

— Să mi-l aduci pe iubitul tău.

— Și când vrei să fac asta? Ar trebui să știi că nu mă văd cu el decât mâine, se grăbi ea să spună ca individul să nu vină cu altă idee.

— S-ar putea ca Ian să nu trăiască până mâine, observă omul cu gheață în voce.

— Nu am cum să intru în legătură cu el acum, mai că strigă Lily, iar vocea îi sună isteric. Nu am numărul lui de telefon și nu știu unde stă. Am aranjat să ne vedem mâine la prânz, spuse ea repede, șocul resimțindu-i-se în voce.

— Asta e rău pentru tine, îi răspunse omul. Ian nu va trăi până atunci, spuse el pe un ton plat, lipsit de orice sentiment.

— Înțeleg asta, spuse Lily pe un ton ce devenise brusc apatic. Deja mi-ai spus-o. Cu toate astea, dacă Ian moare, nu văd care are mai fi rostul să ți-l aduc pe Mark. Și considerând faptul că nu am cum să ți-l aduc acum, din moment ce nu știu unde este, toată lumea pierde. Tu nu obții ceea ce vrei, Ian moare, e adevărat, și eu va trebui să trăiesc cu acest gând, recunoscu ea. Dar, nu pot să fac minuni, îi explică ea pe cât de rezonabil posibil.

— Crezi că poți să te joci cu mine, urlă omul furios.

— Nu, idiotule, își pierdu Lily calmul și strigă și ea. Nu pot să-l face pe Mark să se materializeze din senin dacă nu știu unde este. Chiar nu poți pricepe asta? își încheie ea tirada cu un țipăt ascuțit, iar Mark se holbă la ea surprins.

Preț de câteva clipe, nu se auzi decât static pe linie, iar Lily crezu că individul închisese.

— Mai ești acolo, prostule? se interesă ea cu răutate, iar cuvintele ei îi făcură sprâncenele lui Mark să se arcuiască sus pe frunte.

— Vei plăti și pentru asta, mârâi omul.

— Plătesc deja, îi răspunse ea cu pragmatism. Deci care e decizia ta? se interesă ea pe un ton mai calm.

— Bine, mâine atunci. Îți dau timp până la ora două. Îl aduci aici la Insula Villiers la ora două, spuse el, dându-i mai apoi direcții cum să ajungă la insulă. Cineva te va aștepta la prima curbă spre stânga de la Unwin Avenue. Dacă este altcineva în afară de Mark cu tine, Ian moare înainte ca tu să ajungi la locul unde îl ținem. Este clar?

— Da. Voi face tot ce pot, răspunse ea abia auzit, ca și cum nu ar mai fi avut nici un fel de putere rămasă.

— Sunt sigur că o vei face, spuse el sardonic. Și nici un fel de trucuri ca cele pe care le-ai încercat data trecută pe mine. El va avea parte de o marte oribilă la primul semn. Este clar?

— Da, este, spuse ea, dar nu mai reuși să adauge nimic altceva pentru că apelul se întrerupse.

Tânăra se strâmbă și scoase limba la ecranul telefonului.

— Idiotul, spuse ea, întorcându-și ochii spre Mark.

— Ce a spus de te-a făcut să reacționezi așa? o luă Mark în brațe, mângâind-o de la umeri până la vârfurile degetelor pentru a o ajuta să se relaxeze.

— A spus că la primul semn că încerc vreunul din trucurile mele, Ian va avea parte de o moarte oribilă, își scutură ea capul. Idiotul crede că va mai avea timp să reacționeze după ce am decis să-mi încerc primul truc pe pielea lui.

— Nu vei încerca nici un fel de truc pentru că nu vei fi acolo, o asigură Mark.

— Te înșeli în privința asta, îi răspunse Lily, trăgându-se din îmbrățișarea lui.

— Nu mă înșel. Nu vei fi acolo, repetă el încăpățânat.

— Trebuie să fiu acolo, Mark. Amândoi trebuie să fim sau Ian moare. Acum îl sun pe Bryan, spuse ea luându-și telefonul de unde îl lăsase pe tejghea când Mark începuse să o atingă.

— În nici un caz, strigă Mark. Nu îl vei suna. Nu am nevoie de Bryan, spuse el, întinzându-și mâna și cerându-i să îi dea telefonul.

Femeia se trase în spate și își scutură capul.

— Îmi pare rău, Mark. I-am promis să îl sun. Și, de altfel, ne poate ajuta.

— Da, avem nevoie de ajutor, dar nu de al lui Bryan. Știu cine ne poate ajuta, i-o întoarse el. Dă-mi telefonul, spuse el pe un ton dur.

— Nu, îl sun pe Bryan. Eu întotdeauna îmi țin promisiunile. Mai mult decât atât, din ceea ce ai spus, nu ai nici un om disponibil acum, așa că nu ai cum să ceri ajutor de la nimeni, ascunse ea telefonul la spate, un gest copilăresc care îl și amuză, îl și înfurie pe Mark în același timp.

— Lily, este posibil să nu mai am oameni de partea mea, acceptă el cuvintele ei. Dar, am ceva mai bun decât atât. Îi am pe prietenii mei. Ți-am spus despre ei: Ryan, Adam și Nick.

— Sunt în Toronto acum? se interesă ea.

— Nu, nu sunt. Dar vor fi înainte de căderea serii, asta îți pot garanta, spuse el, iar ochii îi luciră cu hotărâre.

— Asta e bine de știut, aprobă ea cu o mișcare a capului. Dar eu tot îl sun pe Bryan, continuă ea pe un ton extrem de calm.

— Femeia asta vrea să mă scoată din minți, declară Mark, ridicându-și ochii spre cer.

— Dacă asta este ceea ce vrei să crezi..., șopti Lily, iar lacrimi îi luciră în ochii.

Tânăra părea mică și rănită, iar ochii lui Mark se lărgiră. Bărbatul oftă și își scutură capul.

Se întoarse pe călcâie și o porni spre ușă, cu degetele înnodate în spatele capului. Înjură sălbatic sotto-voce de vreo câteva ori, iar apoi se întoarse la ea.

Ochii lui Lily înnotau în lacrimi, dar, pe moment, femeia le controla. Ținea telefonul strâns în mâini, iar umerii i se lăsaseră înfrânți. O rază de soare anemică pătrunsese prin fereastră și se juca în părul ei, făcându-l să ia foc, iar Mark oftă profund. Era deja prins bine –nu mai avea nicio scăpare.

— Nu vreau să te fac să plângi, puiule, se apropie el de ea și îi mângâie părul. Știu că vrei să îți respecți promisiunea și... te plac și mai mult din cauza aceasta, spuse el, puțin speriat că aproape spusese că o iubește.

Niciodată nu iubise o altă femeie și nici nu spusese acele cuvinte cuiva. Încă o dată, se gândi el că lucrurile se mișcau cu viteza luminii și el își pierduse echilibrul. În ciuda gândurilor ce îi treceau prn cap, o trase pe Lily în brațe și îi trasă conturul chipului cu buzele.

— Și totuși, pe moment, îmi displace acest obicei al tău. Mi-ar fi fost mai bine dacă nu ar fi existat, recunoscu el, râzând cu amărăciune.

— Îmi pare rău, dar trebuie să îl sun pe Bryan, șopti ea.

— Știu, sună-l, iar eu îi voi suna pe prietenii mei, decise el.

— Ai nevoie de telefonul meu? se interesă ea, întinzându-i telefonul mobil.

— Nu, îl am pe al meu, răspunse el, profund impresionat că femeia risca să îi dea telefonul ei.

Ar fi putut, pur și simplu, să i-l ia și atunci ea nu ar mai fi putut să îl sune pe mult-prețuitul Bryan. Încrederea pe care aceasta i-o arăta îi încălzi fiecare colțișor al inimii.

— Nu ar putea să-ți depisteze telefonul? își ridică ea ochii spre el cu îngrijorare. Să afle unde ești, se gândi ea să precizeze.

— Nu, pentru că nu-mi voi folosi telefonul de la serviciu, o asigură el. Am telefonul meu personal, și nimeni altcineva, în afară de prietenii mei, îmi știu numărul, o îmbrățișă ea, sprijinindu-și capul de al ei. Lasă-mă doar să te țin în brațe câteva momente, iar apoi ne vom pune pe treabă. Da, puiule?

Lily dădu din cap și se lăsă trasă în brațele lui, trăgându-se mai aproape de el. Își închise ochiii și își desfăcu palma peste inima lui. Aceasta bătea constant și puternic, iar femeia se simți mulțumită.

~ 12 ~

## CAPITOLUL DOISPREZECE

Bryan sosi primul, ceea ce nu reprezenta o prea mare supriză. Dar, el nu apăru singur, iar acel lucru îl uimi și supără pe Mark.

Bărbatul intră în bucătărie cu un braț în jurul umerilor soției sale. De asemenea, ducea și o sacoșă uriașă în mînă.

Mark s-ar fi obișnuit cu prezența lor, chiar dacă nu i-ar fi prea convenit. Cu toate acestea, două alte cupluri îl urmau pe Bryan, iar Mark le recunoscu pe cele două femei. Le cunoscuse acasă la Bryan în ziua precedentă.

— Ai anunțat cumva o conferință, Lily, și ai uitat să-mi spui și mie? se interesă Mark sarcastic, părăsindu-și locul de la masa din bucătărie și îndreptându-se spre oaspeții nedoriți.

Lily își desfăcu brațele pentru a arăta că ea nu avea nimic de-a face cu situația prezentă, dar renunță. Observase că ochiii duri ai lui Mark erau fixați cu strășnicie asupra lui Bryan și că bărbatul nu îi acorda nici cea mai mică atenție.

— Nu, eu am făcut apelul pentru o conferință, îi replică Bryan pragmatic și, mai apoi, își conduse soția la masă unde o ajută să ia loc.

— Oh, ai uitat să aduci copiii cu tine, remarcă Mark cu ironie și își scutură capul ca și cum nu ar fi putut crede că Bryan pierduse așa ceva din vedere.

Privirea dură a lui Bryan îl străpunse preț de câteva clipe. După aceea, ingorându-l pe Mark, se îndreptă spre tejgheaua de la bucătărie și începu să scoată diverse containere din sacoșă.

— Oh, ai adus și mâncare din câte văd, exclamă Mark, numai pe jumătate supărat din cauza aceasta.

După ce auzise atât de multe despre talentul culinar al individului, nu îl deranja să-i încerce mâncarea.

— Da, cap pătrat, îi răspunse Bryan. Cu atât de mulți oameni aici, nu ar fi prea inteligent să comanzi mâncare din afară, sublinie el. Iar pentru propria-ți informare și liniște sufletească, pruncii sunt cu bunicii lor pe ziua de azi, așa că nu o să mai fi pișcat din nou, îl ironiză el pe Mark.

Ochii lui Mark deveniră două fante subțiri și se întoarse spre Bryan ca un taur. Un bărbat înalt, bine făcut, îl interceptă. Ochii de un albastru închis ai acestuia trădau sinceritate, iar părul închis la culoare contrasta atât de mult cu al lui Bryan că Mark aproape clipi.

— Cred că e momentul pentru prezentări, declară bărbatul calm, întinzându-i mâna lui Mark. Eu sunt Matt Winston, vărul lui Lily. Înțeleg că deja ai cunoscut-o pe soția mea, Nora, și pe cumnata mea, Ellen, își flutură el mâna spre cele două femei. Acesta este fratele meu, Jay, arătă el spre un bărbat cu părul blond închis.

Mark știa că trebuia să dea mâna cu bărbatul. Matt afișa atât de mult calm încât furia lui Mark dispăru. Mai apoi, acesta îi strânse și lui Jay mâna și îi invită să ia loc la masă.

— Nu știu cât de multe puteți face voi în această situație, dar ce pot să spun? ridică el din umeri. Se pare că sunt depășit numeric, continuă el pe un ton sec.

Un mieunat nemulțumit umplu încăperea atunci când Jay încercă să se așeze. Bărbatul fusese atât de ocupat să privească de la Bryan la Mark încât nu observase mare felină neagră încovrigată pe banchetă.

— Oh, îmi pare rău, Camulos, râse el scurt. Nu te-am văzut stând acolo, îi explică Jay cu o ridicare din umeri.

Motanul îl scuipă și își arătă ghearele, iar mai apoi părăsi bucătăria cu toată demnitatea pe care o putea afișa.

— Va ține minte, spuse Jay pe un ton resemnat. Mi-o va plăti cu vârf și îndesat.

— Da, întotdeauna o face, chicoti Lily. În fine, ce ai adus bun pentru noi, Bryan? se interesă ea, îndreptându-se spre bărbatul aflat lângă tejgheaua din bucătărie.

— Oh, o mulțime de chestii, zâmbi Becka strălucitor. Am discutat cum stă treaba și ne-am gândit că nimeni nu a luat prânzul. Așa că Bryan a adus ceva pentru prânz acum și ceva pentru mai târziu, când vin prietenii tăi, Mark, ca să poată și ei să mănânce, își întoarse ea fericită ochii de ciocolată spre Mark.

— Da, prietenii mei vor aprecia asta, mormăi el. În special, Adam, dacă Bryan este atât de bun pe cât spune reputația sa.

— Când vin? se interesă Bryan din spatele tejghelei, unde Lily îl ajuta să pună mâncarea pe platouri.

— Ryan trebuie să ajungă aici în cam treizeci de minute, răspunse Mark, aruncându-și ochii la ceas.

— Oh, asta chiar e rapid, observă Nora.

— Păi, stă colea, în Montreal, arătă Mark cu bărbia în direcția aproximativă a orașului.

— Am priceput, dădu Nora din cap. Și ceilalți?

— Vor ajunge aici mai târziu după-masă sau devreme seara. Amândoi sunt în Montana, așa că..., ridică el din umeri.

— Există vreun zbor direct dinspre Montana? se minună Ellen, întorcându-și ochii spre Jay.

— Să fiu al naibii dacă știu, ridică el din umeri, păsându-i prea puțin de zborurile dinspre State.

— Nu, nu este, răspunse Mark. Au închiriat un avion.

— Și tu ai încredere în acești oameni, spuse Bryan, aducând două platouri mari la masă, urmat de Lily, care aducea farfuriile.

— Cu propria-mi viață, se încruntă Mark la el.

— Bun, atunci. Și presupun că au ceva antrenament, își ridică Bryan sprânceana stângă.

— Erau cei mai buni oameni ai mei înainte să se retragă, îi răspunse Mark cu aroganță.

— Asta nu îmi spune prea mult despre ei, observă Bryan și își flutură mâna spre ceilalți să înceapă să se servească din mâncare.

— Ce vrei să spui? se răsti Mark.

— Nu foarte multe. Poate că au fost cei mai buni oameni ai tăi. Asta nu înseamnă că sunt buni.

— Ascultă aici, să știi..., ridică Mark vocea și încercă să-și părăsească scaunul, dar Lily îl trase înapoi pe banchetă lângă ea.

— Nu te enerva. Spune-i doar cât de buni sunt și atunci va înceta să te atâțe, îl sfătui ea.

— Nu trebuie să-i spun nimic lui, se răsti Mark la Lily.

— Ba da, trebuie. Discutăm aici despre bunăstarea verișoarei mele. Și despre Ian. El nu a făcut nimic rău.

— Bryan, interveni Matt. Nu văd ce am rezolva dacă ne certăm. Ar trebui să ne gândim la un plan, nu cum să punem vina pe umerii unuia sau altuia, sublinie el.

— Știu asta, răspunse Bryan pe un ton mai calm de data aceasta. Vreau doar să mă asigur că putem conta pe oamenii lui.

— Mai mult decât pot eu conta pe ai tăi, tună Mark.

Își aminti ce îi spusese Lily despre Matt. Bărbatul era avocat.

— Nu-mi spune tu mie că un avocat, un..., se întoarse el spre Jay. Tu cu ce te ocupi? îl întrebă el cu asprime.

Jay izbucni în hohote de râs.

— N-ai pic de noroc aici, Mark, mi-e teamă. Eu nu fac decât să scriu și să desenez benzi desenate, spuse el, iar Mark nu se mai putu controla și-și luă capul în mâini.

— Și tu l-ai adus aici, își scutură el capul.

— Dar soția mea este fost ofițer de poliție și, în prezent, detectiv particular, interveni Jay cu veselie.

Mark își ridică capul și îl privi de parcă și-ar fi pierdut mințile.

— Vrei să-ți trimiți nevasta în cuibul acela de șerpi? întrebă el cu ochii măriți.

— Ce e în neregulă cu mine? se interesă Ellen pe un ton înșelător de blând, dar Mark nu mușcă momeala.

— Nimic, nu este nimic în neregulă cu tine, își scutură el capul. În afară de faptul că ești femeie, nimic nu este în neregulă, aproape că urlă el.

Toată lumea izbucni în râs, iar Mark privi de la unul la celălalt cu senzația că a ajuns la casa de nebuni. Lily îi observă expresia și își șterse lacrimile.

— Okay, v-ați distrat suficient. Acum da-ți-i pace lui Mark, porunci ea. Mark, știu că ei nu sunt experți în operațiuni speciale sau cum sunt numiți oamenii tăi, dar au daruri.

— Poți să nu contezi pe darurile Beckăi în afacerea asta, o avertiză Bryan. Ea va sta acasă unde este în siguranță.

— Dar Bryan, începu Becka să spună, însă Bryan o opri scuturându-și capul.

— Îmi pare rău iubito, asta nu e ceva negociabil, decretă el pe un ton de gheață. Nu vei ajunge nicăieri în vecinătatea acelor oameni, spuse el, ignorând îmbufnarea Beckăi. Poți să mă numești șovinist sau orice altceva vrei tu, dar tot nu îmi vei schimba părerea. Nici nu vreau să mă gândesc că ai fi o secundă în pericol.

— Și, bineînțeles, Nora nu te poate ajuta. Doar dacă ai nevoie de primul ajutor, dar ți-l poate oferi în liniștea casei noastre, explică Matt. Este aici doar ca să se plimbe, zâmbi el, mișcându-și sprâncenele pentru Nora, care îi plesni mâna.

Observând privirea lui Mark, Nora spuse:

— Cu toate acestea, Matt are dreptate. Nici măcar nu visez să mă implic în planurile voastre. Nu aș fi decât o piedică pentru voi.

— Mulțumesc lui Dumnezeu pentru femeile deștepte, îi surâse Mark, satisfăcut că măcar una dintre femei se dovedea a avea ceva rațiune și practicalitate.

— Dar eu te pot ajuta, interveni Ellen, foarte sigură pe sine. Am fost ofiţer de poliţie, ba chiar unul foarte bun. Ştiu să mă descurc în situaţii ce implică ostatici.

— Nu mă bazez pe negocierea privind ostatecul, îi răspunse Mark sec.

— Nici nu am crezut că ai face-o, îi ripostă ea pe un ton calm. Nu numai că ar fi ineficient, ba chiar şi letal pentru ostatec.

— Ai înţeles bine cum stă situaţia, dădu Mark din cap, impresia sa despre femeia cu ochii de alună schimbându-se dramatic.

— Iar eu sunt aici să te ajut cu orice problemă legală dacă ajungem la punctul unde va fi nevoie de aşa ceva, îl informă Matt.

Matt se servi din produsele de patiserie ale lui Bryan. Gesturile lui nu trădau nici grabă şi nici anxietate.

Mark îl evaluă cu ochi neclintiţi şi ajunse la concluzia că rar văzuse un om mai echilibrat decât vărul lui Lily.

— Sunt destul de bun în lupta corp la corp, datorită lui Bryan, trebuie să mărturisesc. Iar fratele meu este şi el la fel de bun. Cu toate acestea, talentul nostru stă în citirea minţilor, aşa că dacă ai nevoie de aşa ceva, te putem asista şi în acest aspect. Partea bună este că talentele noastre sunt rafinate acum, aşa că te poţi baza pe ele. Nu vom da greş. Dar, mai mult decât orice, cred că putem contribui la construirea unui plan. Ştii tu, mai multe minţi, mai multe idei. Nu se ştie niciodată, explică Matt pe acelaşi ton calm, care îl ajutase să câştige nenumărate cazuri la tribunal.

— Cam ai dreptate aici, admise Mark. Dar nu v-aş vrea pe tine sau fratele tău în linia întâi, spuse el, întorcându-se spre Jay, care îl salută batjocoritor.

Mark îşi clătină capul.

— Este un tip foarte irevenţios, observă el, fără a se adresa nimănui în particular.

— Toată lumea îmi spune asta, rânji Jay. Trebuie că este adevărat, îşi mişcă el sprâncenele.

— În regulă, oameni, interveni Bryan cu autoritate. Hai să mâncăm și să facem planuri. Va trebui să luăm în considerare faptul că planurile noastre se pot altera când ceilalți trei tipi ajung aici, în regulă?

Mark îl privi și pe el atent și îl evaluă. Bărbatul era un lider înnăscut și îi amintea de cineva, dar nu putea să își dea seama de cine. Faptul că omul se comporta foarte mult ca Ryan nici nu-i trecu prin minte.

Dădu la o parte acel gând pe moment. Își va aminti el despre cine era vorba până la urmă. Începu să mănânce și ascultă cu atenție diversele idei ce veneau din toate părțile.

Când Ryan și Kate sosiră nici jumătate de oră mai târziu, Mark râse cu lacrimi. Știa el că nu va accepta Kate să fie lăsată în urmă.

— Oh, omule, își bătu el prietenul peste umăr. Chiar nu știi cum să-ți impui punctul de vedere, spuse el, scuturându-și capul.

— Încearcă tu, îi ripostă Ryan sec. E mai încăpățânată decât un catâr, mârâi el, străpângându-și mignona soție cu o privire aspră, dar aceasta se mulțumi să ridice din umeri, complet neîngrijorată de mânia lui.

— Ce ați făcut cu copiii? întrebă Mark curios.

— I-am lăsat acasă, evident, îi răspunse Kate pe tonul ei imperturbabil obișnuit.

— Cu cine? se interesă el. Că au nevoie de o întreagă unitate de dădace, își aminti el.

— Nu-ți fă tu griji în legătură cu asta, îl bătu Kate ușor pe braț. Alice și Jeanne vor face cu rândul, spuse ea, menționând două dintre angajatele sale.

— Mi-e milă de ele, spuse Mark din toată inima, puându-și mâna pe piept și coborându-și capul.

— Haide, omule, copiii mei nu sunt atât de răi, se plânse Ryan. Sunt doar foarte... plini de viață, adăugă el, satisfăcut să fi găsit un cuvând potrivit pentru a-și descrie pruncii.

— Nu, sunt huligani în devenire, i-o întoarse Mark, clătinându-și capul. Deși, aruncă el o privire pătrunzătoare spre Bryan, ai lui s-ar putea să ia premiul, cred eu, trase el concluzia.

— Asta numai pentru că te-au ciupit de nas, râse Bryan și își scutură capul.

— Aia nu a fost o ciupitură, observă Mark pe un ton sec. Oricum, să știi că secretul familiei tale nu îi va speria pe băieții mei, se întoarse el spre Lily. Probabil, Kate este la fel de bună ca ai tăi, Matt și Jay, la citirea minților, menționă el.

Privirile tuturor se întoarseră spre micuța femeie cu ochi verzi și păr de culoarea mierii. Kate își puse mâinile pe șolduri și își îngustă ochii în direcția lui Mark.

— Pe bune, Mark? Chiar era nevoie să spui asta tuturor, își clătină ea capul.

— Nu te teme, toți au astfel de secrete, își flutură Mark mâna. Dă-mi voie să te introduc, își întinse el mâna spre Lily. Aceasta este Lily, dulceața mea, spuse el, iar ochii lui Lily se măriră, în timp ce Jay râse amuzat de tot ce se întâmpla. Este foarte bună la vrăjitorie, continuă Mark, ignorându-l pe Jay din toate puterile.

— Mark, icni Lily. Era un secret. Vor crede că sunt o ciudățenie, șopti ea, iar ochii i se umplură de lacrimi.

— Nu fi absurdă, înaintă Ryan pentru a-i lua mâna și a i-o strânge. Noi sântem mai deschiși la minte pe aici. Super, apropo. Ce poți face? o întrebă el, zâmbindu-i larg.

— O grămadă de lucruri, răspunse Mark pentru că Lily nu părea să fie capabilă să spună ceva. Probabil că vei avea șansa să vezi unele lucruri.

— Indiferent, eu sunt Ryan, îi spuse bărbatul brunet înalt lui Lily. Iar aceasta este soția mea, Kate, o trase el pe Kate lângă el.

Lily îi strânse mâna lui Kate, încercând să-i determine atitudinea, privind-o printre gene.

— Nu te teme, Lily. Știu cum te simți fiind considerată o ciudăție-nie, îi strânse Kate mâna lui Lily. Și eu am fost catalogată astfel de vreo câteva ori în trecut.

— Aceasta este o parte a familiei mele, se trase Lily în spate pentru a-i prezenta pe ceilalți. Acesta este vărul meu Matt și soția lui, Nora. Așa cum a spus și Mark, Matt poate citi minți ca și tine. Acela este Jay și soția lui Ellen. Și Jay poate, de asemenea, citi minți, pe lângă alte câteva lucruri, preciză ea, iar Jay le făcu cu mâna, pe buze întinzându-i-se un zâmbet larg. Aceasta este o altă verișoară de-a mea, Becka, și soțul ei Bryan. Becka poate crea furtuni, tornade, chestii de acest gen, le explică Lily.

— Asta e fantastic, îi surâse Ryan Beckăi. Acum ciupitura aia capătă noi dimensiuni, se întoarse el spre Mark.

— Nici măcar nu îți poți imagina. A durut al naibii de rău și tu știi că nu sunt genul care să se plângă, sublinie Mark.

Becka se înroși, simțindu-se vinovată pentru activitățile copiilor ei. Femeia încercă să se scuze, dar Mark îi îndepărtă îngrijoarea cu un gest.

— Nu e mare lucru, privind acum înapoi, spuse el, zâmbindu-i cu căldură. Nu au cauzat nici un fel de vătămare permanentă, Becka.

— Oricum, ar trebui să te aștepți la mai mulți să vină, nu numai Adam și Nick, își întoarse Ryan ochii serioși spre Mark.

— Ce vrei să spui? se încruntă Mark.

— Vor veni și femeile, ridică Ryan din umeri.

— Femeile au un nume, șovinule, îl plesni Kate peste braț.

— Acum nu asta este important, interveni Mark. Adam nu o poate aduce pe Diane. Abia ce a născut deunăzi. Nu pot crede că au găsit o dadacă acolo în munți, observă el pe un ton plin de uluire.

— Evident că nu au găsit, aprobă Ryan cu o mișcare a capului. Așa că vei avea un musafir extrem de tânăr în noaptea asta, ridică el din umeri. Ne-am gândit că Diane și Kate oricum nu vor merge cu noi, așa că vor putea să se ocupe de prunc.

— Oh, Dumnezeule, Adam și-a pierdut mințile, își strânse Mark ochii cu impotență. Absolut totul despre această operațiune e vai și amar. Bebeluși, vrăjitoare, ce mai urmează, pentru numele lui Dumnezeu? își pierdu el calmul.

— O să treci și peste asta, observă Bryan pe un ton sec. Care e vârsta copilului? se întoarse el spre Ryan.

Ryan își aruncă privirea întrebătoare spre Kate, iar femeia începu să râdă, scuturându-și capul.

— Oh, bărbații ăștia, spuse ea. Niciodată nu știu astfel de lucruri.

— Al meu știe, interveni Becka, vocea ei trădând mulțumire și mândrie că Bryan era soțul ei.

— Atunci, tu ești una dintre acele puține femei norocoase, răspunse Kate pe un ton care mustea cu ceva asemănător geloziei. În fine, fiul lui Adam are aproape un an. Va împlini un an săptămâna viitoare.

— Minunat, se lumină chipul lui Bryan. Este apropiat de vârstă de copiii noștri. Pot petrece ziua împreună mâine, presupuse el.

— Ești sigură că e o idee bună? o întrebă Mark pe Lily sotto-voce.

— De ce nu ar fi? îi răspunse ea în același fel, nefiind sigură de atitudinea lui Mark.

— S-ar putea să-l transforme pe Alex într-un broscoi, explică Mark.

— Nici o problemă, interveni Bryan, dovedind că șoptitul lor nu funcționa în felul în care sperase Mark. Becka îl va face la loc.

Atât Ryan cât și Mark se holbară șocați la el, dar Nora se grăbi să spună:

— Nu vă temeți, fiul meu se joacă cu ei tot timpul. Niciodată nu l-au transformat în nimic, îi asigură ea.

Ryan clipi, dar mai apoi ridică din umeri cu nonșalanță.

— Oricum, aia-i treaba lui Adam, nu a mea, spuse el, iar Kate izbucni în râs, plesnindu-l din nou peste braț.

— Asta a fost dur, omule, observă Jay, amuzamentul dansându-i în ochi. Din fericire, nu facem așa ceva. Cel puțin sper că pruncii

Beckăi nu vor face asta. Dar dacă îi seamănă..., își mișcă el sprâncenele în sus și în jos.

— Haide, strigă Becka. Te-am transformat într-un vierme o singură dată și nu vrei să mă lași să uit de chestia asta.

Bryan o întoarse spre el și o privi atent.

— Pe bune, l-ai transformat în vierme?

— Era enervant, răspunse Lily sec. Pot să depun mărturie privind chestia asta. A meritat-o. Mătușa Marjorie avea grijă de noi atunci și l-a făcut la loc în nici un minut.

— Dar a fost un minut mai mult decât era necesar, dacă mă gândesc eu bine, riposta Jay pe un ton sec. Nu e grozav să fii vierme, îi explică el lui Mark care îl privea de parcă tocmai îi apăruseră coarne.

— Oh, omule, asta e o familie interesantă, își frecă Ryan mâinile. Poate că unul dintre voi îl poate transforma pe Adam într-un broscoi. Mă ucide cu poveștile despre realizările fiului său.

— Ca și cum tu nu ai făcut la fel, mormăi Mark, iar sprâncenele lui Ryan se curbară în sus pe frunte.

Mark își drese vocea și decise că venise momentul să depășească acel subiect.

— În sfârșit, spuse el pe un ton normal, ardem lumina zilei aici. Avem muncă de făcut, oameni buni. El este cel mai bun strategist, arătă el spre Ryan. Știu că nu arată cine știe ce, dar mă puteți crede că este, repetă el, observând privirea sceptică a lui Bryan.

— Ce vrei să spui? se încruntă Ryan.

— Nu ai arătat nici un fel de control de sine până acum, îi explică Mark. Oamenii se agită și e nevoie să îi liniștesc, arătă el spre ceilalți.

Ryan îl măsură cu privirea, iar mai apoi își clătină capul. Cu ochiii disprețuitori ațintiți asupra lui Mark, își flutură mâna cu supărare.

— Dacă nu ai fi fost unul dintre cei mai buni prieteni ai mei, ai fi avut nevoie de o echipă de prim ajutor să te pună la loc.

— Violența nu va rezolva nimic. Vom avea de-a face cu destulă violență mâine, observă Matt. Hai să ne ocupăm doar de strategie pe moment, le făcu semn tuturor să se îndrepte spre masa din bucătărie.

— Nu cred că vom avea suficient spațiu pentru toată lumea, spuse Nora gânditoare, privind banchetele tapițate din jurul mesei de bucătărie a lui Lily.

— Asta cam așa este, se arătă Lily de acord. Poate că ar fi mai bine să mergem în living, iar unii dintre noi am putea sta și pe podea. Am câteva perne pe care le pot arunca în jur, începu ea să-și ronțăie laterala degetului mare de la mână, gândindu-se la posibilități.

Becka îi plesni mâna.

— Oprește-te, Lily. Nu este un obicei sănătos, îi explică ea ver-ișoarei ei.

— Indiferent, eu sunt de acord cu Lily, spuse Nora, fără să se adreseze nimănui în mod deosebit. Noii veniți ar trebui să primească o parte din sofa ca să poată mânca, propuse ea.

— Mergeți în living, iar Lily și eu vom aduce totul acolo, îi invită Bryan.

— Mâncarea este uimitoare, îl informă Mark pe Ryan. Și cum nu o să ghicești, Bryan e cel ce a făcut-o, adăugă el, iar Ryan își aruncă privirea uluită în direcția lui Bryan.

~ 13 ~

# CAPITOLUL TREISPREZECE

Sosirea lui Adam și Nick se resimți ca un vârtej de vânt și aduse o gură de aer proaspăt la întâlnire. Toate femeile se agitară în jurul lui Alex, care era imaginea ruptă a mamei sale, iar aceasta îl determină pe Mark să-și dea ochii peste cap.

Dar, de fapt, în sinea lui, era foarte mândru de oamenii lui și de ce realizaseră să facă în viața lor. Le iubea copiii, chiar dacă ai lui Ryan îl făcuseră să-și reconsidere dorința de a deveni tată într-o zi.

Adam și Jay se împrieteniseră imediat, ceea ce nu îl surprinse pe Mark defel. Se asemănau ca două boabe de păstaie, amândoi fiind ireverențioși și plini de opinii.

Cei doi începură o conversație aparte de ceilalți, iar Mark oftă. În felul acela, nu vor ajunge să facă un plan pentru operațiunea de a doua zi prea curând.

Diane și Lily descoperiră și ele câteva subiecte comune de discuție, ambele fiind atrase de artă și evenimente culturale, în general.

Când femeile renunțară să se mai agite în jurul lui Alex, Becka și Bryan se ocupară de el pentru a-l amuza, iar Nora și Ellen îi ținură companie lui Kate.

Mark își aruncă privirile prin cameră cu tristețe și își scutură capul. Nimic nu mergea după cum sperase. În loc de a face planuri și de a discuta operațiunea, fiecare se pierdea în alte discuții.

Matt observă starea lui de spirit ce trăda deznădejdea și veni spre el cu un surâs ascuns în colțurile gurii. Puse o mână pe umărul lui Mark și spuse:

— Lasă-i câteva minute. De fapt, ar trebui să fi mulțumit. Este nemaipomenit că toată lumea se înțelege atât de bine. Asta înseamnă că vom avea un grup foarte unit și vom lucra bine împreună mâine, nu crezi?

— Dacă zici tu, mormăi Mark. Și cu toate asta mă așteptasem la puțin mai multă seriozitate și dedicație din partea oamenilor mei, îi explică el. Aceasta nu e o ocazie socială, până la urmă. Sântem aici cu un scop anume, își puse Mark mâinile pe șolduri și își lăsă capul să cadă în față, dezamăgit.

— Înțeleg acest lucru, dădu Matt din cap. Dar e timp să simtă urgența acțiunii mâine. Pe moment, lasă-i să se relaxeze pentru o jumătate de oră. O merită, iar, de altfel, asta ne va ajuta, după părerea mea. Vom începe să discutăm afacerea după aceea, iar ei vor trebui să se poată concentra pentru a contribui la acea discuție, sublinie el.

— Da, îmi imaginez că ai dreptate, acceptă Mark, aruncându-și ochii în jur încă o dată. Mai fac niște cafea. Dacă îi cunosc bine pe tipii ăstia, o vor bea cu găleata.

— Vin cu tine, îi făcu Matt semn lui Mark să iasă din living înaintea lui.

Voia să petreacă mai mult timp în compania lui pentru a se asigura că era omul potrivit pentru Lily.

Verișoara lui nu era o persoană atât de comodă ca Becka sau plină de amărăciune ca Ariel, sora Beckăi. Nu era plină de încredere în sine, plină de energie și în mișcare continuă ca sora lui Maggie, geamăna lui Jay.

Lily fusese mereu mai tăcută și mai gânditoare. Se exprima cel mai bine în scris și rareori își exprima sentimentele.

Avea nevoie de cineva care să o ajute să se deschidă și să îi sfărâme cochilia pe care și-o construise în jurul inimii de-a lungul ultimilor câțiva ani. Matt știa că Lily avusese vreo câteva relații dezamăgitoare, iar acel lucru o făcuse să se ascundă în sine.

Mark îi adusese la lumină strălucirea interioară, iar Matt îi era recunoscător omului pentru asta. Părea să fie bun pentru ea și cu ea.

Matt ar fi fost foarte fericit pentru Lily dacă nu ar fi existat situația cu răpitorii lui Ian. Spera, însă, ca totul să se rezolve fără alte complicații sau dezastre.

În bucătărie, Mark bâjbîi la aparatul de făcut cafea și vărsă cafeaua măcinată pe tejghea. Zdrobi o înjurătură sub limbă, iar mai apoi, punându-și mâinile pe șolduri, renunță să mai pregătească cafeaua.

— Da-mi voie să o fac eu, îl împinse Matt pe Mark la o parte. Operarea micilor aparate de bucătărie este singurul lucru la care sunt bun în această încăpere, îi surâse el bărbatului cu părul arămiu, iar ochii lui de un albastru întunecat sclipiră. Știu să folosesc mașina de cafea și cuptorul cu microunde. Sunt specialitatea mea, glumi el.

Mark ridică din umeri și se sprijini de tejghea, încrucișându-și brațele pe piept. Ochii i se prelumbară peste trăsăturile lui Matt cu curiozitate.

— Nu ești deloc îngrijorat pentru Lily? nu se putu el abține să întrebe.

Totul clocotea în mintea lui și simțea nevoia să scape de o parte din îngrijorarea lui.

Matt își luă ochii de la ceea ce făcea și îi susținu privirea lui Mark preț de câteva clipe.

— Sunt, spuse el, dând scurt din cap după aceea. Și, în același timp, știu că își poate purta de grijă singură. Talentele ei sunt poate puțin... nerafinate acum, ca să spunem așa, dar ea mereu a fost cea mai bună când venea vorba de vrăjitorie. Singurul lucru care îi lipsește este controlul. Asta mă îngrijorează pe mine, mărturisi el.

Mark păstră tăcerea, prvindu-l pe Matt măsurând cafeaua măcinată și umplând rezervorul mașinii de cafea cu apă. După ce acesta a terminat și i-a dat drumul, Mark se decise să întrebe:

— Ce vrei să spui când afirmi că talentele ei nu sunt rafinate?

Matt își scutură capul.

— Îmi pare rău, dar mi-e teamă că acesta e un lucru pe care ar trebui să-l auzi de la ea.

— Nu știu cum să întreb, mărturisi Mark.

— Doar ce m-ai întrebat pe mine. Încearcă același lucru cu ea.

— Ești încăpățânat, observă Mark. Nu e de mirare că ești scoțian.

Matt râse și își clătină capul.

— Aș fi spus că nu e de mirare că sunt încăpățânat, dat fiind că sunt scoțian.

Mark își flutură mâna neglijent.

— E același lucru spus într-un fel diferit.

— Nu din punctul meu de vedere, îi răspunse Matt. Oricum, nu vei auzi povestea de la mine, indiferent de cum vrei să-ți formulezi opinia, îl avertiză el pe Mark. Vorbește cu Lily. Sunt sigur că și ea vrea să discute cu tine despre acest lucru și nu știe cum să înceapă. Întrebările tale o vor ajuta să îți spună totul.

Mark dădu din cap gânditor și-și lăsă și mai mult greutatea pe tejghea. Își încrucișase gleznele, privind afară pe fereastră la albul zăpezii.

— Este o femeie foarte bună, își întoarse el ochii spre Matt după câteva secunde.

— Da, este într-adevăr, îi răspunse Matt ușor, privindu-l pe Mark cu curiozitate.

— Cu siguranță consideri că merită ceva mai bun decât mine, continuă Mark, ațintindu-și în continuare privirea în ochii de un albastru închis ai bărbatului înalt, bine făcut.

— De ce ai crede așa ceva? își aplecă Matt capul pe o parte și, copiind poziția lui Mark, se sprijini de dulapul din spatele lui.

— Sunt... un nimeni în acest moment, își flutură Mark mâna. Probabil că nici nu mai am slujbă. Am destui bani, asta e adevărat. Totuși, nu cred că asta ar reprezenta o problemă pentru Lily, spuse el dus pe gânduri. Nu prea pot să arăt că am realizat cine știe ce în viață, se decise el să spună deschis ce gândea.

— Nu știu dacă asta este important, își scutură Matt capul. Cel puțin nu este pentru mine sau pentru Lily. S-ar putea să fie alții care te vor judeca pentru tot ceea ce ai spus. Dar, eu cred că, de fapt, contează cu totul altceva, observă Matt.

— Ce? se apleca Mark în față, nerăbdător să audă răspunsul omului.

— Ce simți pentru ea și pentru ce este ea capabilă să facă. De asemenea, contează și ce simte ea pentru tine, desigur, răspunse Matt pe un ton foarte serios.

— Da, așa gândeam și eu, murmură Mark, trecându-și degetele prin păr gânditor.

— Atunci totul este în regulă, trase Matt concluzia. Tu știi ce este important și asta este suficient pentru mine.

— Acel Bryan chiar nu mă place, nu-i așa? întrebă Mark după câteva momente de liniște.

Matt izbucni în râs și își scutură capul.

— Nu l-ai citit corect pe Bryan. Îi pasă mult prea mult și de aceea poate fi atât de... insuportabil, să spunem. Dar te place suficient de mult și te va susține mâine. Are și pregătirea necesară și curajul să o facă. Mai important de atât, este un bărbat uimitor de bun.

— Ce pregătire? se interesă Mark. Am crezut că este bucătar, chiar dacă ceva îmi spune că, în trecut, a făcut ceva destul de apropiat de ceea ce am făcut și eu.

— Da, așa este, deși eu nu cunosc amănuntele. Dar este și antrenor de arte marțiale. Nu este bucătar, rânji Matt, fericit să distrugă ideile preconcepute ale lui Mark.

— Fugi de aici! Dar gătește și vorbește despre gătit, se grăbi Mark să-și explice gândurile, deși nu foarte coerent. Este atât de... domestic.

Matt râse și își clătină capul.

— Da, face asta. Dar nu este într-atât de domestic pe cât crezi tu. Fiind un bun bucătar nu exclude faptul că este un excelent luptător. Și poți să mă crezi, chiar este, sublinie Matt.

Se întoarse mai apoi să verifice mașina de cafea, care aparent își terminase programul de fierbere a cafelei.

— Cafeaua noastră este gata. Hai să o ducem înăuntru, propuse el.

Cafeaua proaspătă adună trupele în jurul meselor de cafea și, imediat după ce fiecare și-a pregătit cafeaua, Ryan își drese glasul.

— Fraților, uite la ce m-am gândit. Mi-am aruncat ochii peste locul de întâlnire de mâine. Este un loc abandonat acum, dată fiind vremea. Vara s-ar putea să vadă ceva trafic, dar nu acum. Oricum, uite cum văd eu lucrurile, începu el să explice privind în jur.

Observă că toată lumea îl asculta atent și dădu din cap cu satis-facție.

— Lily și Mark vor merge cu mașina la punctul de întâlnire. Am calculat și ar trebui să plece de aici cu aproximativ patruzeci și cinci de minute înainte de ora de întâlnire pentru a avea timp să ajungă acolo. Trebuie să luăm în calcul traficul și condițiile de drum. Acum, nu aș lua în calcul să îi luăm pe Matt sau Jay cu noi, spuse el și se întoarse spre cei doi bărbați. Îmi pare rău, băieți, aveți talente uimitoare, dar nu cred că trebuie să vă punem în calea primejdiei doar din cauza asta, le explică Ryan.

— Mașina lui Lily are un portbagaj acoperit cu ceva asemănător unui panou. Este destul spațiu pentru o persoană să se bage sub acel panou, spuse Matt.

— Asta e... interesant, spuse Ryan nelămurit. Vrei să ajungi undeva cu această idee?

— Evident, spuse Matt pe un ton calm. Mă gândeam că cineva s-ar putea ascunde în mașină cu ei. Poate cineva care este capabil să citească mințile oamenilor, de exemplu. Acea persoană ar putea să-i avertizeze ce urmează să se întâmple.

— Înțeleg, pe bune, interveni Ryan. Dar nu e vorba doar de a citi mințile. Acea persoană ar trebui să fie și capabilă să lupte. Și, în afară de asta, de unde știm noi că ei nu se vor gândi că am ascuns pe cineva în mașină și nu vor secera mașina cu gloanțe? Atunci ce facem? întrebă Ryan cu duritate, iar ochii lui aspri îl priviră fix pe Matt.

— Cam are dreptate, Matt, interveni Bryan. Nu ne putem permite să riscăm viața ta sau a lui Jay.

Mâna tremurătoare a Norei se întinse după a lui Matt și, din colțul ochiului, bărbatul observă cât de speriată era aceasta.

— În regulă, ai dreptate. Nu vom risca, atunci, spuse el, iar Nora oftă ușurată.

— Deci, întorcându-ne la plan, începu Ryan din nou. Lily și Mark ajung aici, le arătă el pe desenul pe care îl făcuse. Sunt destul de sigur că nu vor forma comitetul de primire în întregime din tipii despre care ne-ai povestit, se întoarse el spre Mark. Dar, cel puțin unul dintre ei va fi prezent. Au nevoie să se asigure că au oamenii pe care îi vor.

Toată lumea își arătă acordul cu cuvintele lui, dând din cap, iar Ryan rânji. Îi plăcea când lumea era de acord cu el.

— Deci voi doi ajungeți acolo la ora două, după cum am spus. Adam va ajunge aici, arătă el pe hartă, la ora unu și jumătate. Vrem să fim acolo înaintea voastră, să găsim un loc bun pentru a supraveghea tabăra. Trebuie să aibă o tabără acolo. Dacă nu, sunt de-a dreptul idioți. Oricum, după cum am zis, Adam ajunge aici, Nick și Ellen aici, Bryan aici, și, în final, ajung și eu aici.

— Ești sigură că vrei să mergi, iubito? întrebă Jay, extrem de serios pentru prima dată.

Ellen dădu din cap și îi strânse mâna.

— Știi că pot să o fac, îi șopti ea.

— Știu, dar asta nu înseamnă că trebuie să îmi și placă, spuse el printre dinți. Dar știi că nu îți pot sta în cale. Ai dreptul să îți faci propriile tale decizii.

— Și acesta e unul din lucrurile care m-au făcut să mă îndrăgostesc de tine, îi zâmbi ea, iar el îi luă mâna pentru a-și trece buzele peste încheieturile degetelor ei.

— Ai doar grijă să te întorci într-o singură bucată. Una care respiră, ordonă el, iar ea dădu din cap cu un zâmbet în ochi.

— Nu te teme, se aplecă Nick în față. Voi avea mare grijă de ea.

Jay privi adânc în ochii uriașului. Înțelese că acesta spunea adevărul, așa că îl aprobă cu o aplecare a capului.

— Nick știe să aibă grijă de oameni, interveni Darcy, atingându-i mîna lui Jay. Nu trebuie să te îngrijorezi pentru Ellen. Are cea mai bună apărare de partea ei, spuse ea cu convingere.

— Mulțumesc, dădu Jay din cap. Voi ține minte asta.

— Bun atunci, reîncepu Ryan să vorbească din nou. Deci noi toți, minus Lily și Mark, desigur, ajungem la locurile desemnate cu jumătate de oră înainte de sosirea lor. Facem ceva recunoaștere, pe cât posibil, ca să nu ne trădăm prezența sau să intrăm în bucluc. Primul obiectiv va fi să aflăm unde îl țin pe Ian, spuse el, iar mai apoi închise ochii preț de câteva secune, când o nouă idee îi răsări în minte.

— Ce te neliniștește, Ryan? îl întrebă Mark, cunoscând expresia de pe chipul lui Ryan.

— Doar mă gândeam, începu Ryan cu o oarecare ezitare pentru că nu își ordonase încă gândurile.

Își frecă tâmplele iar apoi își ridică privirea, uitându-se de la unul la celălalt.

— Dar dacă Ian este deja acolo? Ce-ar fi dacă de fapt acolo îl și țin? întrebă el.

— Atunci ce se întâmplă? îl întrebă Lily cu respirația aproape pierită, sprijinindu-se de Mark.

— Atunci am avea o mai bună șansă să îl găsim în seara asta, spuse Ryan.

— Sau să stricăm toată operațiunea, interveni Ellen. Ce facem dacă nu îl au acolo în seara asta?

— Nu intrăm în forță, își scutură Ryan capul. Dacă planificăm chestia asta așa cum trebuie, putem intra și ieși de acolo fără ca să ne vadă sau să ne audă nimeni, pocni el din degete.

— Ideea ta are merit, aprobă Bryan. Dar tot nu avem timpul necesar să planificăm totul încât nici măcar vântul să nu ne miroasă.

— Asta e treaba mea, îi surâse Ryan. Eu spun să facem un alt plan pentru diseară. Dacă nu ne iese, considerând faptul că vom avea grijă să nu își dea seama nimeni de activitățile noastre, ne vom întoarce la primul meu plan. Cine este pentru a încerca chestia asta și cine este împotrivă?

— De când e asta o democrație? se strâmbă Adam. Nu îmi amintesc ca tu să fi spus asta vreodată înainte.

— Atunci eram în militărie, îi replică Ryan sec. Nu mai sântem în militărie acum, remarcă el.

— Când ai venit acasă la Diane să mă ajuți pe mine sau când ne-am dus la Nick, nu mai eram în militărie, observă Adam răutăcios.

— Nu-mi amintesc ca tu să fi venit cu un plan mai bun decât al meu atunci, îi răspunse Ryan sumbru, ochii lui duri străpungându-l pe Adam.

— Bine, bine, copii, interveni Kate. Ne-a plăcut jocul vostru, dar hai să devenim puțin serioși aici. Deci, ce plan aveți de gând să votați? întrebă ea, privind la cei din jur.

Matt și Bryan schimbară între ei o privire cunoscătoare, iar mai apoi Bryan dădu din cap.

Bărbatul își drese glasul și apoi vorbi:

— Eu votez pentru al doilea. Face sens. Dacă Ryan creează un plan tactic care să ne ofere o cale de a intra acolo fără să fim văzuți, eu sunt pentru asta, iar din câte înțeleg, și Matt este de acord, spuse el privind spre Matt, care îl aprobă cu o mișcare a capului.

— Ținând seama că eu sunt bun doar la bătăliile ce au loc în benzile mele desenate, votul meu merge alături de al lui Bryan și al lui Matt, spuse Jay cu un zâmbet larg pe buze.

— Presupun că toți sântem pentru el, interveni Nick. Tu faci planul, iar noi îl punem în aplicare, trase el concluzia, privind spre Ryan, și mai mulți din jur îi aprobară cuvintele.

Ryan se asigură că toată lumea era de acord, iar apoi își luă schițele și se retrase în biroul lui Lily pentru a gândi și complota în liniște.

~ 14 ~

CAPITOLUL PAISPREZECE

Se certaseră în formarea celor patru echipe timp de mai bine de
două ore și de aceea nu au plecat în aventura lor decât puțin înainte
de miezul nopții. Discuțiile fuseseră animate și pline de acuzații.

Cu toate acestea, membrii familiei Winston au avut succes și l-au
convins pe Ryan să pună unul dintre Winstoni cu unul dintre ei.

Matt argumentase în favoarea acelei idei și și-a demonstrat
punctul de vedere până la urmă. Winstonii reprezentau un atu val-
oros pentru echipe și nu ar fi trebuit să fie trecuți cu vederea. Cei
mai mulți dintre ei erau capabili să simtă pericolul înainte ca cei pa-
tru din echipa de operațiuni speciale să-l miroasă, iar ceilalți aveau
puteri care le întăreau apărarea.

Jay intră în echipă cu Adam, Lily cu Mark, deși bărbatul argu-
mentase feroce împotriva intrării ei în luptă, Matt cu Ryan, iar Nick
cu Josh, fratele geamăn al lui Lily, care fusese cooptat pentru dis-
cuțiile finale.

Deciseseră să ajungă la Insula Villiers cu două mașini. Una dintre
ele urma să fie parcată nu prea departe de locul de întâlnire stabilit
pentru ziua următoare, pe care Ryan l-a luat ca punct de referință
pentru strategia sa.

Bryan și Becka au fost desemnați să păzească acea mașină. Îi
lăsară pe Lily și Mark să coboare la Bike Share și îi duse mai apoi pe

Jay și Adam spre punctul terminus, unde au parcat în umbra unor copaci deși.

Ellen și Kate păzeau a doua mașină, pe care o opriră aproape de Centrul Natural. Înainte de asta, Ellen urmase drumul fără nume spre Centru, iar la jumătatea distanței, Matt și Ryan coborâseră.

Când au oprit mașina nu departe de Centru, Nick și Josh și-au adunat lucrurile și, urându-le noroc celor două femei, își începură căutarea.

Echipele din mașinile parcate urmau să îi avertizeze pe ceilalți dacă venea careva în direcția lor. Puteau să fie constant în contact prin dispozitivele de ascultare și comunicare pe care le adusese Adam cu el.

Omul venise și cu câteva perechi de ochelari de noapte, care se dovediră foarte bineveniți pentru acea misiune. Se părea că Adam era omul care se ocupa de echipament din echipă și mereu gândea în avans.

Planul presupunea un atac din patru puncte, iar Ryan împărțise suprafața în cadrane. Echipele trebuiau să înceapă de la cele patru puncte cardinale, iar apoi, fiecare dintre ele trebuia să cerceteze un anumit număr de cadrane. Dacă vreuna dădea de belea, trebuiau să se întoarcă fie la Bryan, fie la Ellen, să le spună.

Noaptea fără lună ajută progresul echipelor printre pâlcurile dese de copaci. Cu toate acestea, avansau încet, în tăcere deplină, din moment ce nu voiau să riște să-și dezvăluie poziția. Avansarea era greoaie, nu numai din cauză că nu voiau să fie descoperiți, dar și pentru că verificau totul cu mare grijă.

Verificaseră hărțile de pe satelit, dar cu mijloacele lor modeste, nu reușiseră să distingă nici un fel de clădiri pe acele hărți.

Mark o ținea pe Lily aproape de el, în timp ce pășeau printre copaci. Femeii nu se părea să-i pese de vânt și frig și se mișca cu agilitate, deși terenul era neregulat.

În ciuda acelui fapt, Mark fierbea. Nu îi plăcea să lucreze cu un novice, iar, de data aceasta, amărăciunea se multiplica. Gândul că ceva i s-ar fi putut întâmpla lui Lily, iar el nu va fi în stare să o ajute, îl măcina.

Tumultul emoțiilor lui o bombardau pe Lily din toate direcțiile, iar femeia blestemă abilitățile empatice cu care se născuse. Uneori erau departe de a fi o binecuvântare. În loc să dea atenție la sarcina lor, își consuma energia să absoarbă valurile de sentimente sumbre ce emanau dinspre Mark.

Înțelegea ea punctul de vedere al lui Mark, dar nu ar fi putut aștepta acasă, neștiind ce se întâmpla cu el. Mai mult decât atât, mintea i se tot învârtea în jurul sorții lui Ian. I se strângea inima de fiecare dată când se gândea că omul fusese torturat.

Mark o prinse de braț și o ajută să treacă peste un trunchi de copac căzut, dar nu îi mai dădu drumul după aceea. Nu putea să o simtă prea bine. Mănușile lui groase și grosimea jachetei ei de iarnă îl împiedicau. Cu toate acestea, ideea că o ținea de braț, aproape de el, îl făcea să simtă mai bine.

Bărbatul se întrebă ce făcea fratele ei Josh și dacă acesta se descurca cu duritatea operațiunii. Acesta era aparent geamănul lui Lily, deși, în opinia lui Mark, cei doi nu prea împărtășeau prea multe trăsături.

Josh nu avea nici un fel de pregătire. Lily îi spusese că Josh vizitase sala de sport a lui Bryan când și când, dar nu arătase aceeași dedicație ca Matt sau Jay. Abilitățile lui erau rudimentare în cel mai bun caz.

De fapt, Josh nu o ducea chiar atât de rău în acel moment. Nu avea el nici o pregătire fizică, dar era înnebunit după drumeții. Făcuse drumeții și urcase munți în condiții mult mai proaste decât ceea ce putea arunca Toronto împotriva lor în noaptea aceea. Bărbatul urma direcțiile lui Nick fără a pune întrebări și făcea tot posibilul să nu devină o pacoste pentru acesta.

Josh și Nick mergeau în pas constant. Supravegheau cu atenție cadranele ce li se desemnaseră. Se îndreptau spre punctul central unde urmau să se întâlnească cu ceilalți, conform cu planul făcut.

Matt și Ryan lucrau și ei bine împreună. Ryan era expertul militar, așa că Matt lăsă recunoașterea în seama lui, în timp ce el se concentră pe simțurile sale. Cu toate acestea, zona părea să fie părăsită. Cu excepția câtorva veverițe și a unor oposumi, nimic nu mișca printre copaci.

Matt spera ca Jay să aibă mai mult noroc. Fratele său își începuse căutarea de undeva din apropierea punctului de întâlnire de a doua zi.

Legătura rapidă dintre Jay și Adam îl amuza pe Matt. Cei doi bărbați aveau multe în comun, deși Jay era mai relaxat și tolerant decât noul său prieten. Adam își folosea atitudinea ca scut. A lui Jay venea pe cale naturală.

Jay se concentră pe vibrațiile pe care le simțea în jurul lor. Percepu emoții puternice și durere fizică. Cu toate acestea, nu era sigur dacă simțea resturile unor trăiri mai vechi sau altceva.

Îl bătu pe Adam pe braț. Când bărbatul se întoarse spre el, Jay îi spuse fără cuvinte că se găseau aproape de ceva. Adam dădu din cap că a înțeles și trimise semnalul către ceilalți.

Deciseseră asupra câtorva semnale înainte de a începe misiunea. Nu voiau să vorbească dacă nu era o urgență.

Jay și Adam începură să se miște cu mai multă grijă în direcția pe care o indicase Jay. Chiar dacă acel lucru însemna să urmeze o curbă ce ducea înapoi spre punctul de plecare, Adam nu îi puse decizia lui Jay sub semnul întrebării.

Adam știa că ceilalți vor urma indicațiile și îi vor întâlni, probabil, în cincisprezece sau douăzeci de minute.

Îl deranja, însă, că drumul pe care Jay îl alesese conducea spre dreapta lor și în spate, spre locul unde Bryan decisese să parcheze mașina după ce îi lăsase să coboare. Jay și Adam se mișcaseră pe o tangentă vizavi de el până atunci.

Adam se gândi la Bryan și speră că omul va putea face față, indiferent ce îi va apare în cale.

Minutele zburau cu dificultate înainte, dar cel puțin acum, echipele din mașini se opriseră din căscat. Fusese dificil să stea treji când nimic nu mișca în jur, iar ei nu aveau voie să vorbească.

Acum aveau un nou scop și începuseră să privească cu mai multă atenție pâlcurile de copaci ce îi înconjurau. Ellen se forță să privească prin parbriz, dar nu putea distinge nimic altceva decât doar copaci.

Kate o bătu pe brat și îsi scutură capul când Ellen se întoarse spre ea, semnalându-i că nu era nimeni altcineva în colțul lor de pădure. Ellen păru dezamăgită, iar Kate îi surâse, scuturându-și capul.

Bryan înțelesese semnalul lui Adam și știa că Becka și el s-ar putea să aibă probleme în curând. Bărbatul supraveghea zona, gândindu-se la ce mijloace avea să își protejeze soția dacă s-ar fi întâmplat ceva.

Brusc, Becka se sprijini de el și șopti:

— Am văzut câțiva oameni acolo, arătă ea spre un pâlc de copaci în partea dreaptă.

Bryan se întoarse în acea direcție și înjură. Cinci bărbați, bine înfofoliți, cărând arme, ieșiseră din umbra copacilor.

— Becka, îi șopti el soției ei fără să se întoarcă spre ea. Vreau să te duci în spatele mașinii și să te ascunzi sub capacul de la portbagaj, îi ordonă el.

— În visele tale, se răsti ea la el, într-o șoaptă furioasă. Ca și cum te-aș lăsa singur să...

— O vei face, îi ripostă Bryan pe un ton dur, prinzându-i încheietura mâinii. Vei face ce spun și o vei face acum, porunci el, iar ochii lui de un albastru de gheață o străpunseră.

Becka pufni batjocoritor, arătându-i că nu o speria.

— Dacă tu crezi că mă voi ascunde ca o lașă și te las pe tine să le ții piept acelor teroriști, atunci trebuie să îți spun că ți-ai pierdut uzul rațiunii Bryan, îi spuse ea calmă. Pot să fac ceva ca să nu ne vadă, propuse ea.

— Cum ar fi ce? lătră Bryan, nu prea convins că ideea ei va funcționa.

— Este iarnă, geniule. Voi crea o mică furtună de zăpadă, îi spuse ea cu sarcasm.

— Nu poți crea o furtună de zăpadă peste tot pe insulă, sublinie Bryan.

— Și de ce m-aș obosi să fac așa ceva? i se lărgiră femeii ochii.

— Nu te poți juca cu ei, Becka. Vor observa dacă este furtună doar pe bucata asta de pământ, își flutură el mâna pentru a indica terenul pe care îl supravegheau prin parbriz.

— Nu e joacă dacă gândești în avans, i-o întoarse ea.

Mai aruncă o privire spre grupul de oameni și dădu din cap cu hotărâre.

— Intenționez să îi blochez în furtună până se întorc băieții aici și până ce îl eliberează pe Ian. Se pare că Ian s-ar putea să fie undeva pe-acolo, își flutură ea mâna spre pădurea de afară.

Bryan stătu o clipă să se gândească la soluția ei, deși știa că trebuia să decidă curând. Cei cinci oameni nu văzuseră mașina încă, dar știa că o vor observa destul de curând.

Dacă nu ar fi avut ochelarii de noapte, nu ar fi putut nici el să îi vadă. Dar, dacă indivizii se apropiau puțin mai mult, mașina ar fi devenit vizibilă pentru ei.

— Bine, Becka, fă-o. Încearcă să nu ne pierzi și pe noi în furtună, îi mângâie el cu tandrețe obrazul cu vârful degetelor.

Becka își îngustă ochii și își clătină capul furioasă pe el. Dar mai apoi, ridică din umeri și își fixă privirea pe bucata de pământ unde cei cinci păreau să discute ceva.

Ca de obicei, Bryan nu își putu lua ochii de la ea. Părul ei părea să strălucească mai puternic, iar ochii îi luceau cu putere nestăvilită. Tenul ei de piersică părea să lumineze întunecimea mașinii.

Când femeia își ridică mâinile cu degetele răsfirate spre parbriz, vântul se dezlănțui în forță. Spulberă zăpada în aer și îi orbi pe bărbații care se îndreptau acum în direcția lor.

Vântul șuieră pe lângă mașină și o făcu să se cutremure. Bryan se rugă ca SUV-ul să nu fie luat pe sus. În fond, lacul nu era prea departe și nu era tocmai cel mai bun moment al anului pentru a face scufundări în apă.

O clipă mai târziu, fulgi de zăpadă se adunară în vârtejuri ce se îndreptau spre pământ, iar cei cinci bărbați se chircirâ sub atacul combinat al elementelor naturale

Bryan privi cu admirație spre viscolul care bântuia furios în afara mașinii și își scutură capul. Deși știa de ce era capabilă soția lui, aceasta tot mai reușea să îl șocheze.

Opt sute de pași mai încolo, Ryan își aplecă capul să audă mai bine. Ochii i se mărirâ și se întoarse spre Matt.

— Auzi ceva? șopti el.

Matt rânji, dând din cap. Se apropie mai mult de Ryan și îi șopti:

— Ceea ce auzi este Becka. Probabil că cineva se apropia prea mult de locația lor și ea s-a decis să îi atace ea prima.

Ryan îl privi uimit, iar mai apoi decise să riște o scurtă comunicare cu Bryan.

— Este totul în regulă acolo? se interesă el.

— Avem musafiri, răspunse Bryan, iar urletul vântului ajunse la urechile lui Ryan. Nu ne pot vedea acum, îl asigură Bryan pe Ryan. Considerând direcția de unde veneau, tabăra lor este pe aici prin jur, îl avertiză el. Ar trebui ca voi toți să veniți în direcția asta, Ryan.

— Am înțeles, mormăi Ryan și întrerupse conversația.

— Presupun că este Becka, recunoscu el, iar Matt surâse.

— Ți-am spus eu că avem talente, ridică el din umeri.

— Talente sau nu, trebuie să ne mișcăm în direcția aceea, exact cum a spus Adam. Îi informez și pe ceilalți, spuse Ryan, arătându-i direcția lui Matt.

Amândoi începurâ să se miște în direcția ce ducea spre locația lui Bryan, în timp ce Ryan îi contactă pe ceilalți să le spună ce se petrecea și unde trebuiau să vină.

Ryan, de asemenea, o contactă și pe Ellen, dar o sfătui să rămână unde era, atâta timp cât nu aveau musafiri nepoftiți.

Bărbatul nu credea că ar fi fost prea inteligent să le trimită într-o furtună de zăpadă. Cel puțin, pentru moment, Ellen și Kate se găseau la limita exterioară a viscolului.

Cum locația lui Mark și a lui Lily era mai departe de locul unde trebuiau să ajungă, Mark decise să crească ritmul pașilor lor. Mărșăluiră în tăcere preț de vreo zece minute, până ce Mark decise că erau destul de aproape de ceea ce se presupunea a fi perimetrul taberei teroriștilor. Atunci se opri și o întoarse pe Lily spre el, ochii lui încercând să îi memoreze trăsăturile.

— Lily, fetițo, îi ceru el într-o șoaptă febrilă, ne apropiem de cuibul bestiei acum. Vreau să stai foarte aproape de mine și, dacă e să se întâmple ceva, treci în spatele meu.

Lily încercă să spună ceva, dar Mark își scutură capul.

— Nu vreau să aud nimic, puiule. Nu vreau să aud că poți să-ți porți singură de grijă. Dacă ai sentimente pentru mine, vei face ce îți spun.

— Știi că ăsta e șantaj, îi răspunse Lily șoptit la rândul ei, iar sprâncenele i se adunară deasupra ochilor.

— Nu îmi pasă, o aduse el mai aproape de el. Nu te voi risca, îi atinse el chipul înghețat cu buzele.

Lily oftă. Știa că nu avea nici cea mai mică șansă să îi schimbe părerea, așa că dădu din cap.

— Bine, Mark. Voi fi fată cuminte și mă voi ascunde.

— Nu e..., începu el, dar ea îl opri sărutându-l apăsat pe buze.

— Știu ce vrei să spui, răspunse ea, iar colțurile gurii ei se curbară în sus. Nu îmi surâde, dar te înțeleg, promise ea.

Ochii flămânzi ai lui Mark îi cercetară chipul din nou, iar mai apoi o trase după el, mergând cu precauție acum. Dacă ar fi călcat pe vreo crenguță ar fi atras atenția nedorită a cuiva care stătea de pază.

Mulțumită citirii emoțiilor reziduale făcute de Jay și a indicațiilor lui Bryan, Jay și Adam dădură primii peste tabără. Nu era mare lucru de capul ei, dar Adam își imagină că era suficient pentru a ține ostatec un tip care nu știa prea multe.

Tabăra consta din trei șoproane, luminate de torțe, iar Adam nu se îndoia că fundurile oamenilor înghețau de-a binelea acolo. Numărară cam doisprezece indivizi plimbându-se prin jur, probabil încercând să se încălzească. Și cu toate acestea, Adam știa că și alți oameni mai puteau fi în interior.

Fusese o noapte liniștită, dar rece pentru ei până atunci, iar ei păreau destul de relaxați. Mai mult decât atât, furtuna Beckăi se întinsese și în locația lor. Nu era atât de puternică precum la curbura din Unwin Avenue, dar tot avea ceva putere.

Adam se aplecă spre Jay și întrebă pe voce joasă:

— Este aceasta munca Beckăi?

Jay își mișcă sprâncenele în sus și în jos și dădu din cap, iar un surâs trăgea de colțurile gurii lui.

— A devenit mai puternică de când s-a măritat cu Bryan, șopti el. Ar fi trebuit să vezi furtuna pe care a creat-o la lac, în timpul picnicului pe care l-am avut când buni a cunoscut-o pe Nora, își scutură Jay capul cu plăcere. În fine, ce facem acum? îl întrebă el pe Adam.

— Nu cred că ai avut nici un fel de pregătire în capturarea inamicului în tăcere, îl privi el pe Jay pieziș.

— Te-ai gândit bine, se arătă Jay de acord cu el. Nu pot spune că am avut. Singura mea experiență este cea care vine din filmele pe care le-am văzut dacă asta te ajută.

— Nu mă ajută, îi răspunse Adam sec.

— Deci?

— Deci așteptăm, ridică Adam din umeri. Dacă Ian a supraviețuit până acum, va mai supraviețui și în următoarele zece sau cincisprezece minute. Îl așeptăm pe Nick. El trebuie să ajungă aici înainte de Ryan, judecă el, reamintindu-și poziția fiecăruia.

— Bine atunci, aprobă Jay planul lui Adam.

Bărbatul se uită în jur și își frecă mâinile. După aceea, se întoarse spre Adam din nou.

— Ian este un om foarte cumsecade, ca să știi, spuse el pe cel mai serios ton al lui.

Privirea lui Adam se întoarse spre el.

— Știu, Jay. De aceea nu îi vom scurta viața dând buzna acolo doar noi doi. Vom aștepta să vină cineva care știe ce trebuie să facă. Iar acela ar trebui să fie Nick, cred, arătă el spre două umbre, care avansau pe nesimțite spre locația lor.

— Cum poți să îți dai seama? îl întrebă Jay cu trepidație în voce.

El știa că se uita la Nick și Josh pentru că le citise gândurile. Cu toate acestea era curios să afle cum de știa Adam.

— Cunosc silueta și stilul lui Nick, îi răspunse Adam cu un surâs. După atât de mulți ani împreună și atât de multe lupte, pot să îi recunosc trupul, chiar și la distanță în întuneric, continuă el pe același ton sec al lui.

— Ah, am priceput, spuse Jay.

Privirea lui îi urmări pe Nick și Josh apropiându-se de ei.

— Matt și Ryan sunt de cealaltă parte, anunță Nick când ajunse la Adam. Mark mai are vreo două sute de pași să ajungă aici. Ryan a spus că ne vom împrăștia pe patru laturi. Noi patru ne ducem acolo să ne descotorosim de gărzi. Nu omorâm pe nimeni, după cum am promis, specifică el, amintindu-și de promisiunea făcută lui Matt și Ellen. Când am securizat perimetrul, ceilalți vin și îl scot pe Ian de acolo, explică Nick.

— Dar dacă Ian nu este acolo? întrebă Josh.

— Atunci ne-am prăjit, replică Adam. Ne gândim la asta doar dacă este cazul. Totuși, sunt destul de sigur că Ian este acolo, arătă el cu bărbia spre șoproane.

— Și eu sunt, răspunse Jay și toți se întoarseră spre el. Este înăuntru. Este rănit și speriat și foarte, foarte furios, spuse el cu un surâs trist. Asta este ce mi-a plăcut întotdeauna la Ian. este ca o pisică nebună dacă cineva îl calcă pe bătături, zâmbi Jay. Este în condiție destul de bună, cred. Dacă îl eliberați, o să scoată și untul din tipii ăstia.

— Tipul este bucătar, spuse Nick pe un ton rezonabil.

— Asta este eroarea voastră, băieți, interveni Josh pe un ton sec. Voi gândiți în stereotipuri.

Nick îl privi interogativ, iar Adam își ridică sprâncenele, ca și cum s-ar fi întrebat dacă era cazul să se simtă insultat sau nu, așa că Josh consideră că ar trebui să le explice câteva lucruri.

— Bryan gătește foarte bine, dar este unul dintre puținii care au centură neagră în BJJ. La naiba, profesia lui Ian este de bucătar. Admit asta. Dar Ian este bine antrenat în BJJ și Muay Tay. A mai făcut și ceva lupte greco-romane, ba chiar și-a încercat forțele ca amator în lupte multi-marțiale la vremea lui, își desfăcu el brațele. Așa că ar fi cazul să vă mai lărgiți orizontul. Nu spun că Ian poate face ce faceți voi, dar nu e nici un papă-lapte, argumentă Josh.

— Așa este, surâse Jay. Nimeni nu este exact ce pare să fie, își mișcă el sprâncenele.

— Pricep ce vrei să spui, dădu Nick din cap. Nu am știut nimic de acest gen despre ei, așa că nu am avut intenția să ofensez pe nimeni. Dar e bine de știut că sunt capabili să se bată. S-ar putea să trebuiască să o facă.

Adam își ridică mâna. Observase ceva mișcare în capătul îndepărtat al taberei.

— Cred că ne-au venit întăririle. Cel puțin o parte din ele, se corectă el. Cei de acolo ar trebui să fie Matt și Ryan, considerând felul în care arată.

— Ai dreptate din nou, îl lovi Jay în coaste. Deci mai avem nevoie doar de Mark ca să ne mișcăm asupra taberei, observă el.

— Și iată-l că apare, arătă Nick spre cealaltă parte, unde două umbre ieșiră din pâlcul de copaci.

Cu câteva cuvinte succinte, Ryan organiză atacul. Se vor strecura în tabără, folosind umbra copacilor mai întâi, iar mai apoi se vor târî până ce vor ajunge mai aproape.

Atacul nu urma să fie rapid, ci bine cântărit. Nu se vor grăbi, ci vor încerca să-i ia pe banditii care se găseau în câmp deschis, unul câte unul.

Ryan voia să evite să se dea alarma. Știa că ei ar fi supraviețuit, dar se îndoia de șansele lui Ian de a ieși viu de acolo.

Începură prin a se strecura sub acoperirea copacilor, iar când aceasta nu a mai fost posibil, se târâră. Matt și Jay schimbară o privire plină de uluire când l-au văzut pe unul dintre ei sărind în spatele unuia dintre teroriști și doborându-l la pământ fără să-i permită să scoată un sunt din gâtlej. Ochii lui Lily se măriseră și femeia își freca mâinile, anxietatea alergând prin sângele ei cu viteza unui tren de marfă.

O dată ce au neutralizat pe toată lumea care se găsea în spațiu deschis, Ryan îi semnală lui Adam și Mark să se îngrijească de șopronul care părea mai mare. Întorcându-se spre Nick, îi arătă spre un șopron mai mic, iar el o porni spre cel de la celălalt capăt al taberei.

Adam se apropie de șopron. Ușa era închisă, așa că riscă o privire înăuntru. Acolo, doi bărbați împărțeau o sticlă de ceva potent. Stăteau pe unul din paturile supraetajate din colțul de vizavi de ușă, iar o lanternă se găsea între ei. Aceștia vorbeau și râdeau tare.

Adam ridică două degete pentru a-l avertiza pe Mark despre numărul oamenilor din interiorul colibei. Mark dădu din cap și, pe mutește, îi ceru să nu miște. Se uită în jur și găsi un băț gros pe o latură a șopronului. Îl ridică și se întoarse cu pași de pisică la Adam.

Adam îl aprobă cu o mișcare a capului și, în liniște, amândoi blocară ușa cu bâta. Așteptară câteva clipe să audă mișcare din interior, dar oamenii continuară să bea și să discute fără nici un fel de grijă, așa că Mark îi semnală lui Ryan că totul era bine acolo.

Ryan dădu din cap și continuă să avanseze spre șopronul pe care îl alesese pentru sine. Între timp, Nick ajunsese la ținta sa. O privire rapidă în interior îi spuse că acel șopron era gol.

Le făcu semn amicilor săi și se îndreptă spre șopronul lui Ryan. Adam stătea de gardă lângă baraca pe care o blocase, iar Mark se gândi că Ryan ar putea să se folosească de ajutorul lui, așa că îl urmă pe Nick.

Mark ajunse la așa numită clădire câteva secunde după Nick și Ryan. Cei doi bărbați avuseseră deja timp să verifice interiorul.

Ryan ridică trei degete, iar apoi tăie aerul cu mâna, pentru a arăta că Ian se găsea acolo, în poziție orizontală.

Văzuse că Ian era legat ca un curcan de Crăciun. Omul fusese aruncat pe o saltea îngustă într-un colț al podelei, iar chipul îi era negru și albăstrui. Nu părea să fie conștient, dar Ryan consideră că acela era un lucru bun. Omul mai că fusese bătut până la moarte.

Ryan își amintea că promisese să nu existe victime dacă era posibil, dar acum timpul pentru așa ceva trecuse. Trebuiau să acționeze rapid și nu aveau cum să ia prizonieri mai întâi. Își încleștă pumnul, iar mai apoi arătă spre Mark și ușa de la colibă.

Mark înțelese. Ușa se deschidea spre exterior, așa că trebuia să o deschidă iute pentru ca Ryan și Nick să poată pătrunde în interior. Omul dădu din cap și numără până la trei pe degete. Mai apoi trase ușa spre el repede.

Tovarășii lui se repeziră înăuntru umăr la umăr, cu armele în mână. Două revolvere bubuiră și doi oameni loviră podeaua urlând de durere. Nu avuseseră nici măcar timpul să pună mâna pe arme.

În cădere, unul dintre ei își lovi capul de colțul mesei și își pierdu cunoștința. Al doilea se agită și încercă să ajungă la arma sa, dar, mai mult decât dornic, Nick îl lovi în tâmplă cu pumnul și omul se alătură prietenului său în lumea somnului.

Al treilea bărbat încercă să înșface arma pe care și-o înfipsese la spate în betelia pantalonilor, dar mai apoi observă cele două revolvere ațintite asupra sa. Sprânceana stângă a lui Ryan se arcui pe fruntea lui, provocându-l pe individ să își scoată arma.

Brusc, omul se răzgândi și își ridică mâinile în aer. Trăsese concluzia că nu era plătit suficient pentru a își pune viața în pericol pentru asta.

Ryan îl fulgeră cu surâsul lui de lup, iar Mark, care deja intrase în colibă, se îdreptă cu furie spre prizonier și îl puse la pământ cu un pumn bine țintit în tâmplă.

— Nu cred că mai este careva, comentă Mark, îndreptându-se spre Ian, care își deschisese ochii când Nick și Ryan își descărcaseră revolverele.

Mark se uită la Ian cu ochi sumbri.

— Hei, omule, reuși el să spună, în ciuda nodului pe care îl resimțea în gât.

— Va trebui să mă dezlegi și să mă ajuți să mă ridic în picioare, reuși Ian să îi ofere un zâmbet slab.

Mark dădu din cap și, scoțându-și cuțitul din gheată, tăie prin frânghii.

— Nu, frate, interveni Nick. Am fi putut folosi alea, se plânse el.

— Putem folosi altceva, ridică Mark din umeri. Nu am răbdare să descolăcesc atât de multă frânghie, frate, îi răspunse el sec.

— Nu te teme, îl consolă Ryan pe Nick. Vom lua cătușele din mașini.

— Și până atunci? își puse Nick mâinile pe șolduri.

— Până atunci, îi tot lovim, spuse Mark pe un ton pragmatic, fără să își ia ochii de la ce făcea.

Ian izbucni în râs, dar mai apoi gemu.

— Oh, omule, nu mă fă să râd, spuse el pe o voce slabă după aceea. Chiar doare.

— Cum naiba de au pus mâna pe tine? se interesă Nick. Din ce am auzit, ești unul dintre tipii ăia care fac lupte multi-marțiale.

— Nu sunt pro și nici nu am fost vreodată, îi răspunse Ian. Oricum, m-au atacat din spate, iar doi dintre ei tot au avut nevoie de atenție medicală după aceea, îl informă el cu un surâs îngâmfat, chiar dacă durerile pe care le resimțea mai luau din puterea surâsului său.

— Asta e ceva, dădu Ryan din cap și îl salută pe Ian în semn de respect.

Ian încercă din nou să surâdă, dar renunță. Îl durea prea tare și era prea slăbit după atât de multe ore de bătaie.

— În regulă, oameni buni, spuse Ryan în timp ce Mark se ocupă de Ian, hai să adunăm trupele. Mai mult de atât, trebuie să îi adunăm și pe cei prinși în furtuna Beckăi, le reaminti el.

— A sunat Ellen, veni vocea lui Matt dinspre ușă. Și nu, nu sunt nici un fel de probleme reale, dar ar cam trebui să o luăm la picior curând.

— În plus, Adam s-a săturat să îi păzească pe ăia doi, spuse Jay, care stătea alături de fratele său. Au început să bată în ușă, iar Adam crede că ușa va cădea curând sub loviturile lor.

— Mi-a spus să vă informez că îi va împușca pe cei doi, intră Josh în șopron, râzând.

— Pentru numele lui Dumnezeu, devine din ce în ce mai aglomerat aici pe clipă ce trece, mormăi Mark, care tot mai muncea la legăturile lui Ian.

— Cum este Ian? veni vocea lui Lily dinspre ușă. Dă-te la o parte, Matt, trebuie să îl văd pe Ian, se răsti ea la vărul ei.

— Sunt viu, Lily, îi răspunse Ian de pe salteaua unde se afla. Nu te îngrijora, păpușă, spuse el când Lily izbucni în lacrimi.

— Pentru Dumnezeu, unul dintre voi ar trebui să vină aici să se ocupe de Ian. Ceilalți să meargă să salveze acele două forme de viață inferioară. Adam îi va împușca, mai mult ca sigur. Lily, tu vii cu mine, își puse el brațul în jurul umerilor ei și o trase după el afară din colibă, făcându-și loc printre trupurile care îi stăteau în cale.

— Ei bine, șeful este cam prost dispus, observă Ryan cu un râset scurt. Nick, îngrijește-te de Ian. Mă duc să îi salvez pe ăia doi. Voi, toți ceilalți, dacă vreunul din indivizii ăștia își revine, e suficient să îl pocniți în tâmplă sau bărbie și va face nani din nou, le ordonă el și plecă.

— Dumnezeule, e nemilos, îl urmări Josh pe Ryan cu privirea.

— Dar are dreptate, Einstein, îi spuse Ian. Dacă vreunul din tipii ăștia scapă, pielea ta nu mai valorează nici cât o ceapă degerată.

— Da, are dreptate, dădu Matt din cap și, deși era un om foarte pașnic, începu să se uite în jur pentru a se asigura că nici unul nu pleca de-a bușilea pe lângă el.

Când Ryan se întoarse, îi informă că cei doi indivizi din șopronul lui Adam se calmaseră. Nimeni nu se obosi să îl întrebe ce mijloace folosise pentru a obține acel rezultat.

Îi adunară pe toți teroriștii sub un singur acoperiș după ce le luară armele. Ryan, Nick și Matt rămaseră să îi păzească, în timp ce Adam, Jay și Josh se repeziră la mașina lui Ellen să pună mâna pe cătușe.

Matt îl sună pe șeful poliției pentru a-l informa despre ce se întâmplase. Nu dezvălui nimic în afară de faptul că Ian fusese răpit, torturat și bătut.

— Cred că mai bine păstrăm anumite lucruri secrete pe moment, se întoarse el spre Ryan după ce termină apelul. Ar trebui să îl ajutăm și pe Mark să-și termine proiectul.

Ryan avea în întregime aceeași părere, iar Nick își mormăi satisfacția.

— Apropo, poliția e pe drum, îl anunță Matt pe Ryan. Ar trebui să îl contacăm pe Bryan și să-i vedem statutul. Becka trebuise să pună capăt furtunii. Poliția s-ar putea să fie extrem de interesată să afle de ce a avut loc o astfel de furtună numai într-un colț al insulei, sublinie Matt.

— Nu îți fă griji despre asta, spuse Adam venind în șopron.

Bărbatul respira greu, semn că alergase tot drumul până acolo.

— Adică? întrebă Nick.

— Bryan s-a îngrijit de cei cinci tipi. Deja le-a pus cătușele și i-a aliniat pe pământ. Tipul ăla e o forță a naturii, își scutură Adam capul cu respect. Are doar o tăietură pe barbă. Se pare că cineva l-a prins cu marginea unui inel sau ceva.

— Asta e bine, aprobă Ryan veștile. L-ai văzut pe Mark? Ar trebui să dispară înainte să apară poliția. Le spunem doar o parte a poveștii, cea despre răpirea lui Ian.

— Dar de ce l-au răpit pe Ian? întrebă Adam. Vor întreba, doar știi, ridică el din umeri.

— Vom spune că m-au tot întrebat despre un lucru pe care cineva care a venit în pub îl avea cu el, interveni Ian.

Toată lumea se întoarse spre el cu interes în ochi. Chiar dacă era dărâmat, omul tot gândea așa cum trebuie.

— Nu am știut despre ce vorbeau, își continuă Ian povestea. Da, am schimbat unele vorbe cu omul, doar era oaspete în pubul meu. Dar asta nu înseamnă că și știu cine este individul sau ce avea la el.

— Te-ai gândit bine, aprobă Ryan cu o aplecare a capului.

— Citesc multă literatură de suspans și mă uit la filme de acți-une, surâse Ian și toată lumea izbucni în râs.

— Deci acum să revenim la Mark. Cine l-a văzut? se uită Ryan unul de la altul.

— L-am văzut luând-o în partea aceea cu Lily, arătă Jay spre sud-est.

—Nu te mai obosi să întrebi, interveni, Adam. Lily și Mark au ple-cat. Bryan a spus că ar trebui să plece cu Ellen și Kate. Bryan nu putea pleca din cauza indivizilor celora, doar știi, își flutură Adam mâna.

— Corect, ne vom descurca, decise Ryan și se hotărî să treacă în revistă împrejurimile pentru ultima oară.

~ 15 ~

## CAPITOLUL CINCISPREZECE

Lily, Mark, Ellen, și Kate se întoarseră acasă ca poliția să nu îi interogheze. La început, Lily refuzase să plece, iar Mark încercă tot posibilul să o convingă că Ian va fi bine.

Cu toate acestea, nu a reușit să o facă să se întoarcă acasă cu el până ce nu o asigură că, dacă poliția îl va găsi acolo, va avea probleme. Acel lucru a făcut lucrurile să se întoarcă în favoarea lui. Femeia nu știu cum să plece de acolo mai repede.

Marea parte a celorlalți își petrecură mare parte a nopții răspunzând întrebărilor poliției. Cum nu au deviat de la poveștile lor, poliția le-a dat drumul să plece și ei reușiseră să revină acasă la Lily puțin mai înainte de zorii zilei.

Poliția nu a înțeles cum de Ryan, Adam și Nick ajunseseră să fie implicați în acea poveste, dar Matt le-a explicat că cei trei erau prieteni de familie și fuseseră invitați la petrecerea de revelion a familiei Winston.

Prezența lor se dovedise însă fericită. Fără ajutorul lor, familia Winston nu ar fi reușit să îl elibereze pe Ian.

Deși era serios rănit, Ian insistase să răspundă la întrebările poliției după o scurtă vizită la spital unde fusese îngrijit și i se făcuseră radiografii. El le spuse polițiștilor că prietenii lui deciseseră să vină și să-l ajute pentru că înțeleseseră că nu era nici o cale prin care să se negocieze eliberarea lui.

Ei nu puteau să le dea teroriștilor ceea ce cereau pentru că nici măcar Ian nu știa despre ce era vorba.

Lily îl strânsese în brațe pe Ian cu toată puterea atunci când ajunsese la ea acasă și toată lumea se adunase în jurul lor.

Becka arăta atât de palidă încât Bryan nu îndrăznea să o lase singură nici măcar o secundă. Bărbatul arăta și el puțin cam obosit din cauza luptei, dar nu se plângea.

— Deci acum ce facem? se interesă Lily când se adunară în living.

— Acum mergem la culcare, căscă Adam. Sunt rupt, informă el pe toată lumea cu umor.

— Ai noroc, îi spuse Diane, mângâindu-i părul. Alex este cu mama Beckăi. A venit după ce ați plecat și a insistat atât de mult... A spus că pruncii vor petrece ziua cu ei mâine. De asemenea, a spus și ceva despre o petrecere, se întoarse ea spre Becka. Nu am prea înțeles eu partea aceea, dar...

— Oh, Doamne, sări Becka din poala lui Bryan. Petrecerea noastră, Bryan. Am uitat complet despre ea.

— Liniștește-te iubito, ne vom descurca, îi zâmbi el obosit și o trase înapoi în poala lui.

— Cum, Bryan? Este diseară. Când naiba vei găsi timpul să gătești? Ești obosit și...

— Voi găsi timpul, o asigură el.

— Mama ta a lăsat o notă pentru Bryan, interveni Diane. Poate că ar fi bine să o citești, propuse ea cu timiditate.

— Asta e o idee bună, aprobă Bryan. Unde e nota?

— O aduc acum, coborî Diane din poala soțului ei și se îndreptă spre bucătărie, de unde se întoarse cu un plic alb. Mama ta a venit cu el la nici cincisprezece minute după ce ați plecat. Din fericire, era Nora aici, zâmbi ea la noua ei prietenă. Altfel nu aș fi deschis ușa, le explică ea. Alex a auzit soneria și a început să se agite. Mama ta a fost uluitoare Becka. L-a calmat în nici două minute, spuse ea, înmânându-i scrisoarea lui Bryan.

Bryan începu să citească, iar sprâncenele i se arcuiră pe frunte.

—Bryan, mă sperii, spuse Becka. Ce spune?

— Spune că ea, împreună cu mama lui Lily au decis să preia controlul petrecerii de revelion. Mă instruiește să fac produsele de patiserie, continuă el să citească. Aparent, se va ocupa Marjorie de restul, spuse el și se opri să citească și restul.

— Ce altceva? își aplecă Becka capul ca să vadă.

— Dacă mă lași să citesc, îți voi spune, îi răspunse el. Tatăl tău îi va lua pe copiii noștri și pe Alex la un spectacol de păpuși de dimineață. Spune că deja a aranjat asta cu tine, își întoarse el ochii spre Diane.

— Oh, da, așa e. Nu puteam spune nu, se întoarse ea spre Adam. Alex pur și simplu a iubit-o pe ea și pe tatăl Beckăi instantaneu.

— Mă bucur să aud asta, căscă Adam din nou. Deși, considerând că sunt vrăjitori...

— Ce vrei să spui? luciră scântei în ochii Beckăi.

— Puteți să faceți pe oricine să vă iubească, își flutură Adam mâna cu nonșalanță.

— Tu, cap pătrat, idiot, începu Becka să strige și încercă să se dea jos din poala lui Bryan pentru a sări la Adam.

— Calmează-te, calmează-te, o trase Bryan înapoi. Și să nu îndrăznești să pornești vreo furtună. Sunt dărâmat, iubito.

— Nu știe ce vorbește, se răsti ea, întorcându-și ochii furtunoși spre Bryan.

— De aceea nu poți face nimic negândit. Nu știe, așa că ar trebui doar să-i explici cum stau lucrurile. Și frumos, ordonă el cu un rânjet.

— Îmi cer scuze dacă am greșit, spuse Adam, privind-o pe Becka cu curiozitare.

— Ei nu pot să îi determine pe oameni să-i iubească, interveni Ian pe un ton sec. Este interzis. Dacă o fac, atunci sunt consecințe, explică el. Consecințele nu sunt prea frumoase în această familie.

— O să repet din nou, spuse Adam. Îmi cer scuze.

— Oricum, trebuie să dorm pentru o vreme, încercă Ian să zâmbească. Sunt efectiv dărâmat.

— Mai bine vii cu noi, se ridică Matt și își ajută și soția să se ridice în picioare. Dacă nu te simți bine peste noapte, Nora te poate ajuta și, oricum, nu cred că e o idee prea bună să stai singur sau să te duci acasă la tine vreo câteva săptămâni.

— Noi putem sta pe aici o vreme, spuse Adam. Alex este cu noi, iar Diane nu are nimic presant. Cursurile mele nu încep înaiante de martie...

— Ce cursuri? se interesă Lily.

— Cursuri de supraviețuire, se întoarse Adam spre ea. Asta predau.

— Mhm, pun pariu că ești bun la chestia asta, observă Jay, ridicându-se și luând-o și pe Ellen cu el.

— Poți paria și nu ai pierde, îi zâmbi Adam. Așa că gândește-te, îi spuse el lui Ian. Îmi va face plăcere să te dădăcesc.

— Adam! exclamă Diane. Asta este atât de...

— Ofensiv? îi oferi Ian cuvântul pe care femeia îl căuta.

— Da, asta era, râse Diane fără chef.

— Nu o voi lua personal. Deja mi-am făcut o părere clară despre personalitatea lui fantastică.

— Dar îmi vei accepta oferta? se interesă Adam. Voi lucra doar pentru casă și masă, surâse el. Pentru toată familia, evident.

— Ești ceva de necrezut, râse Jay.

— Este, nu-i așa? interveni Diane, roșind violent.

— Am crezut că te-ai obișnuit cu el până acum, spuse Kate.

— Ia ceva timp. Chiar mult timp, își dădu Diane ochii peste cap. Probabil că o viață întreagă.

— Mă rog, își flutură Adam mâna. Ce părere ai? se adresă el lui Ian.

— De ce nu? răspunse omul cu o ridicare din umeri. Îi ia omului ceva timp să se obișnuiască cu tine, dar s-ar putea să ne înțelegem. Așa că hai, să mergem. Vom merge la Matt împreună. Este în regulă? își aminti el să întrebe.

— Doar știi că da, râse Matt. Hai să o luăm din loc.

— Noi rămânem aici, spuse Ryan, luându-i mâna lui Kate. Și vom merge direct la culcare.

— Nu uita de petrecerea de mâine, îi reaminti Bryan. Desigur că sânteți invitați cu toții.

— Copiii sunt în Montreal, răspunse Kate pe un ton de scuză. Nu m-aș simți bine fără ei de revelion.

— Păi nu-i puteți aduce aici? se interesă Bryan.

— Ba da, putem, răspunse Ryan după o clipă de gândire. Ne vom ocupa de asta dimineață.

— Păi este deja dimineață, arătă Mark spre ferestre.

Zorii trecuseră deja și lumina palidă a zilei se strecura peste tufișurile și zăpada din fața casei.

Ryan oftă și își aruncă ochii la ceas.

— Hai să îi dăm telefon dădacei noastre, spuse el trăgând-o pe Kate după el. Ne vedem dimineață sau... când ne-om vedea, spuse el.

— Stai o clipă, trase Kate înapoi. Unde vom dormi?

Ryan se opri în loc.

— Acum asta da întrebare, se întoarse el. Deci, Mark, unde vom dormi?

— Darcy și Nick pot lua unul dintre dormitoare, interveni Lily. Voi puteți să îl luați pe al doilea. Mark va fi în al meu, încheie ea, iar roșeața i se răspândi pe chip și pe gât.

Femeia își ținu capul sus când toată lumea o privi cu ochi speculativi. Mark o prinse de mână, iar mai apoi, i-o strânse încurajator.

— Atunci totul este stabilit, observă Bryan sec. Hai să mergem, oameni buni. Poate reușim să și dormim un pic pe noaptea asta, spuse el, trăgând-o pe Becka după el.

Apoi se întoarse din nou și adăugă:

— Ryan, dacă îți aduci copiii, îi putem trimite și pe ei la spectacol dimineață. Pot apoi petrece timpul cu părinții Beckăi după masă.

Ryan aprobă cu o aplecare a capului, deși era cam sceptic despre acel scenariu, iar apoi plecă împreună cu Kate pentru a aranja ca pruncii săi să se găsească într-un avion spre Toronto cât mai curând posibil.

~ 16 ~

CAPITOLUL ȘAISPREZECE

Așteptară până ce toată lumea s-a dus fie acasă, fie la culcare, iar apoi Mark o urmă pe Lily în dormitorul ei. Bărbatul închise ușa în spatele lui în tăcere, dar nu avansă în încăpere. Se opri acolo, cu spatele lipit de perete, și o privi.

Femeia traversă alene camera spre fereastră. Timp de câteva clipe privi pe fereastră afară spre stejarul uriaș, îmbăiat în lumina lăptoasă a dimineții timpurii. Mai apoi, trase draperiile peste ferestre, dar tot nu se întoarse spre Mark.

Bărbatul simțise ușorul tremurat al degetelor ei pe drumul în sus pe scări. Nu știa dacă femeia tremura pentru că îi era teamă sau pentru că era nerăbdătoare să fie cu el, dar era hotărât să afle.

— Lily-fetițo, ți-e teamă de mine? o întrebă el, sprijinindu-se de perete, cu brațele încrucișate pe piept.

Lily se întoarse de la fereastră și îl privi confuză.

— Nu mi-e teamă de tine.

— Și totuși, ceva te îngrijorează, se desprinse Mark de la perete. Te stresează prezența mea în această încăpere, ghici el.

— Într-un fel, recunoscu ea. Dar nu mi-e teamă, își scutură ea capul. Este doar... chiar nu știu, își aruncă ea mâinile în aer. Într-un fel, știi, abia ce ne-am întâlnit, dar te cunosc suficient de bine, aș spune. Totuși... nu sunt obișnuită să întrețin bărbați în dormitorul meu, mărturisi ea. Și, în afară de asta... sunt lucruri pe care ar trebui să ți le spun mai întâi...

— În regulă, liniștește-te, puiule, o trase Mark în brațele lui, observându-i agitația. Nu sunt altceva decât un bărbat care își va petrece noaptea – sau mai bine spus, dimineața în patul tău. Asta e adevărat. Dar asta nu înseamnă că se va petrece ceva în acel pat în afară de a dormi, sublinie el, trecându-și buzele peste creștetul capului ei.

Lily își petrecu brațele în jurul mijlocului lui și își lăsă capul pe pieptul lui. Se simțea bine și incitant în același timp. Inima lui bătea constant sub urechea ei, iar acel lucru o relaxă.

— Acum, ai menționat acele lucruri care ar trebui spuse, îi aminti Mark. Sunt aici. Oricând simți că poți vorbi, voi asculta, o trase el mai aproape, până ce trupurile li se aliniară perfect.

O legănă alinător câteva secunde, cu capul mereu pe creștetul ei. Având-o atât de aproape și simțind fiecare curbă a trupului ei făcea toată diferența din lume. Cu uimire, își dădu seama că niciodată nu se simțise atât de mulțumit. Femeia îl excita, era adevărat, dar, într-un fel, îl și liniștea.

— S-ar putea să nu îți placă ce am să-ți spun, murmură Lily.

— Mă îndoiesc de asta, răspunse el pe un ton sec. Dacă nu intenționezi să îmi mărturisești că ești spion internațional sau criminală, poți să fi sigură că nu mă va deranja defel.

Lily chicoti, iar Mark o îmbrățișă și mai puternic. Femeia țipă, surprinsă, iar el își slăbi strânsoarea.

— Te-am rănit, mârâi el.

— Nu, se repezi ea să spună. Doar m-ai surprins.

— Doar pentru că sunt curios, spuse Mark, cu ce te ocupi?

— Sunt scriitoare, spuse Lily abia auzit.

— Nu, pe bune? se trase el în spate. Chiar ești scriitoare?

— Da, ce este atât de uimitor? întrebă ea, încruntându-se.

— Nu este. Doar că... tu ești prima scriitoare pe care am întâlnit-o. Ce scrii? întrebă el, trăgând-o să ia loc alături de el pe bancheta de la picioarele patului.

— Vei râde de mine, mormăi ea.

— Promit să nu râd, îi răspunse el pe un ton serios. Pe onoarea mea de cercetaș, își făcu el o cruce peste inimă.

— Ai fost vreodată cercetaș? își încreți Lily nasul cu neîncredere.

Mark se strâmbă și recunoscu că nu fusese niciodată cercetaș.

— Știam eu, îl persiflă ea.

— Oricum, spune-mi, insistă Mark.

— Romane de dragoste istorice, spuse ea, privindu-l drept în ochi.

— Acele romane cu mult flirt și umor, cu acțiunea petrecându-se undeva în era victoriană? o întrebă el.

— Nu, perioada regenței, îl contrazise ea.

— Super, zise el. Am citit unul o dată. Mi-a plăcut. Poți fi sigură că le voi citi și pe ale tale, îi promise el, iar ea zâmbi scuturându-și capul. Nu fi atât de neîncrezătoare, Lily-fetițo. Vei vedea. Îți voi citi toate cărțile. Câte ai scris până acum?

— Șapte sunt publicate, răspunse ea. Una se află în editare acum și eu lucrez la o alta.

— Bun, dădu Mark din cap. Mâine mi-o dai pe prima să o citesc, ceru el.

— Chiar vrei să o citești? îl privi ea cu neîncredere.

— Bineînțeles că da. De ce ți-aș cere-o dacă nu aș vrea? se încruntă el.

— Nu știu. Matt sau Jay nu mi-au citit cărțile, sublinie ea.

— Și ce dacă? se înnegură Mark. Eu nu sunt nici Matt și nici Jay.

— Bine atunci, dădu ea din cap. Îți voi da mâine prima carte să o citești.

— Bine, o aprobă Mark. Acum de ce nu îmi spui tu ce te supără cu adevărat? În afară de faptul că te temi că voi sări imediat pe tine după ce ne băgăm în pat, sublinie el.

Lily se ridică și se îndreptă spre fereastră din nou. Femeia își frecă mâinile, iar buzele i se strânseră.

— Haide, nu poate fi atât de rău, încercă Mark să o convingă.

— S-ar putea să nu gândești așa după ce îți spun, îl privi ea pieziș.

— Nu ai de unde să știi până ce nu mă încerci, îi răspunse el.

— Bine, o să risc să îți spun. Știi că sunt vrăjitoare și că întreaga mea familie este așa, cu excepția celor care s-au căsătorit în familie.

— Da, știu asta, dădu Mark din cap, fără să-și ia ochii de la ea.

— Ceea ce nu știi este că străbunica a blestemat toate generațiile care urmau să vină.

— Interesantă străbunică ai, observă Mark sec. A avut vreo criză sau ce?

Buzele lui Lily zvâcniră și femeia oftă.

— Nu, nu a avut o criză. A fost abandonată de soțul ei, care a vrăjit o femeie mult mai tânără. După aceea, stră-mătușa mea, Evelyn, fiica ei, a fost părăsită la altar de un bărbat. O vrăjitoare a pus o vrajă pe el pentru a-l face să o iubească pe ea. Evelyn s-a sinucis, îi spuse Lily, iar Mark își scutură capul.

— Îmi pare rău să aud așa ceva. Este foarte trist. De-asta v-a blestemat străbunica ta pe toți?

— Da. A spus că vrăjitorii ar trebui să fie responsabili și că dragostea nu poate fi furată.

— Sunt de acord cu asta, dădu Mark din cap.

— Și eu. Dar, ea a considerat că, dacă ne va blestema pe toți, ne va determina să fim responsabili. Nu a lăsat asta să fie alegerea noastră, vezi tu, îi explică Lily.

— Da, am priceput, o privi Mark gânditor. Deci în legătură cu ce este acest blestem?

— Nu ne putem controla darurile până ce nu ne îndrăgostim. Vreau să spun până ce nu sântem îndrăgostiți pe de-a-ntregul. Dacă ne dăruim inima cuiva și ne dăruim întru totul acelei persoane, atunci câștigăm acel control. Dacă nu, atunci nu vom atinge niciodată maturitatea ca vrăjitoare.

— Asta este dur, observă Mark.

— Da, este. Ei bine, mai este ceva în afară de asta, își mușcă Lily buza inferioară.

— Ce altceva?

— Nu aveam de gând să îți spun pentru că mie nu îmi mai pasă de chestia asta. Am propria mea muncă, înțelegi, și pot să îmi câștig traiul, își flutură ea mâna. Dar se poate să auzi ceva la petrecere. Pot să pariez că Ariel, de exemplu, ar ardea de nărăbdare să îți spună totul și să se ia de tine.

Mark se încruntă câteva clipe.

— Sunt sigur că nu am cunoscut pe nimeni numit Ariel.

— Nu, nu ai cunoscut-o, se arătă Lily de acord.

— Atunci ce ar putea avea ea împotriva mea?

— Este puțin cam... înrăită. Acest blestem a lovit-o mai mult decât pe unii dintre noi, gesticulă Lily. În afară de asta... își căută ea cuvintele, Ariel nu a prea avut noroc în dragoste până acum. Ba chiar deloc, clarifică Lily. Așa că se ia de cineva ori de câte ori unul dintre noi își găsește perechea. Ar fi trebuit să vezi ce i-a făcut lui Bryan..., își scutură ea capul.

— Bine, am înțeles. Deci Ariel va fi geloasă și va încerca să te rănească prin mine, trase el concluzia.

— Cam așa ceva, dădu Lily din cap. Așa că va aduce în discuție a doua parte a acestei povești, îl avertiză ea.

— Cea despre care tot nu mi-ai spus nimic până acum, își aținti el un deget spre ea.

Lily reveni înapoi la el cu pași mici și, cu grijă, se așeză lângă el.

— Străbunica a creat un trust. Fiecare dintre noi are o parte din acest trust. Există doar o condiție ca să luăm banii.

Lily se opri și începu să-și ronțăie laterala degetului mare. Mark o opri și îi prinse mâna într-a lui.

— Lily, nu contează pentru mine. Așa că îmi poți spune. Pe mine mă interesează doar persoana ta. Am destui bani pentru amândoi, așa că nu îmi pasă dacă tu ai bani sau nu.

— Nu e asta. Îmi fac banii. Poate credeam altfel anul trecut, dar mai apoi Becka s-a măritat, iar apoi Matt și Jay. Ei m-au făcut să văd lucrurile într-o lumină diferită, știi tu.

— Ce voiai anul trecut? o întrebă Mark.

— Voiam o librărie. Știi tu genul – cu legături cu comunitatea, un loc unde oamenii se pot întâlni sau aduna; un loc unde poeții pot veni să își citească poemele și unde să se poată organiza un club de carte, spuse ea.

Mark dădu din cap. Știa el despre ce vorbea ea. Era tipul de librărie pe care îl iubea – nu foarte mare, dar serviciul era prietenos.

— Aș fi avut o mică cafenea cu mese mici rotunde, continuă Lily, iar mai apoi își scutură capul. Oricum, viziunea era plăcută. Mijloacele de a o crea..., ridică Lily din umeri.

— Fondul din trustul de care vorbeai, trase Mark concluzia.

— Da, acela. Cam acum un an, îl voiam, dar în timpul ultimelor luni, acea dorință s-a risipit.

— Ce trebuie să faci ca să obții banii? se interesă Mark pentru că i se trezise curiozitatea.

— Ți-am spus despre dăruirea inimii și angajamentul față de cineva.

— Da, mi-ai spus.

— Ei bine, obții banii dacă acel cineva îți dă și el inima lui și se angajează față de tine, îi explică Lily.

— Am priceput. Și ce oprește pe cineva să joace rolul individului îndrăgostit nebunește? se interesă el cu cinism.

— Jay a încercat chestia asta, surâse Lily. Atunci când era mult mai tânăr. Nu merge. Străbunica a numit doi curatori care pot citi minți.

— Acum înțeleg, izbucni Mark în râs. Da, chestia asta i-ar îndepărta pe toți care ar vrea să joace un rol, trase el concluzia.

— Exact, își exprimă Lily acordul. Oricum, la petrecere, oamenii ne vor vedea împreună. Vor trage anumite concluzii, iar unii dintre ei s-ar putea să devină răutăcioși.

— Definește răutăcios, îi ceru Mark.

— Să facă haz de tine, ridică ea din umeri. Sau te pot numi un vânător de bani, cum au făcut cu Bryan.

— Deci s-au luat de Bryan, observă Mark.

— Da, și încă rău de tot. Bineînțeles că Ellen a avut parte de ce a fost mai rău. Străbunica se găsea în mod de atac deplin la vremea aceea. Dar nu va fi acolo mâine. Așa că va trebui să te mulțumești numai cu batjocura.

— Mulțumesc lui Dumnezeu pentru asta, râse Mark. Hai să prindem un pic de somn, Lily. Avem o petrecere mâine, iar din ce mi-ai spus, voi avea de-a face cu o mulțime de doritori de bine.

— Nu va fi atât de rău, spuse ea pe o voce pierită.

— Vom trece și de asta, spuse el. Nu e cazul să îți faci griji, îi mângâie el chipul. Și nu trebuie să te îngrijorezi nici de prezența mea în patul tău, spuse el. Te voi ține doar în brațe, Lily-fetițo. Nu îți voi cere nimic din ce nu ești pregătită să oferi.

— Cred că sunt, se înroși ea.

Mark izbucni în râs și își scutură capul.

— Bine atunci. Vom aștepta până vei fi sigură. Doar o impresie nu contează, puiule. Oricum, asta nu înseamnă că nu pot să te sărut, o trase el spre el și începu să facă dragoste cu gura ei încet.

~ 17 ~

# CAPITOLUL ȘAPTESPREZECE

Petrecerea începu la ora șapte seara și toată lumea se grăbi să fie acolo la timp. Ian și prietenii lui Mark erau singurii care nu făceau parte cu adevărat din familia Winston.

Mătușa Marjorie, mama lui Matt și Jay, și Emilie, mama lui Ariel și a Beckăi, împreună cu soții lor, se ocupau de copii și îi alungaseră pe părinți spunându-le să se distreze.

Bryan le deschise ușa lui Lily și Mark. Mark îl privi și trase concluzia că nu arăta prea rău pentru un bărbat care și-a petrecut cea mai mare parte a nopții luptându-se cu teroriști, iar marea parte a după-amiezii pregătind produse de patiserie.

Toată lumea dorea să îl cunoască pe Mark, așa că Lily îl luă cu ea să îl prezinte tuturor. Oamenii păreau să îl accepte. Chiar și faimoasa Ariel nu făcu nimic altceva decât să-i arunce câteva priviri urâte. Josh insistase să îl prezinte pe Mark tatălui lor, iar lui Michael îi plăcu prietenul fiicei lui pe loc.

Cu toate acestea, inima lui Michael sângeră puțin la gândul că fetița lui găsise un bărbat care îi va fura strălucirea.

Mark discută cu ușurință cu Michael. Doar mama lui Lily se agita în jurul lui prea mult și îl făcea să se simtă inconfortabil, așa că încercă să stea cât mai departe de ea.

Faptul că Mark nu se prea simțea în largul lui cu mătușa Amelie nu trecu neobservat, așa că Matt a decis să îl salveze pe bărbat din ghearele femeii. Cu toate acestea, nu se putu abține să nu facă haz de el.

Oamenii lui Mark se înțelegeau bine cu cei din familia lui Lily. Adam se împrietenise cu Ian și Jay, iar cei trei bărbați se distrau luându-se unul de celălalt și făcând glume unul pe seama celuilalt.

Membrii mai vechii generații își tot scuturau capetele când le ajungeau pe la urechi anumite părți ale conversației lor, dar tot izbucneau în râs.

În jurul orei nouă, începu dansul. Mark oftă ușurat pentru că acum putea să o aibă pe Lily doar pentru sine.

Omul știa că nu era mare lucru de capul lui ca dansator, dar tot o trase în brațele lui și o conduse în mijlocul camerei. Acolo, începu să o legene de la stânga la dreapta, abia reușind să păstreze ritmul melodiei.

Jay râse, dar mai apoi o prinse pe Ellen de mână și se alăturară împreună cuplurilor care dansau pe una dintre melodiile vechi ale Arethei Franklin. Jay își scutură capul amuzat. Era evident că mătușile lui aleseseră muzica.

Primul dans abia se încheiase, iar oamenii se învârteau în ritmul unuia dintre cântecele lui Louis Armstrong când ochii lui Mark se opriră asupra unei femei micuțe, cu cel mai alb păr pe care îl văzuse vreodată.

Femeia abia sosise, iar Bryan se repezise să o întâmpine, deși era clar că nu se așteptase la prezența ei în casa lui în seara aceea.

— Cine e aceea? o întrebă Mark pe Lily.

Cu un zâmbet pe buze, Lily se întoarse să vadă, dar când privirea îi căzu pe chipul femeii, zâmbetul i se topi.

— Oh, Dumnezeule, șopti ea șocată.

— Care e problema, Lily-fetițo? întrebă Mark îngrijorat.

Ochii ei albaștri și pistruii rămăseseră singurele urme de culoare pe chipul tinerei femei. Aceasta se albise, iar mâinile începuseră să îi tremure.

— Aceea e Rebecca, șopti Lily. Va fi nebunie aici, își scutură ea capul.

— De ce? o întrebă Mark cu anxietate.

Într-o casă plină de vrăjitoare, un bărbat nu putea fi suficient de grijuliu.

— Jay a jurat că nu mai vrea să o vadă niciodată. Dar chiar niciodată, explică Lily.

— Dar ce a făcut femeia? întrebă Mark, iar sprâncenele i se adunară.

— Multe. I-a umplut farfuria lui Ellen cu șoareci și a adus ploaie și tunete asupra capului ei. La nuntă, pastorul a întrebat dacă știa cineva de un motiv pentru care căsătoria nu ar fi trebuit să aibă loc. Ea s-a ridicat și a vorbit, încercând să oprească nunta.

— Mda, ăsta e un motiv bun pentru a nu mai vrea să o vadă vreodată, remarcă Mark sec. Ar trebui să căutăm un loc mai bun ca să așteptăm ca furtuna să treacă? se interesă el când remarcă furia de pe chipul lui Jay.

— Nu știu dacă există un astfel de loc în casă, recunoscu Lily.

— Ce naiba face bătrâna vrăjitoare aici? mai că urlă Jay, arătând spre străbunica sa cu degetul.

— Nu se vorbește așa cu cei mai în vârstă, băiete, tună Rebecca drept răspuns.

— Am spus că nu voi veni dacă vine ea, se întoarse Jay cu furie spre Becka.

— Liniștește-te, Jay, interveni Bryan. Becka nu a invitat-o pe Rebecca. Noi nu am invitat pe nimeni altcineva decât prietenii lui Mark dacă îți amintești. La naiba, nu am avut timp nici să facem pregătirile.

— Nu îmi pasă, lătră Jay. Elle, hai să mergem, prinse el strâns mâna soției lui și începu să o tragă spre ușă.

— Nu, trase Ellen înapoi. Nu îi voi da satisfacția de a știi că ne-a pus pe goană, Jay, îi ripostă ea cu hotărâre. De ce ai ceda în fața ei? se miră ea.

— Pentru că nu vreau ca ea să fie în aceeași cameră cu tine, Elle, îi explică el soției sale cu nerăbdare.

— Ei bine, va trebui să te înveți și cu asta. Eu, una, nu mă mișc de aici, își scutură ea capul.

Jay își dădu ochii peste cap, dar până la urmă înțelese că femeia nu se va mișca de acolo pentru nimic pe lume.

— Elle, iubito, mândria te va răpune până la urmă, își clătină el capul.

— Nu în seara asta, interveni Rebecca. Am alt pește de prins.

— Nu, pe bune? se interesă Jay pe un ton dulceag.

— Tu, fată, arătă Rebecca cu degetul spre Lily.

Lily șopti încet:

— Oh, Doamne, asta e opera mamei mele, își închise ea ochii. Ea i-a spus despre noi.

Mark îi strânse mâna pentru a o liniști, iar apoi privi în direcția vechilor lui prieteni. Ryan își înclină capul spre el pentru a-l asigura că nu îl vor abandona dacă va avea nevoie de ajutor. Pe buzele lui Mark, un zâmbet se înfiripă.

— Tu de ce zâmbești, băiete? tună Rebecca.

— Bunico, păși în față Michael, tatăl lui Lily. Nu poți vorbi astfel cu oamenii.

— Pot vorbi cu oamenii cum vreau, își privi ea nepotul cu îngâmfare. Acum dă-te din calea mea. Vreau să vorbesc cu acea persoană, arătă ea spre Mark.

— Nu cred că e nevoie să discuți cu el, își adună Lily curajul și păși în față. Sunt destul de sigură că nu are nimic să-ți spună.

— Ca și cum mi-ar păsa de ce gândești tu, îi ripostă Rebecca cu dispreț. Ai adunat prima pereche de pantaloni de pe stradă...

— Ia stai o clipă, strigă Michael. Cum îndrăznești să-i vorbești astfel fiicei mele?

— Tu taci din gură, se întoarse Rebecca spre el. Tu ai educat-o astfel. De-aia a ales primul ratat.

— Străbunico, îşi ridică vocea Lily pentru a fi auzită. Cine naiba ţi-a dat ideea că mi-ar păsa despre ce crezi tu despre bărbatul pe care îl iubesc? Şi cine ţi-a dat dreptul să îl insulţi? deveni ea din ce în ce mai furioasă cu fiecare cuvânt pe care îl rostea.

Mark observă că tânăra tremura ca o frunză şi îşi petrecu braţul în jurul umerilor ei.

— Lily-fetiţo, linişteşte-te. Nu merită furia ta, îi şopti el.

— Nu ajunge ea să te insulte pe tine, îşi întoarse ea ochii spre el.

— Puiule, crede-mă, chiar nu contează. Nu contează decât ce crezi tu. Asta e tot.

— Contează că tu crezi că vei avea şansa de a pleca cu banii mei, interveni Rebecca cu răutate.

— Nu, mulţumesc, îi răspunse Mark. Nu vreau şi nici nu-mi trebuie banii tăi, o asigură el pe bătrână.

În spatele lui, Ariel pufni dispreţuitor. Mark o privi pieziş, dar imediat o alungă din mintea lui ca fiind neimportantă.

— Asta spui tu acum, gândindu-te că-ţi vei pune mâinile lacome pe fondul meu din trust, fumegă Rebecca.

— Îţi poţi păstra banii din trust, i-o întoarse Lily. Chiar nu ne trebuie. Cred că trebuie să ne întoarcem acasă, Mark, şi să începem Anul Nou împreună, în linişte.

Mark zâmbi şi aplecându-se asupra ei, îşi atinse buzele de gura ei.

— Da, puiule, hai să mergem, se arătă el de acord din toată inima.

— Nu atât de repede, îi avertiză Rebecca.

Mark nu-i dădu nici cea mai mică atenţie şi se întoarse spre Becka şi Bryan.

— Mulţumesc de invitaţie, spuse el. A fost... educaţional şi palpitant, rânji el.

— Nu poţi să mă dai la o parte ca pe nimic, îşi ridică Rebecca vocea.

— Ba da, pot, îi răspunse Mark cu calm în voce, întorcându-se spre ea. Hai să plecăm de aici, Lily, o trase el cu sine.

— Lily, întoarce-te aici, spuse Rebecca. Dacă nu, îl transform într-un vierme slinos, că asta și este, o amenință ea, iar oamenii din încăpere o priviră cu gura căscată.

Lily păși imediat în fața lui Mark.

— Încearcă numai, spuse ea, îngustându-și ochii cu furie arzătoare.

— Ha, pufni Rebecca cu dispreț. Ca și cum ai fi bună să faci ceva, își flutură ea mâna.

— Sunt destul de bună, îi răspunse Lily pe un ton liniștit.

Matt o privi și se strecură în mintea ei să arunce o privire. Un zâmbet larg i se urcă pe buze și bărbatul veni alături de ea și îl împinse pe Mark în spatele lui.

— Stai acolo, omule. Este mai dificil pentru ea să te transforme în ceva dacă Lily și cu mine sântem în fața ta, spuse el.

— Nu, își scutură Mark capul, iar chipul i se întunecă de mânie. Nu voi accepta ca Lily să fie vătămată, îi prinse el mâna și o împinse în spatele lui.

— Nu fi fraier, încercă ea să-l împingă deoparte. Nu îmi va face nimic.

— Îmi pare rău, puiule, dar nu pot conta pe asta, refuză Mark să se miște.

— Va trebui să treacă și prin noi, veni Ryan în fața lui Mark, iar Adam și Nick îl urmară.

— Și eu sunt alături de voi, se îndreptă Ian spre ei.

— Și eu, zise, Jay. Deși cred că cea mai bună soluție ar fi să aruncăm bătrânul liliac afară din casă, adăugă el pe un ton sumbru.

— Nu ai tu dreptul să-mi vorbești astfel, strigă Rebecca, aruncându-și mâna dreaptă spre Jay.

Tunetul pocni în aer și biciui aerul din fața lui Jay.

— Nu sunt deloc impresionat, spuse Jay cu indiferență.

— Nu te atingi tu de fiul meu, își aruncă Marjorie mâinile în față și aruncă furia unui val vibrant înspre Rebecca.

Bătrâna se zgudui și se clătină pe picioare. Pentru a își păstra echilibrul, se dădu câțiva pași în spate.

Marjorie veni în fața lui Jay, acoperindu-i trupul cu al ei. Trupul ei mic tremura de furie.

— Ți-ai pierdut complet rațiunea, buni. Nu am crezut că mintea ți s-a îngustat atât de mult încât să rănești pe cineva din sângele tău, strigă ea, abia controlându-și mânia.

— Rebecca, interveni Bryan. Îmi pare rău, dar trebuie să îți cer să pleci. Nu ești binevenită aici dacă te comporți astfel. Nu poți veni în casa mea și să-mi ataci musafirii. Mai mult decât atât, i-ai speriat pe copii, arătă el spre grupul de copii. Iar aceasta este de neiertat, spuse el pe un ton implacabil.

Deși toate trei aproape își ieșiseră din minți din cauza spaimei, Kate, Diane și Nora adunaseră copiii împreună, încercând să îi liniștească.

— Dă-mi voie să își chem un taxi, spuse Bryan plin de solicitudine.

— Nu am nevoie de ajutorul tău, îi răspunse Rebecca cu chipul rece. Îți vei regreta impulsivitatea, Lily, spuse ea. Omul ăsta nu e decât un vagabond care îmi vânează banii, iar tu ești prea proastă ca să vezi asta. Mă spăl pe mâini de tine. Nu vreau să te mai văd, iar tu nu vei vedea nici un cent din banii mei.

— Nu este o mare pierdere, răspunse Lily cu demnitate. Oricum, nu aș fi vrut să te mai văd nici eu. L-ai amenințat pe bărbatul pe care îl iubesc și apoi i-ai amenințat pe verii mei. Nu ești din sângele meu, declară ea cu chipul împietrit, iar în liniștea care urmă se auzi cum unii dintre cei prezenți trăgeau adânc aer în piept.

— Dar tot are dreptul la banii din trust, interveni Amelie. Îl iubește pe băiat, iar eu spun că și el o iubește.

Rebecca pufni batjocoritor și își flutură mâna.

— Lily nu are nevoie de banii ei, interveni Mark. Își face proprii ei bani, iar eu am mai mult decât destul.

— Asta spui tu acum, zise Rebecca cu dispreț.

— Au dreptul să îi vadă pe curatori, interveni Alex.

Fratele lui Ariel nu dorea să se găsească mai târziu într-o situație similară. El avea planuri. Voia și avea nevoie de banii aceia.

Mark își întoarse privirea amuzată spre el și își arcui sprâncenele.

— Noi nu vrem asta, îi spuse el lui Alex.

— Pentru că știi că vor vedea prin tine, cârâi Rebecca cu satis-facție.

— Nu, noi, pur și simplu, nu vrem banii tăi, punctă Mark.

Brusc, înțelese că nu îl speria ideea de a se căsători cu Lily. O voia în viața lui și nu numai pentru compania ei și ca iubită.

De asemenea, voia promisiunea și tot ce venea o dată cu ea. Voia ca ea să îi poarte numele, iar mai tîrziu copiii. Vor îmbătrâni împre-ună și vor împărtăși totul.

Mark îi luă mâna lui Lily și o ridică la buzele sale. O privi adânc în ochi și o întrebă:

— Vrei să aștept până la miezul nopții ca să te cer de soție?

— Nu, își scutură ea capul.

— Mă iei de bărbat? o întrebă Mark.

— Da, dădu ea din cap.

— Curând? se interesă el.

— Cât de curând? întrebă Lily la rândul ei.

— Când mă întorc de la New York. Hai să decidem acum. Să spunem într-o lună. Așa avem timp pentru orice evenimente nepre-văzute. Întâi februarie la unsprezece dimineața.

— Este bine așa, răspunse Lily, dând din cap. Vom face nunta în livingul părinților mei. Doar familia și prietenii apropiați. Minus Rebecca.

Mark o aprobă dând din cap și surâse cu bucurie.

— Nu sunt un tip romantic, mărturisi el cu un oftat.

— Ești destul de bine, îi zâmbi Lily, atingându-i obrazul cu mâna liberă.

— E bine că gândești așa, dădu și el din cap. Te iubesc, Lily-fetițo, șopti el.

— Știu. Și eu te iubesc, îi răspunse ea, iar ochii îi străluciră cu lacrimi nevărsate.

— Asta știam, o aprobă el. Și vom construi librăria aceea pe care ai visat-o, o asigură el.

Ea dădu din cap și bucuria îi aprinse ochii.

— Sunt bun la organizat lucruri, adăugă el.

— Pentru Dumnezeu, strigă Kate. Bărbații ăștia mă vor ucide cu lipsa lor de romantism.

— De ce? întrebă Adam. Asta este perfect și cinstit. Totul e pus pe masă.

Jay izbucni în râs și-l lovi pe Adam peste umăr.

— Mă ucizi, omule, spuse el.

— De ce? Sunt cinstit, ripostă Adam.

Toată lumea din jur izbucni în râs.

— Vei regreta asta, o avertiză Rebecca pe Lily.

— Nu veni la nunta mea, îi răspunse Lily rece.

După aceea, femeia îi șopti lui Mark:

— Hai să mergem acasă și să începem Anul Nou singuri.

Mark îi surâse. Luându-i mâna, o grăbi pe drumul spre ușă.

— Un An Nou fericit și tot restul. Știți voi ce vreau să spun, își întoarse el capul spre ceilalți, iar apoi dispăru cu Lily din casă.

— Dumnezeule, era ultimul dintre noi, se plânse Adam. A făcut și el pasul. Voi bea pentru el. Hai să încercăm acel whiskey faimos pe care-l ai tu, Bryan, propuse el.

Toată lumea toastă, discutând nunta iminenetă, iar Rebecca se strecură afară din casă cu chipul săpat în piatră.

~ 18 ~

# CAPITOLUL OPTSPREZECE

Nunta urma să fie ziua următoare și nici un semn nu venise de la Mark. Lily se gândea că bărbatul era, probabil, în mijlocul unei bătălii. Cu toate acestea, nu înțelegea de ce acesta nu sunase cel puțin o dată și nu vorbise cu nimeni.

În ciuda acelui fapt, ori de câte ori părinții ei o întrebară dacă vrea să continue cu pregătirile de nuntă, ea spunea da. Avea încredere în Mark, iar el avea nevoie ca ea să creadă în el.

Mai mult decât atât, dacă tot trebuiau să își construiască o viață împreună, era vitală acea încredere că puteau conta unul pe celălalt.

Lily se ascunsese în spatele ușii închise de la biroul ei pentru a scăpa de întrebările repetitive și predictibile ale mamei sale. Și totuși, hohotele de plâns ale mamei ei tot îi ajungeau la urechi și acolo.

Amelie nu înțelegea insistența fiicei ei de a continua cu o ceremonie în condițiile în care mirele lipsea.

— Nu este nici un mire, Marjorie, își trase ea nasul. Toată lumea va râde de ea.

— Lily nu a invitat decât familia și pe prietenii lui Mark, o consolă Marjorie pe Amelie. Nu vor fi nici un fel de străini în încăpere ca să râdă de ea, sublinie Marjorie, dar cumnata ei nu-i ascultă cuvintele.

Pe la zece seara, Marjorie o convinse pe Amelie să se ducă acasă și să doarmă ca să arate bine la nunta fiicei sale. Amelie își dădu ochii peste cap, ca și cum Marjorie ar fi făcut o glumă proastă.

— Care nuntă, vreau să știu? întrebă Amelie.

Cu toate acestea, îi permise lui Marjorie să o conducă la ea acasă, unde casa fusese pregătită pentru o nuntă de basm. Ea tot nu înțelegea de ce Mark nu sunase deloc sau nu trimisese nici un fel de vești sau ceva. Mai mult decaât atât, nu putea înțelege atitudinea fiicei ei deloc.

După ce cele două plecară, Lily vorbi cu Ellen și Jay, care veniseră să o viziteze cu o jumătate de oră înainte.

Petrecură o altă oră discutând pregătirile de nuntă, iar Jay evită cu grijă orice referință la mire. Ellen și Jay îi promiseră lui Lily cu oarecare ezitare să o conducă acasă la părinții ei a doua zi dimineața la ora nouă. Cu toate acestea, când erau pe punctul de plecare, Ellen nu mai rezistă suspansul și trebui să întrebe.

— Ești sigură că vrei să continui cu nunta mâine la ora unsprezece? Ai dreptul să te răzgândești să știi.

— Sunt sigură, răspunse Lily cu un zâmbet.

— Dar nu există nici un mire, își aruncă Jay mâinile în aer.

Încăpățânarea verișoarei lui îl exaspera.

— Va fi, îi zâmbi Lily. Nu-ți fă griji, Jay. Mark va fi acolo, îi îndepărtă ea îngrijorarea cu un gest.

— Dacă spui tu, răspunse el cu supărare.

Femeia îl uluia pe Jay. Nu percepuse nici un sens de anxietate din partea lui Lily. Tânăra nu juca teatru. Ea chiar credea că Mark va fi acolo.

Ellen își scutură capul și îl trase pe Jay după ea. Nu avea nici cea mai mică idee cum să o facă pe Lily să se răzgândească.

Un soare mai cald străluci peste ziua de întîi februarie. Cerul era albastru și nu se simțea nicio mușcătură în aer.

Lily sosi acasă la părinții ei devreme dimineața. Își găsi mama plângând și își scutură capul.

— Ești sigură? o întrebă Michael pe Lily, neobosindu-se deloc să-și ascundă anxietatea, în timp ce ochii lui îi cercetară chipul, fără a percepe, totuși nici o urmă de îngrijorare pe fața fiicei sale.

—Da, sunt, îl asigură ea cu un zâmbet, iar luminile îi dansau în ochi la gândul că urma să fie cea mai fericită zi a ei.

Lily își îmbrățișă tatăl și îi sărută obrazul, iar mai apoi, se îndreptă spre camera ce îi aparținuse în copilărie. Chipul i se lumină la vedea rochiei de mireasă. Urma să se mărite în acea dimineață, se gândi ea plină de entuziasm, râzând de bucurie.

Verișoarele și mătușile ei sosiră să o ajute să se pregătească pentru ceremonie. Lily se vădea a fi calmă, chiar dacă ele nu erau. Femeile încercară să își ascundă starea de spirit, dar tânăra tot putea să discearnă cum stăteau lucrurile.

La parter, Josh își înfipsese mâinile în buzunarele de la pantaloni și patrula nervos. Vorbise cu Ryan, Adam și Nick de mai multe ori. Nici unul nu auzise un cuvânt de la Mark și el nu mai știa ce să creadă.

La unsprezece fără zece, Lily trimise pe toată lumea la parter pentru ceremonie și femeile părăsiră încăperea în șir indian. Pașii le erau ezitanți, ba chiar și Marjorie își scutură capul cu tristețe. Ea sperase că se va întâmpla un miracol, dar știa că, în acea dimineață, inima lui Lily se va sfâșia. Mark nu venise.

Lily mai aruncă o privire spre reflecția sa în oglindă. Chiar arăta ca o mireasă. Colțurile gurii i se ridicară în sus. Ochii îi scânteiau și pielea îi strălucea. Se învârti, iar rochia de prințesă se învârti în aer. Râse și se întoarse spre tatăl ei.

— Cred că e timpul, tati, spuse ea.

— Mark nu e aici, dulceață, oftă tatăl ei și inima i se strânse, știind că fetița lui va fi dezamăgită, iar el nu putea suporta gândul acela.

— Va fi, prinse ea brațul tatălui ei și un zâmbet laarg îi atinse buzele.

Michael oftă, dar o conduse afară din încăpere și spre scări. Coborâseră cam jumătate din scară când o mână furioasă împinse ușa de la intrare, deschizând-o cu atât de multă forță că se lovi de canat.

Michael se aplecă peste balustradă și își scutură capul. Mark intrase furtunos în casă, blestemând toți șoferii de taxi din Toronto. Bărbatul tot trăgea de poalele fracului său mototolit, iar o linie adâncă i se formase între sprâncene.

Bărbatul trânti ușa de la intrare și o porni cu pași uriași spre living de unde putea auzi șoapte. Când trecu pe lângă scară, privi în sus și se opri. Lily era o viziune în alb, iar el, transfigurat, nu putu face altceva decât să se uite fix la ea.

Femeia îi zâmbi, iar el îi surâse.

— Nunta e în direcția aceea, cred, arătă el spre living.

— Așa cred, îi răspunse Lily, iar fericirea i se reflectă în voce.

— Atunci acolo voi fi, spuse el și își îndreptă pașii într-acolo.

— Cum de ai știut că va veni? o întrebă Michael.

— Pentru că așa mi-a spus, îi răspunse ea și îi strânse brațul tatălui ei.

Brusca apariție a lui Mark în livingul lui Michael opri toate discuțiile. Toți îl priveau de parcă îi crescuseră coarne. Mark își aruncă ochii în jur și-l observă pe pastor lângă fereastră discutând cu Marjorie, așa că se îndreptă spre el.

— Eu sunt mirele, îi strânse el mâna omului.

Pastorul părea incapabil să spună ceva.

— Unde vrei să stau? se interesă Mark.

Omul nu părea în stare să-și descleșteze gura ca să îi spună, așa că Ryan veni imediat spre ei și îl trase pe Mark în locul corect.

— Aici ar trebui să o aștepți pe Lily, îi explică el.

— Mă însor azi, îi zâmbi Mark larg, iar Ryan rânji, auzind fericirea din vocea lui Mark.

— Da, frate, așa e, spuse el, plesnindu-l peste umăr. Te însori azi.

Primele note ale *Marșului de nuntă* se făcură auzite, așa că toată lumea se grăbi spre locurile lor.

Câteva clipe mai târziu, Lily pătrunse în odaie la brațul tatălui ei. Femeia radia atât de multă fericire încât nici un ochi nu rămase uscat.

— Ea a știut că el o să vină, îi șopti Marjorie soțului ei. A crezut în el. El a promis că va fi aici la ora unsprezece pe întâi februarie și a venit, își scutură ea capul uluită.

— Și noi am crezut unul în altul, dacă îți amintești, îi răspunse Jonathan în șoaptă.

— Da, am crezut și încă mai credem, aprobă Marjorie cu o înclinare a capului. Și iată-ne aici azi. Sunt sigură că și Lily va ajunge la acest punct în viață într-o zi, dădu ea din cap din nou.

Lily și Mark schimbară acele promisiuni pe care Mark și le dorea atât de mult. Ea știa că el își va ține cuvântul. Deja o făcuse. El știa că ea îi va sta alături. Deja o dovedise.

# EXCERPT DIN CU DUBLU TĂIȘ

*CAPITOLUL 1*

*Prezent – 19 iulie ...*

Tânăra femeie era așezată într-un fotoliu comod din holul hotelului. Ținea o revistă deschisă în poală și pretindea că citea un articol captivant.

Purta o pălărie uriașă albastră, menită să-i ascundă jumătate din față. Pălăria se asorta perfect cu rochia de vară scurtă, care-i dezvăluia picioarele bine făcute, lungi și bronzate.

O pereche de ochelari mari de soare negri completau ansamblul și arăta exact ca Audrey Hepburn în *Șarada*.

Ascunși în spatele lentilelor negre, ochii ei urmăreau cu atenție oamenii care treceau pe la recepție și care vorbeau cu recepționerul.

Deja aranjase cu bărbatul mult mai tânăr de la recepția hotelului să o anunțe când persoana care o interesa a apărut. Trebuia doar să ridice mâna, ca și cum ar fi spus 'numai o clipă, vă rog', urmând să se întoarcă pentru câteva secunde și să pretindă că verifica ceva pe monitorul computerului.

De când își începuse pânda, două cupluri trecuseră pe la recepție să discute cu recepționistul, dar și-au luat cheile și au plecat imediat, așa că nu au mai interesat-o.

În sfârșit, după ce a așteptat mai multe minute plină de nerăbdare, un bărbat înalt brunet s-a apropiat de recepție și i s-a adresat funcționarului. Acesta a dat din cap și a ridicat mâna – semnul asupra căruia conveniseră ei doi în prealabil.

Recepționistul a verificat ecranul computerului câteva secunde, a dat din cap din nou, iar apoi a luat o geantă din spatele contoarului și i-a înmânat-o bărbatului.

Bărbatul a luat geanta, mulțumind cu o înclinare ușoară a capului, iar apoi s-a întors să privească în jur. Ochii i-au trecut expert peste oamenii din holul hotelului.

Lăsa impresia că este doar vag curios, dar, cu toate acestea, femeia a remarcat cu câtă grijă a analizat pe toată lumea. Îi arunca priviri furişe, de teamă că s-ar fi expus dacă privirea i s-ar fi oprit asupra lui pentru mai mult timp.

Și-a imaginat că nu l-a impresionat prea mult pentru că, după ce a privit-o din cap până-n picioare, ochii lâncezindu-i pe lungimea picioarelor ei, bărbatul i-a întors spatele și s-a îndreptat spre lifturi. Probabil nu și-a imaginat că ar fi putut fi periculoasă și de aceea nu i-a păsat prea mult de ea.

Din nou, simțurile ei nu au perceput nimic clar despre el, lucru care o supără mai mult decât înainte. Își dăduse seama că a dat peste prima persoană din lume pe care nu o putea citi defel și neputința o frustra și înfuria în același timp.

Fusese sigură că va reuși să arunce o privire în mintea lui atunci când s-ar fi găsit față în față. Nu părea imposibil, pentru că nu ar mai fi fost nici un fel de obstacole prezente care să-i obstrucționeze percepția.

Aparent, s-a înșelat. Mintea bărbatului continua să rămână complet opacă viziunii ei.

În momentul în care acesta a dispărut din raza ei vizuală, femeia s-a ridicat cu mișcări fluide și aparent leneșe. A lăsat revista pe masa de lângă fotoliul pe care stătuse, gesturile ei lăsând impresia că avea tot timpul din lume.

Și-a netezit fusta cu mișcări lungi și ușoare, iar apoi ochii ei au măturat întregul hol al hotelului, mobilat cu gust și având comfortul clientului în minte.

Cu pași leneși, s-a îndreptat spre recepție. Recepționerul i-a zâmbit cu căldură și s-a grăbit să vină spre ea, de parcă celălalt client aflat la recepție nu ar fi contat defel.

Observându-i graba de a o servi, și-a imaginat că era rezultatul bacșișului uriaș pe care i l-a dat mai devreme.

Cu toate acestea, putea citi și altceva în spatele zâmbetului strălucitor al tânărului. Bărbatului îi plăcuse enorm jocul lor și fantezia lui construise tot felul de scenarii pline de suspans.

Atât vârsta lui, precum și felul în care arăta femeia, îi inflamaseră imaginația. Pălăria ei și ochelarii de soare mari, precum și aerul ușor clandestin al întregii afaceri în care fusese implicat, îl făcuseră să se simtă ca James Bond sau altcineva asemănător.

-Voi pleca în după-masa aceasta, cred. Nu voi mai astepta până mâine dimineață. Bineînțeles, voi plăti pentru noaptea aceasta, nu te teme, îi spuse ea tânărului recepționer.

Se scuză cu un zâmbet când și-a dat seama că el spera că aventura nu se va încheia acolo.

Din păcate, pe ea o interesase numai o scenă, iar aceea se jucase deja, chiar dacă rezultatul era dezamăgitor.

-Ne pare foarte rău că plecați, doamnă. Nu v-a plăcut apartamentul? întrebă tânărul, iar îngrijorarea îi sterse zâmbetul de pe buze.

-Oh, nu, mi-a plăcut, nu-ți fă griji, îl asigură ea cu o fluturare a mâinii și un zîmbet larg. Dar știi, deja am închiriat o casă pe plajă pentru mai multe zile și mă gândeam să profit de ea de-acum, știi? îi surâse ea strălucitor. E pe plajă, are și piscină, totul doar pentru mine... Te-ar deranja să-mi pregătești factura înainte de a mă întoarce jos cu bagajele?

-Nu, bineînțeles că nu. Factura va fi gata, doamnă, bărbatul o asigură și se grăbi la computer să o pregătească.

# CAPITOLUL 2

*Tot în prezent – 19 iulie...*

Tânăra părăsi holul hotelului cu mersul său leneș, caracteristic, și se îndreptă spre rândul de lifturi lucitoare aliniate la capătul unei scări cu trei trepte. Apăsă pe buton să cheme unul dintre lifturi și apoi așteptă, jucându-se cu eșarfa ei și admirând motivul geometric al covorului de pe hol.

Era dusă pe gânduri și nu-l observă pe bărbatul cu părul negru, ascuns după una dintre coloane. I se ridicase părul la ceafă, avertizând-o de un pericol iminent, dar nu-i dădu nici o atenție. Părea stupid să fie în pericol în holul unui hotel atât de aglomerat.

Bărbatul o privea fix, cu sprâncenele adunate într-o încruntare teribilă.

Ea nu știa că acesta auzise conversația pe care tocmai o avusese cu recepționerul și, de fapt, nici nu îi păsa. Se decisese deja să lase totul în urmă, în trecut, și să-și vadă de viața ei, așa că acum era chiar nerăbdătoare să vadă ce-i va aduce viitorul.

Se duse în apartamentul său și, în mai puțin de zece minute, se întoarse în holul de la intrare. Nu se obosise să despacheteze când ajunsese acolo în dimineața aceea așa că nu avusese nevoie de prea mult timp ca să-și adune lucrurile.

Își plăti factura, lăsând un alt bacșiș generos recepționerului care o ajutase, iar apoi l-a rugat pe valet să-i aducă mașina închiriată în fața hotelului.

Închiriase un automobil mic decapotabil, nimic deosebit, doar o mașină cu care să se poată deplasa. Valetul deja coborâse capota, iar acel mic gest plin de atenție îi aduse un zâmbet pe buze. În sfîrșit, simțea că vacanța îi începuse.

Valetul îi puse singura valiză în portbagaj și geanta cu laptopul pe locul din spate al mașinii. Se aplecă ușor când femeia îi dădu o bancnotă împăturită, împreună cu un zâmbet larg.

Odată așezată în mașină, învârti cheia în accelerație mai întâi, iar apoi porni sistemul de navigare, introducând adresa casei pe care o închiriase pe plajă.

Acum se simțea în siguranță, așa că își scoase pălăria și își scutură capul. Părul îi căzu pe umeri în șuvițe dese și ondulate de culoarea mierii, iar razele soarelui de după-amiază reflectau nuanțe de roșu ici colea în culoarea bogată.

Ușurarea că totul se terminase o făcea să se simtă liberă. Știa că acum lucrurile se vor întoarce la normal și nu va mai resimți neliniștea de dinainte și nici nu-și va mai pune întrebări care nu aveau răspuns.

Viața așa cum o știa și pe care o iubea era din nou a ei. Avea controlul asupra ei și știa dinainte cum stăteau lucrurile cu oamenii din jurul ei.

Era fericită că nu o mai măcina incertitudinea, înnebunind-o și umplându-i nopțile albe cu anxietate.

Conduse încet de-a lungul aleii din fața hotelului, iar apoi întoarse pe șoseaua care ducea spre plajă. Nu observă SUV-ul negru care o urmărea, lăsând câteva mașini între ei, dar nici măcar nu se gândise să se uite după o coadă.

Conduse cu viteză moderată, cum îi era obiceiul. Nu se grăbea defel. Casa o va aștepta în același loc, indiferent când ar fi ajuns acolo.

Era în vacanță oricum. Își îndeplinise misiunea, iar acum nu mai trebuia să se gândească decât la ocean, soare și ea însăși. Va lâncezi pe plajă diminețile și va innota în piscină serile.

Deja își planificase să stea cât mai departe de lume și orice fel de stress. Pentru o vreme, avea nevoie de o schimbare. Își dorea pace și solitudine.

Recunoștea că fusese cumva interesant să guste acele sentimente neliniștitoare, chiar dacă uneori o stresaseră. Cel puțin i-au adus o neliniște ce i-au condimentat viața și nu regreta că s-a simțit puțin diferit pentru o vreme. Fusese cumva... educațional.

Cu toate acestea, era comod să fie ea însăși din nou și să-și regăsească vechea rutină. Aștepta cu brațele deschise un viitor în care nu trebuia să caute o explicație pentru evenimente sau lucruri care mai bine rămâneau o necunoscută.

Casa de vacanță pe care o închiriase nu era departe de hotel. În nici cincisprezece minute ajunse la destinație.

Conduse în fața bungaloului ridicat la marginea plajei și își opri mașina să admire căsuța și împrejurimile câteva momente. Îi plăcea.

Aceea urma să fie oaza ei de pace pentru următoarele zece zile. Priveliștea, dar și vocea și mirosul oceanului, înnabușiră orice regret că a părăsit Montrealul și și-a luat câteva zile libere.

După câteva minute, și-a parcat mașina decapotabilă sub adăpostul improvizat exact pentru aceea și opri motorul. Coborî din mașină, iar apoi ridică capota. Plătise pentru asigurare, dar nu dorea să aibă nici un fel de probleme la returnarea mașinii.

Tânără respiră cu nesaț mirosul sărat al mării. Briza îi zburli părul și ea zâmbi. Un fulger de plăcere îi energiză tot corpul.

Își scoase valiza din portbagaj și deschise ușa din spate a mașinii pentru a-și lua laptopul. Cu pași leneși, parcurse cărarea pavată ce ducea spre casă, iar apoi căută cheile sub ghiveciul de flori din dreapta ușii unde agentul de închiriare îi spusese că le va lăsa.

Intră în casă, închizând ușa în spatele ei. Interiorul era exact cum i se promisese și arăta mai bine decât se așteptase.

Niciodată nu avusese încredere în fotografiile prezentate lângă casele sau apartamentele de închiriat și chiar crezuse că agentul doar lăudase casa pentru a o face să o închirieze.

Cu toate acestea, casa era plină de personalitate și comfortabilă în același timp. Mobila din camera de zi părea ușoară și funcțională.

Își lăsă laptopul pe măsuța de cafea și se duse să arunce o privire la dormitoare.

Ca să ajungă acolo trebui să urce câteva scări, dar dormitorul principal o încântă. Razele soarelui încălzeau galbenul pereților și cuvertura cărămizie de pe pat.

Își lăsă valiza pe podea lângă pat. Nu se mai obosi să-și schimbe rochia pe care o purta. Ieși pe terasa din spatele casei, care dădea spre mare. Dorea să se bucure de restul după amiezei.

Își turnase un pahar de vin înainte de a ieși și își luase telefonul mobil cu ea, pentru că știa că el o va suna. Suna întotdeauna și nu credea că-și va schimba obiceiul taman atunci.

Pe terasă, găsi câteva fotolii de răchită și o masă ovală pentru șase persoane, umbrite de o umbrelă mare, plină de culoare. Își puse paharul pe masă și se întoarse să privească plaja.

Pe nisip, dincolo de terasă, două șezlonguri o așteptau la marginea piscinei dacă dorea să facă plajă. Puțin mai departe, poate după o plimbare de numai două minute, putea să se bucure de valurile mării.

Își lăsă și telefonul mobil pe masă și se așeză intr-unul dintre fotolii. Își întinse picioarele pe un altul și se relaxă. Încordarea ultimelor zile începu să i se disipeze din corp încet.

Își închise ochii câteva secunde și-și lăsă mintea să vagabondeze. Nu dorea să se gândească la nimic anume, ci doar să disipeze toate impresiile pe care le adunase în acea zi și să le abandoneze în trecut unde le era locul. Deja își atinsese scopul.

Abia avu parte de câteva minute de deconectare, când îi sună telefonul. Aruncă o privire ezitantă la ecran și, ca de obicei, arăta *'număr privat'*.

Se strâmbă. Grimasa o făcea să arate mult mai tânără decât era, ca o adolescentă plină de temperament.

Simțindu-se malițioasă, femeia lăsă telefonul să sune de câteva ori și numai după aceea răspunse.

-Alo!

-Kate, ești tu, iubito? auzi pe linie vocea bărbătească pe care o știa atât de bine.

-Da, eu sunt, desigur, spuse ea, încercând să-și oprească mârâitul care i se formase în gâtlej.

Era o intrebare idioată. *Cine altcineva ar putea răspunde la telefonul meu?* Doar nu se inâmplase niciodată așa ceva.

Mai mult decât atât, în astfel de momente, pur și simplu ura cuvântul acela *'iubito'*. Ce o supăra cel mai tare era faptul că nu-și putea da seama dacă era sincer sau nu și asta o înnebunea.

Nu înțelegea de ce el era singura persoană pe care nu o putea citi. Era innebunitor să nu știe ce gândește și care îi erau intențiile.

-Îți mulțumesc, dragostea mea. I-am primit. Ești nemaipomenită, continuă el.

Tonul vocii lui trezi din nou la viață fluturii care dormitau în stomacul ei. Timbrul coborât și ușor răgușit și o făcea să-și imagineze un cowboy cu un pahar de whiskey într-o mînă și un trabuc în cealaltă. Era probabil o reminiscență din zilele copilăriei când adora să se uite la filme western.

I se făcea pielea găină ori de câte ori îl auzea vorbind. Se ura pe sine pentru că de fiecare dată, coeficientul de inteligență îi scădea la două numere. Se crezuse mai deșteaptă de-atât.

'Bineînțeles, că sunt,' gândi ea, 'probabil fantastic de cretină.'

În ciuda gândurilor sale, răspunse altceva:

-Atunci totul e în regulă, da?

-Da, draga mea, răspunse el, iar apoi tăcu timp de câteva secunde. Te aud de parcă ai fi foarte aproape acum. De obicei nu te aud atât de bine, spuse el pe un ton ușor perplex.

-Probabil că ai obținut o linie bună, replică ea cu indiferență, iar buzele i se arcuiră într-un zâmbet disprețuitor.

Desigur că o auzea mai bine. Ce Dumnezeu, erau amândoi în același oraș. Evident, nu avea nici o intenție să-i spună adevărul. Nu trecuse prin toate acele încercări numai ca să-i mărturisească lui totul.

-Acum totul va fi bine, continuă el, pe o voce fermă. Voi termina ce am de făcut aici și voi veni la tine.

-Nu te grăbi pentru mine, replică ea fără să se gândească, iar apoi închise ochii frustrată.

Kate se temea că el va înțelege la ce s-a referit și va ghici că vrea pur și simplu s-o termine cu el. Nu vroia să mai continue cu acea așa-zisă relație.

-Ce vrei să spui? întrebă el cu aceeași voce dură pe care o folosea ori de câte ori se enerva.

Vocea lui avea o tonalitate mai coborâtă acum și Kate efectiv ura profund nota de autoritate ce răzbătea din cuvintele sale.

Lui Kate nu-i plăcea atitudinea lui. Probabil că bărbatul considera că va răspunde vocii sale poruncitoare și se va comporta corespunzător. Observase că reacția aceea îi era caracteristică și că omul nu reușea să-și controleze vorbele, dar asta nu o făcea să-i displacă mai puțin.

-Vreau să spun că e posibil să părăsesc țara pentru o vreme, Ryan. Probleme de familie, știi cum e, spuse ea. Desigur, telefonul nu-mi va funcționa în afara țării pentru că nu am serviciu internațional. Te voi suna eu când pot, da? spuse ea pe un ton conciliatoriu.

Nu se simțea ea prea conciliatoare în acel moment, dar dorea să încheie conversația și să o termine cu el definitiv.

Ryan nu răspunse nimic pentru o vreme și tăcerea deveni din ce în ce mai apăsătoare și amenințătoare.

-Mai ești acolo? întrebă ea după mai bine de un minut.

-Da, sunt, sunt aici, Kate. Și când spun aici, asta înseamnă aici, replică el, înfierbântat.

Nici o clipă mai târziu, pași apăsați răsunară pe veranda ce înconjura casa. Kate privi în direcția pașilor și-l văzu pe Ryan venind spre ea.

Buzele îi erau strânse într-o grimasă furioasă. Își închise telefonul, iar expresia de pe chipul lui nu prevestea nimic bun.

# BIOGRAFIA AUTOAREI

*Rowena Dawn* scrie romane de dragoste, citește cărți polițiste și se uită la comedii. Îi place să se plimbe prin pădure, dar iubește marea la nebunie.

Are o relație de dragoste și ură cu scrisul ei și îl înnebunește pe câinele ei când nu se oprește din scris pentru a-l scoate la plimbare.

De asemenea de Rowena Dawn:

**Cu Dublu Tăiş** – Prima Carte din seria Jumătatea Perfectă — eBook, paperback, (audio book – doar în limba engleză)

**Ochi în Întuneric** (Cartea a Doua din Seria Jumătatea Perfectă).

**Atras** (Cartea a Treia din Seria Jumătatea Perfectă).

**Meg** – eBook (Meg La Răscruce de Drumuri), paperback, (audio book – doar în limba engleză – Leap of Faith)

**Trezirea Beckăi** (Prima Carte din Seria Familiei Winston) – eBook, paperback, (audio book – doar în limba engleză)

**Dilema lui Matt** (Cartea a Doua din Seria Familia Winston)

**Salvarea lui Jay** (Cartea a Treia din seria Familia Winston)

**Bărbatul aproape perfect** – eBook, paperback

**Prinderea lui Lily** – Fir viu (Cartea a Patra din seria Familia Winston şi seria Jumătatea Perfectă) (ebook, paperback)

Vă mulțumesc că ați citit romanul **Prinderea lui Lily – Fir viu.**

Dacă v-a plăcut, vă rog spuneți-le și prietenilor dumneavoastră despre el sau scrieți o scurtă recenzie.

Reclama din gură în gură este cel mai bun prieten al unui autor și este extrem de apreciată.

Vă mulțumesc,

*Rowena Dawn*

www.ingramcontent.com/pod-product-compliance
Lightning Source LLC
Chambersburg PA
CBHW070458200726
48293CB00007B/2269